暮色

菲立普・克婁代——小說
林佑軒——翻譯

菲立普・克婁代／作品集 10

導讀

走入黑夜，無論是否願意溫馴

小說家　朱嘉漢

《暮色》的背景與時代，在小說當中沒有明確指出。然而從各種的細節與氛圍當中，我們不難認出其背景是二十世紀初期的奧匈帝國。於是，這樣的一個書名，意思相當明顯：「Crépuscule」除了意指「黃昏」之外，也是「衰頹」的意思。

什麼的衰頹呢？首先，是帝國。在小說中反覆言及的帝國，無非是一種空缺。對於歐洲史甚至世界史而言，奧匈帝國的解體，其中一項最大的意義就是「帝國」已經永遠不再是強大的象徵。帝國一旦瓦解，維繫共存的力量也隨之消散。處處以帝國之名的行動，實際上是帝國力量的空缺，有名無實。任何的行動與決定，已經不再有象徵性的力量控制，只能憑著更原始的驅力來推動。

舉例而言，在小說之中，因為凶殺案的受害者是神父，導致穆斯林家庭被集體標誌，承擔汙名，迫害。過往帝國的包容性，跨地域、宗教、語言的統治，在此成為野蠻的集體暴力。

當然，《暮色》要處理的不只是族群。整本書的展開點，還是因為凶殺案所帶來的萬事衰頹感，乍看是起因，其實不過是結果——衰敗的徵兆出現，其病灶往往在更遠之前，如此的不可救藥。遠景的帝國崩解前夕，顯現在地方的是道德的崩解。沒有任何冤仇，受人景仰的鄉村神父被殺，發現者是純真的男孩與女孩。這樣的設計，乍看是個美感氛圍塑造的開端（罪惡由無辜者所發現），實際讀完整本書，讀者會發現，作者早在第一個場景裡幾乎預告了所有事。或者說，先不論情節發展，在氛圍上，作者是從頭到尾，每個句子、每個敘事都控制嚴密的。

嚴密控制敘事的氛圍，不容偏差，這幾乎可說是克婁代的風格，《暮色》自然也不意外。刻意調配的霧白，或是那種令人不安的灰。從《灰色的靈魂》（*Les Âmes grises*）與《波戴克報告》（*Le Rapport de Brodeck*）以來，這種由謀殺案勾起的敘事中，我們都不難發現，克婁代一直在提醒我們注意他敘事手法所製造出的氛圍。感受那難以言喻，又在呼吸當中不斷感受到的那個東西是什麼。

所以，即使能夠指認背景，我們依舊不要忽略作者刻意造成的模糊。《暮色》中模糊感受到的奧匈帝國背景，並不是歷史小說，更無意還原某段歷史。

這種模糊，奇妙地造成兩種效果：一是非現實感，即使書中的一切是寫實的；另一是普世性，這樣的故事可以放在其他背景下，依然能成立。

這讓我們不禁想起另一位作家，而這位作家正是在奧匈帝國生長的：卡夫卡（Franz Kafka）。翻開《暮色》，我們不免會想起《城堡》（*Das Schloss*）開頭的那個雪天。雪的寂靜、純白、掩蓋地景，遠看是美，但深陷其中時，是一種困局。如果《城堡》的測量員K，是在一個雪天來到了城堡外的村莊，那麼我們的主角從一開始就困在這個村莊裡。仔細來說，主人翁努利歐，帝國指派的隊長，並不是個當地人。他是五年前帝國指派過來的。對村莊來說，他是全然的他者，不僅是口音，也同時分辨不出他的血統，也不上教堂與清真寺。

他百無聊賴，困在村莊與生活中，有個即將生產的太太，卻始終盼望著災難來打破僵局，帶來樂趣。凶案不僅沒讓他感到心寒，反倒是「熱血流湧全身」，甚至引起某種性欲般的激動。他積極探訪，透過尋找謀殺的線索，也為讀者勾勒出這個村莊的地誌與人物風景。

然而，不意外的是，這個猶如土地測量員K的隊長，在終於可以發揮其功能，履行職責時，讓他無法進一步靠近真相的，卻是村民本身，甚至帝國的貴族們都參了一腳。如此，《暮色》複寫了卡夫卡的《城堡》，只是測量員K是徒勞地找尋進去城堡的方式，警隊隊長努利歐則是徒勞地想找尋凶案的真相。村莊的村民消極配合，卻始終將隊長指引在迷途中。最難解的迷宮，往往就是現實所在，讓你此刻所在之地，成為無法逃脫的困局。

以結構安排而論，這整起案件的追尋耐人尋味。因為，我們再清楚不過，在這「衰頹」為主題的小說中，真正殺死神父的，是道德崩解本身。凶案的受害者，與凶案的追尋者，恰好是文明當中，從上到下都有的兩種道德基準：聖職者掌握了至高的道德仰望，警察則守著最低的道德底線。

在看似離最惡最遙遠的神父，為最難被饒恕的罪行「謀殺」所害，一名來自外地、沒完全融入地方的警察，要如何去靠近這個罪行？而這樁案件，最接近的目擊者，卻是一位恰好在女孩與女人邊界的蕾米亞。要如何從這純然無辜者，探問出罪的真相，正是這本書的張力所在。

或者，若要不提示情節而指出重點的話，我可以說，作者努力去營造的，就是這邊緣的拉扯：如何凝視深淵到極致，卻不被深淵的目光給完全吞噬？如何去認識罪的根源，卻不被罪所誘惑？罪若是醜惡、可鄙，那我們其實不需擔憂。偏偏罪是如此迷人，以至於在已經失去普遍的「罰」之後（畢竟是個帝國瀕臨解體前夕的遙遠村莊，一切又重回到「所有人對抗所有人」的自然狀態），我們如何抵抗？在整個世界開始道德崩解的時候，我們是否能夠履行自己的道德職責？還是任由自己去嘗試跨越那道防線，親眼見證最後的純潔被玷汙的瞬間？

但，無論如何，克婁代的小說魔法，是用小說的機制，讓我們可以慢動作定格地凝視這個道德界線的崩解（現實之中，可能只是一瞬之間，毫無道理）。畢竟，全然的闇夜，跟全然的無序與無道德一樣，反倒讓人有絕望的安心，比不上看著道德淪喪之際那般心碎。

讀完《暮色》，猶如花上一段時間，凝視著慢速延長的暮色時光，接著掉進徹底黑暗，無論你是否願意溫馴走入。

暮色

刮去了金箔與亮漆，顯露的總是黑暗。

——萊奧．佩魯茨，《敵基督的誕生》，一九二一年

1

助手有個歷史悠久的老名字——巴喇杰[1]。他被自己、特別是自己那蓋滿了短卷髮的大腦袋，壓得喘不過氣來。他一言不發，一對黃眼睛將擔憂的眼神擲向他的長官。警察剛剛在屍體旁跪了下去。他們倆的周遭，冬夜籠罩萬物，如刀冰冷，如墨漆黑。

巴喇杰活到了中年，人生路走得踉蹌彆扭。證據？他無時無刻不發窘，還害怕說話，害怕到常常在日落後一連幾個小時對著壁爐將熄的火，用嚼菸草嚼到發黑的牙齒，靜靜咀咬著沉默，同時親密撫摩「我的帥小子們」，兩頭占據他心靈與理智的大狗。

他也從來不曉得他那雙又厚、又大、又腫、生了溼疹的手，能拿來做什麼。他的羞怯帶了笨拙，再加上龐大的身形，不禁讓人想起拉車犁田的公牛與馬。就只差一根栓住他一生的木樁，還有了結他一生的宰牛大斧了。

1 Baraj，在土耳其語裡意為「堤壩」。

不過，他可沒像大家第一眼看上去會以為的那樣愚蠢。他對小鎮、對這一帶和這一帶的居民瞭若指掌。他可以把左近村落一直到帝國邊境所有家族的祖宗十八代全都背了個遍。臉孔、聲音、地形地貌、地籍圖冊、礦石名稱、樹木品種，還有藥草、水禽與其他一切動物的品類，他都爛熟於心。他對警察忠心耿耿，將尊卑視作沒得商量的安排。

警察名喚努利歐。個頭不高，臉皮暗黃，骨瘦如柴。披一件不知哪個部隊的制服，年深日久的磨耗下像極了打獵的衣裝。

他斜揹著彈袋，裡面塞的卻是筆記本、鉛筆與紙張。長褲是綠呢絨裁成的，右口袋露出一支凹了的小小銅獵角。

他現身的時候，這樣一身不輸巡迴馬戲團的裝束，人人見了都吃驚。然後，日月流逝，大家也就不再注意了。是啊，哪管是什麼，我們總會習慣的，世界照常運轉。

那暗茶色的臉皮總讓人覺得他肝疾纏身，上唇細薄的煙灰色小鬍子變本加厲了他無時無刻不散發的憂慮與悲愴。他比他助手年輕一點，很多方面也比助手聰明，但這在男人的世界裡未必是個優點。

這位不顧暗夜與冰霜，專心致志檢查受害者遺體的努利歐，官拜隊長。不管怎麼說，五年前他來此赴任時，那些哪位想看、他就出示的文件上，寫的是這樣沒錯。他一開口，大家就發現他是外地來的：他某些用字遣詞、說話的抑揚頓挫，就不是在地人。我們的語言他頗有掌握，但顯然不是他的母語。

帝國當局派他來我們這裡時，大家看他、聽他，都把他當成一個怪東西。人們常讓他把話再說一遍，確認自己沒聽錯。這可從來不是要激怒他或嘲笑他：大家其實是搞不懂他的意思。接著，時光訓練了耳朵、習慣了眼睛，在他嘴裡擺上了本地的聲腔。他曉得安於本分、堅守崗位，我們不喜歡他卻尊重他。我們永遠不會真正喜歡跟我們不同的外來人。

暗沉的膚色可能會讓人覺得他祖先是土耳其人，但有些人篤定他生於的里雅斯特[2]，有些人肯定他在塞薩洛尼基[3]呱呱墜地，還有些人聲稱他來自提洛邦[4]的因河[5]河谷。其實，他的來歷，人們一無所知。大家同樣不曉得他是穆斯林還是基督徒，因為從來沒人見過他上教堂或清真寺。

說到他的助手巴喇杰，那可就是在地人了。在我們這裡，隨便推倒一面小牆，巴喇杰就成群結隊鑽出來，開天闢地以來就是如此了，彷彿我們這個地方能夠「一巴喇杰以蔽之」。為了區分巴喇

2 Trieste，義大利港市，位於亞得里亞海北端，鄰近斯洛維尼亞和克羅埃西亞。
3 Salonique，希臘第二大城，位於該國北部，瀕臨愛琴海。
4 Tyrol，奧地利西部一邦，南接義大利及瑞士。
5 Inn，多瑙河的支流，流經瑞士、奧地利和德國。

杰世系的不同子孫，我們為他們分派地名、父名或母名：「草地巴喇杰」、「池塘巴喇杰」、「魯迪巴喇杰」、「塞爾維亞巴喇杰」、「沼澤巴喇杰」、「波窩樹林巴喇杰」。

人名形成地名，路過的外鄉客往往稱呼我們這裡為「巴喇杰地」，也有說是「冬之鄉」的，因為在我們這，冬天簡直永無止盡。帝國首都某些政治圈子也不乏把我們這裡呼作「失落之省」。這曖昧的說法反映了我們帝國邊緣的位置，還有似乎屬於我們這片土地的命運。

助手與「克拉納[6]巴喇杰」有血緣關係，但只是三親等的遠房親戚。助手的父母與三個兄弟姊妹死於一八七二年的嚴冬後，這些半是人類、簡直野獸的克拉納巴喇杰收留了他，把他養在牲畜棚裡，在棍棒和菜頭湯中長大。

他活得寒酸，無人顧念溫存，卻並不埋怨。大家從沒看過他哭。小學老師受不了他愚蠢的神情、他平靜的態度，於是搧他巴掌，這些耳光在他日後的年歲裡卻像愛撫，教室則幻作皇宮。

他成績不好，但學會了讀寫、算數，還有解讀地形圖。是說，解讀地形圖成了他的熱愛。他可以好幾個小時不感厭煩，滑動粗大的手指掠過丘陵與河流那些棕棕藍藍的線、大塊大塊的深綠森林、灰色的虛線古道，還有那蜿蜒扭動的等高線。

巴喇杰從沒有娶過老婆，他跟他那兩條眼睛流轉輝光的紅棕大狗一起生活，兩條雜種狗體格勇健，樣貌像有高貴血統，既有布拉克犬的架勢，也有巴伐利亞山犬的氣質。牠們跟巴喇杰一樣沉靜。兩隻狗總是黏著彼此，形影不離到巴喇杰沒有分別為牠們命名，而是統稱為「我的帥小子們」。

他對警察說話，稱他「主人」，比較少稱「隊長」。看這頭大牛稱呼警察這神經質又壞脾氣的小東西為「主人」還真滑稽。不過，努利歐雖然看起來像隻飽受風霜的老鼠，對聽他說話的人而言，努利歐卻散發著強大的威嚴，那些被他盤問或他在路上招呼的人往往低垂了頭，表露出尷尬與服從。

努利歐有老婆，還有四個還非常小的孩子，四隻骯骯髒髒、流著口水的粉紅色生物，彼此相差只有一歲多一點。他老婆一頭金髮，面相溫柔，像從教堂或遠方美術館的某些畫裡走出來的。她有梨子形的大乳房，布滿藍色的微血管，總是繃脹著乳汁。那雙眼是很淺的灰，灰燼與水的顏色。

大家不知道她的名字。她感覺一直很累，幾乎從不出門。案發時，我們只曉得她懷了第五個小孩，快要生了。大概剩幾個星期就要臨盆，不會再久了。

死者名喚佩尼業葛。揚·伊果·色以德·佩尼業葛。他於六十六年前呱呱墜地。他身亡之地距離他出生的房子只有四十餘步之遙。故事開始時，他的屍身逐漸失去溫暖，一點一點變硬。嘴唇變

6 Krajna，波蘭的一個地區，位於該國中西部。

黃，眼睛發濁，雙手皮膚變得像粗劣的硬紙板。

此刻，他自己應該總算曉得了，把一生獻給上帝[7]是不是正確的，還是說，他把光陰全浪擲在胡言亂語上了。但也許他已經什麼都意識不到，甚至不知道自己已經什麼都不是了，僅僅是一具枯瘦的屍體，包在破舊的聖袍裡，躺在雪中，一座全人類一無所知的小鎮的某條小巷間。

警察一邊端詳屍身，一邊思量起死與死後可能的永恆。他可能不會大聲說出來，但信仰對他來說就是一種陌生的東西。努利歐素來把人生看成一場愚蠢的遊戲，規則不清不楚又變來變去，玩完了大概也毫無所得，是說也沒有損失就是了。一場意義難尋的零和遊戲。

死者頭部的枕骨處，稀疏卻油膩的頭髮下，有一個嚴重的傷口。擊碎骨頭的石塊落在屍體旁邊，拳頭大小，一側鋒利，說實在的很有史前風情。石塊覆有凝固的暗色血跡，還有一些顏色較淺的碎片，因為頭骨在撞擊下破裂了，可能是腦組織。

兩個小朋友在教堂後方的小巷間發現了神父的屍體，就在離側門不遠的地方。這扇門通往聖器收藏室，也能穿過裡面的一條走廊抵達神父的住所。

因為夜幕已然垂落，他們直到最後一刻才看見屍體，差點被它絆倒。他們是帕可姆家的小孩，名喚蕾米亞與杜力，一對年幼的小姊弟。他們那遠近馳名的醉鬼爸爸不知在客棧還是哪條水溝裡慢慢醒酒，姊弟倆則前往巴茲威農場取點當天最後擠的奶。

牛奶灑在屍體旁的地上。薄薄的雪立刻把牛奶喝個精光，白上加白。小男孩杜力敲派出所的門報訊、警察與助手聞訊抵達之際，黑暗中滴落的雪正準備輕輕掩蓋現場。這一切從天而降的白抹淡了此情此景的恐怖，讓畫面彷彿不再真實，更何況，萬籟俱寂——警察，助手，兩個小朋友，冰凍的小溪，全都鴉雀無聲。

努利歐叫孩子留下，他怕小孩的記憶力或大人的言語歪曲了證詞，想先採集起來。姊弟倆站在不遠處，倚著這至黑卻閃爍輝光的初冬深夜，彷彿危危立在一道奇幻的疆界。他們倆的嘴巴冒出一團霧氣。男孩大概七歲吧，在長度及腳的黑斗篷裡打著哆嗦，依偎著姊姊。姊姊披著稍嫌過大的山羊毛短大衣，表現出了母愛，摟著弟弟的肩膀。姊弟倆簡直像是從某個令人不安的童話裡走出來的：動物變得跟人一樣，用擲距骨[8]對賭性命；與此同時，孩子們盡全力匆匆通過高大黑暗的森林，一邊目不轉睛望著牠們。

---

7 法文中的 Dieu 指一神教的唯一神，因基督宗教教派不同而各有華文稱呼，天主教稱「天主」，新教稱「上帝」、「神」，或直呼「耶和華」。本小說背景有天主教與伊斯蘭教，Dieu 本應譯為「天主」，惟因小說引用了尼采的「上帝已死」，故事亦涉及基督宗教與伊斯蘭教兩大一神教的關係，為取交集、求取普遍性，茲以最不特定、最通用的「上帝」譯之，如是則「你的上帝不是我的上帝」一類句式能有最順暢的閱讀感受；至於伊斯蘭教的唯一神，則譯為「真主」。

8 Jeu d'osselets，一種傳統遊戲，使用通常呈立方體狀的羊或其他動物的後脛距骨。常見的玩法是將距骨投擲出去，然後根據落下的方式來計分或執行特定動作。這個遊戲被認為是後世骰子的前身。

警察把防風油燈拿到離死者頭部不遠的地方，照著屍體。神父眼睛怒睜、嘴巴大張，似乎想吶喊或訴說遺言。屍身輪廓的陰影在地上映出了一塊邊緣凹陷、搖曳不安的圖形，讓人想起未知大陸的地圖。

幾十年來，小鎮罕有重大罪案。努利歐上任後只發生過三起。三起凶案的動機都很清楚，凶手也容易找：一對酩酊大醉的農夫兄弟在碧榭客棧為了一頭小牛大吵起來，小牛因為疏於照顧死了，兄弟倆互推責任。爭吵愈演愈烈，他們爛醉如泥、踉踉蹌蹌走回家，其中一個人終於在半路刺了另一人十刀。接著，一個女的用老鼠藥毒死老公，因為男的每天打她。另外還有一樁假裝是意外的謀殺：一個男的被人推到牲畜群的蹄下。犯罪動機是一樁歷時四代人之久的地界糾紛。

努利歐沒花多少力氣調查這些案件。他樂在其中，這些案子讓他在一成不變的日子裡能稍稍心有旁騖，總的來說，這麼快就破了這些案子，他還嫌失望呢。他自恨自惱，明明可以拖上一拖，美美地品嚐這種等待，享受暢爽的快意：他每天都跟他心知肚明是凶手的人打照面，卻絲毫不動聲色，甚至還跟對方聊聊莊稼與流星，一邊觀察對方，倒有點像面對一隻恐懼到縮成一團的老鼠的，爪子鋒利的貓。

唉呀不過，在每起案件裡，他總是像在愛中行動一樣，風急雨驟、衝勁十足，宛如一匹為新鮮乾草迷醉的小馬。面對他羅列在嫌犯眼前的跡證，這些罪人連試著弄鬼使詐也沒有，直接就招供了。他們在派出所僅此一間的拘留室待上幾天，然後就在助手尷尬而沉默的監視下，由努利歐帶到T城，寥寥數小時內完成了審判與定罪，三天後就在圓柱廣場上像吊香腸一樣吊死。

列席行刑後，警察感到一種奇異的悲傷：他曉得這些意外的篇章如今告終，辛香火辣的醍醐味業已消散。他回到小鎮，想著自己就要重歸小鎮的陰鬱中，日子又將千篇一律，謎團像沙漠深處的冰塊一樣蕩然無存。老馬單調的步伐讓馬背上的他昏昏沉沉，每次都乍然發現自己又在期待下一樁凶案，同時又想起了那些活人驚愕到僵住的表情、張開的大嘴，繩索勒上了他們的脖子，身軀不住扭動，下身的體液傾洩而出，就這樣滑向死亡。他自忖，如此死去似乎不太痛苦，只有大大的驚訝。某種程度上，他有點羡慕他們。

但如今，他又坐擁新一樁凶案，而且還非比尋常。有人謀殺了神父！他的日常將為此天翻地覆。

平常，他每天都巡視大街小巷，助手往往緊跟他身後一兩公尺。他們從不重複一樣的路線，但這不足以排遣無聊，儘管一星期裡有三天相較其他日子，擁有與眾不同的快樂：星期三有市集，星期五傍晚在清真寺有主麻日的大禮拜，星期日在教堂則有彌撒聖祭。教堂的牆是黃砂岩砌成的，與光陰一樣厚重，清真寺則像一幢精緻的娃娃屋，由割鑿成彎曲模樣的櫸木打造，頂部安上上了光的銅圓頂，陽光照耀圓頂，嶄新的釉漆閃閃發亮。

這三天，因為各自不同的原因，小鎮人口膨脹，讓警察與助手可有得忙。春夏時節，山羊在半塌的老城牆頂端嚼食荊棘與野草，小鎮的主門就開在城牆的中間。門裡來來往往的，有商人、小販、農人與信眾，有時還偷偷混進一兩個小偷，以及自稱醫者、律師、先知或神明的幾個江湖騙子，也許還有——警察受任此職時，有接過這樣的警告，但他迄今從未逮獲——間諜偽裝成平凡無奇、又髒又窮的傢伙，越過帝國邊境，前來就近細察小鎮的生活。

努利歐一向困惑，間諜能從這個地方逮到什麼機密？這裡什麼大事也不會發生，男人和女人扮演男人和女人，做他們的工作，夜裡睡覺，生小孩，有時酒醉，笑著哭著，孤零零地死去，就像地球其他成千上萬的所在。

巴喇杰呢，則對帝國當局攪擾出來的間諜傳言堅信不移。某天努利歐必須上T城領命，巴喇杰把一個滿臉生瘡又盲了隻眼、兔唇治療不得法導致面相扭曲的老人留置在拘留室整整四天四夜。原來老人是戴伯會的遊方修士，誦經祈禱走遍全國，拿一卷又長又骯髒的紙盡可能蒐集名字來拯救靈魂。助手沒收了卷軸，在歸來的警察面前揮舞著這大獲全勝的證據。

卷軸與修士都老得不知年歲。兩者還都散發一股沒洗澡的酸味，因為老人家用難以卒讀的卷軸緊緊貼纏著皮膚。這細節讓助手覺得他更加可疑。

努利歐放了修士。雖然發生了這起意外，老人家仍堅持將努利歐與巴喇杰兩人的名字寫上卷軸，確保他們能上天堂。巴喇杰對此更加侷促不安。遊方的老聖人拿回了長杖與包袱，呢喃著禱詞漸漸走遠。老人赤足前行，足底珊瑚般的繭厚到像是腳踝以下黏著滿布裂紋的褐色鞋板。

翌日整整一天，巴喇杰一句話都不敢跟上司說，他實在太羞愧了。他把整間派出所用力收拾得乾乾淨淨，洗了地上的黑石磚，把寥寥幾件家具和抛光石膏板牆都刷過了，清潔了窗玻璃，添滿了油燈的油，甚至還拿毛刷用力刷洗了拘留室，在裡頭扔進新鮮草桿，想讓過失得到寬恕。警察呢，無比專注，撰寫著一份報告。助手憂心忡忡，覺得那份報告報告的一定是他拘留老聖人的這起事故。這份報告勢必讓他遭受上級責難，甚至還會調他到帝國中部的某座村堡[9]，離故鄉千萬里之遙，還在沙漠深處，相傳那裡的太陽大到想要煮蛋，放在牆上就好。

不過，當警察出門參加葬禮，助手鼓起勇氣，讀了上司整整一小時專心致志的文件：只不過是他們倆未來幾個月的任務更新罷了。

9 Village-citadelle，意為「城堡村莊」，指建立在高地或山丘上，周圍有防禦工事保護的古老村莊。這些村莊通常具有城牆、堡壘和瞭望塔等源於中世紀的防禦工事，以抵禦外部威脅。

2

午夜剛過，努利歐掀開被子，悄無聲息滑進床裡。他緩緩滑向太太身體的溫暖，她側睡，留給他安詳的背影。他聽見她呼吸，同房最小的兩個孩子也在呼吸，氣息較為急促，混在一起。小孩睡在樺樹樹幹直接鑿成的小木床裡。

警察的手腳凍僵了。他跟助手在犯罪現場待了將近四小時，把屍體運回神父住處後又忙了很久。神父的女僕在住所跪倒迎接遺體，呻吟著雙手朝天高舉，大概是盼望上帝還能把神父的腦裝回頭殼，縫合碎骨，讓熄滅的心臟重新搏動鼓鼓。

警察與助手把佩尼業葛的屍身放上桌子。室內寬敞，只擺了祈禱跪凳、有雕飾的十字架、鑲了框的聖殤像，還有兩把高腳椅，緞面的椅座和椅背昔日是淡紫色的，如今完全失去了光澤。兩人無言以對，就此告退，回到黑夜、寒氣、無休無止灑落的雪中。

重返犯罪現場，他們尋找線索，沒什麼成果。雪從此是下得濃濃密密。他們在努利歐一向放在隨身包的硬皮筆記本上畫了屍體的姿勢。屍身的輪廓仍清晰可辨，因為落在屍身處的雪花紛紛融化，彷彿神父消散的生命以長久的溫暖浸透了土地。

兩人各自在筆記本上畫圖，不去看對方畫了什麼，這樣對比起來才利於尋找真相。他們仔細描繪屍體，測量並記錄屍體與小巷、小溪、附近屋牆的距離。

草圖繪畢，兩人離場，回到派出所。巴喇杰在壁爐塞滿了一捆捆刺柏束薪與兩塊橡木。他閒來無事就劈橡木，而閒來無事的時間實在太多，木柴於是堆滿了派出所牆腳，繞了整整一圈，只留了前門與後面馬廄大門兩條通道。馬廄裡，他們患了風溼的駑馬嚼著乾草，邁向生命盡頭。如此日積月累，木材讓本就結實的房子更似固若金湯的堡壘。要讓堡壘更顯逼真，就只差從小窗穿出砲口的幾門大砲了。小窗呢，一側能看見小鎮連綿成峰的屋宇，一側則敞向無垠空虛的天際線。

爐膛裡，火焰很快就把宛如痲瘋的黃斑擲上他們的臉，但火與茶炊滾燙的茶都不足以溫暖他倆，把死亡的戰慄逐出身體。大概是整晚在死亡周遭待了太久吧。他倆短短講了幾句空洞的話，然後陷入沉默。兩人小口小口喝完了茶，努利歐示意告辭。助手沒有挽留。他想念「我的帥小子們」、口嚼菸與家。

警察夜不成眠。在妻子溫暖了的床裡，他反覆思量這樁罪案，充滿了動力。時當午夜。但這尤其是一場冒險的開始，他蒙著眼睛摸索前進。

一切的謎團都有胡椒的辛辣，而努利歐酷嗜香料。在罪案的激動下，他又一次感到熱血流湧全身，在千萬個地方燒灼滾燙。他嗅聞妻子散亂的頭髮，品嘗秀髮的金輝。一股令他心迷意亂的生命、睡眠與汗水的氣味。

警察天性不傷春悲秋，但是有的時候，身處這冬天宛如永無止盡的土地，他想念起了他出生與度過童年的故鄉，那樣的故鄉風光：四季讓景致時而綠、時而粉、時而黃、時而白，故鄉四季分明，數不盡的氣味隨四季飄散，故鄉什麼都聞得到，而在這寒凍的大地，充滿礦物微粒的凜冽內陸風那寸草不生的氣息往往覆蓋了所有氣味，將氣味淹沒在冰冷的空虛中。

他右手滑上鼓起的肚子。孩子還得在肉裡囚禁幾個星期，此刻動也不動。緊繃的肚皮熱熱的。凸起的孕肚觸到了凸起的雙乳，乳房因懷孕而沉重，乳頭像是未知灌木的兩顆淡紫漿果。

警察感到腿間的生殖器硬了。他將它抵在妻子腰的凹陷處，用力頂著，肉緊貼肉，被褥堆成的小山下，他與她都裸睡。他想進入她身體，但他曉得妻子會推開他：懷孕時她總如此。

一年到頭無時無刻，他實在太常整個白天滿腦子都不塞滿這種欲望，思緒因此渾濁到難以專注工作。這時他就從派出所趕回家，他太太只消一瞥，就從他的雙眸讀到了癲狂。她嘆氣。她在哪，他就原地上她，粗暴直接、問都不問。他是一頭瘦成皮包骨的公豬，進入她，喘氣，低吼，如果他忽然出現的時候她正在削菜煮湯，她就一邊任憑他做，一邊繼續站著削菜煮湯，順從而沒有快樂。他高潮後就羞愧地提起褲子，一言不發盡快離家。她放下裙子，擦擦額頭，抓起削到一半的馬鈴薯把皮削完。

幾個月後，這何其短暫的熱狂產生了流著口水又皺巴巴的結果——一個新生兒。警察悵然望著搖籃裡安放的粉紅身軀。一張要餵養超過十五年的嘴，這代價實在太大了。他總是怨恨自己，但又控制不了自己。有時候，他寧願像小公牛所遭受的那樣，割下自己的睪丸。

死去神父的臉猛然重現他的眼皮底。如此一夜過後，竟還滿腦情欲，警察為自己感到驚訝。有個人被殺死了，手法還很野蠻，原始的野蠻，最初的人類大概就是這樣殺死同類的，用石頭敲，為的是爭一塊肉、一塊打火石、一名雌性、或一個更靠近唯一火堆的位子；那個時代，火是一項奇蹟啊。而他，卻只想上他太太，得到高潮。

一個孩子猛然尖叫。警察認不出是哪個小孩在作噩夢。老么或是另一個。女兒或是兒子。然後什麼聲音也沒有了。眠夢回歸，房裡靜寂，靜寂得洋溢著令人安心的滑潤豐盈，與屋外的嘈雜對比鮮明。屋外狂風呼嘯，宏大辛酸，剛剛警察肉欲難當時並未多加留心。

現在，他傾聽了起來。粗礪的沙沙聲刮擦著緊閉的窗板與屋牆，他從中認出了內陸狂飆過來的風暴那野獸般的口鼻。風暴在山區得到寒冷與風雪之助，膨脹，變得強大。在漫長空曠的平原，風暴加速前進，現在終於撞上了高原形成的死巷，在裡面繞著圈；一座座低矮的山脊傲視高原，小鎮很久以前建在了這些山脊下。風暴簡直是一頭受困的獸，在鐵絲網裡團團轉，甚至咬了自己的尾巴。

明天，一切就會是徹底的白了，警察想。那將是漫漫長冬的真正起始，而冬天在這個地方，是一種日復一日、周而復始的死亡。這個念頭讓他回想起了遇害神父驚愕的臉孔上，融化的片片雪花。

因為神父被殺了。

對，神父被殺了。他不斷重複，還是不太相信，同時幸福異常，期待這樁謀殺能讓他好好忙一場。

他在床裡輾轉反側。稍早在屍體旁邊，他腦子裡不斷重複這句話。

神父被殺了。

努利歐不想讓助手知道這起犯罪是多麼非比尋常，與他倆昔日面對的其他犯罪是多麼不同。警察完全不想對下屬表露什麼，因為他認為，下級察覺到領導他們的人可能心思紊亂、脆弱而容易受傷，絕不是件好事。

因為常碰面的緣故，警察認識佩尼業葛。規模小的城鎮中，一如伊瑪目[10]、公證人、鎮長、檔案管理員、稅務員、小學老師、大夫與政府報告員[11]，神父是眾所熟悉的人物。神父死於暗殺無可避免將成為一起大事，對小鎮、居民、也許對整個地區、以及他的職業生涯，都將產生影響。如果他能明察秋毫，影響會是好的；萬一不幸他解決不了謎團、也無法讓社群恢復和平，後果就會是無可挽回的災難。

目前，只有兩個孩子、女僕、助手和他自己知情。凶手當然也知情。其他居民都睡得正深；外面，風與雪打磨著牆。此刻，選擇了石頭、拿它打穿了神父頭顱的人，是後悔得渾身發抖，還是早已陷入喝了黑酒而酩酊大醉的酒鬼那深沉的睡眠裡？

妻子徹底放鬆，舒坦地轉過身來，面向著他。鼓脹的肚子坐擁兩顆心臟，靠上了他身側，雙腿微微敞開。重重被褥底下，她的移動捲起了溫熱的氣息，氣流舔舐警察的腹部，輕撫他垂軟的生殖器，然後飄上他的鼻孔。

欲望立刻重新激動他的血。他將手輕放妻子的左大腿，滑過肌膚的紋理，他知道大白天時，這裡是白麵包的白，然後深入她濃密的毛叢中。

手指沉湎在陰部裡，卻沒有驚醒眠夢，他抽出手指，將手指湊上鼻孔與嘴巴。努利歐舔舐著、品嘗著妻子鹹鹹的泉水味，忽然，奶白的精液從生殖器噴灑出來，四發痛苦的噴射。他扭絞著身

---

10 Imam，直譯為「教長」，伊斯蘭教的宗教領袖。

11 Rapporteur de l'Administration，亦譯為「公共報告員」，負責提供法官關於案件的事實、法律問題和政府立場的意見或報告。

體。久久一動不動後，他落入夢鄉，宛如可悲的小石頭被扔進一口大井。

3

早上七點不到，助手已剷淨了派出所周遭的雪。努利歐大吃一驚，繞派出所走了一圈。這畜牲是幾點起床的？到底有沒有睡覺？

雪積成的高牆已經變硬，有小孩那麼高，中間劈開了完美無缺的一條壕溝，兩側和邊角簡直就像是鋸子裁成的。這一切，雪與重量，是僅僅一夜之間的積累。

土地面目劇變。窒息了。屋宇成了一顆顆華麗的蛋白霜，黑暗中發著磷光。東方，還沒浮現任何微亮。只有滿目漆黑，雪花在漆黑中飛揚，像螢火蟲被微風吹拂亂舞。

天色預示了雪還會下上幾個小時。大概會下個盆滿缽滿吧。趕路的騎士可別直視自己坐騎的鼻孔啊[12]。而這會持續好幾天、好幾個月。警察嘆了口氣。他用靴子踢了踢門邊的牆壁，走進了派出所。

12 低溫中，馬呼出的氣息會結成冰霜，積累在鼻孔周遭。

巴喇杰正不知忙些什麼，跳了起來、立正站好。這些當兵的動作是巴喇杰的怪癖性，不由自主又令人發噱，努利歐已經不再留意。巴喇杰的動作快到幾盞燈的火苗搖曳閃爍，幾欲熄滅。兩人打了招呼。

助手奔向茶炊，為上司奉上一杯帶有皮革與灰塵味道的茶。接著他繼續站著，等上司說第一句話。

但第一句話遲遲不來，因為很快地，頭顱禿了四分之三又被打碎的神父屍身像個驅逐不了的討厭鬼，插進了兩人中間。屍身從容安坐在沒人坐的椅子上，念珠輕輕拍打舊聖袍，他像往常一樣淡淡笑著，淡到看見的人甚至可能覺得那不是微笑，而是看似親切的鬼臉，是皮下神經扭曲的結果。死亡洗白了他平放膝蓋的雙手。就這樣，他似乎已經超脫了一切喧囂。他有時間。有時間變成一條蟲齧食啃咬，定居在活人的思緒裡，警察的思緒裡，助手的思緒裡，在裡頭深深鑽孔。他當然不會放過這個機會。又怎麼能怨他呢？死人一定何其無聊。

這新誕生的幽靈拉扯著警察與助手的鬍鬚惡作劇，他們倆則啜飲著紅茶等待，靜默無言，等待天光決心降臨。爐膛不時爆出瘋狂的爐火。

死去的神父相當沉重。世間充滿大袋大袋的石頭，生命隨著時間流逝，愈來愈像一輛嘎吱作響的馬車，塞了太多屍體、太多迷失的靈魂。

宛如掌中的煤塵吐上口水摩擦後漸漸發白，曙光終於把天空廣大平整的黑洗成了灰。努利歐想起了光的奇蹟，隨後思及黃金、新生、春天、活水、田野的花，最後是年輕女孩，美麗、粉色、柔弱，像剛剛織好的亞麻線，對死亡一無所知，肚子是蔓越莓、乳頭是紅醋栗的顏色。他常常隱身蘆葦叢中，以欣賞這些女孩為樂，她們在河裡洗床單，唱著老情歌，水流推著溼透了的衣裙緊貼大腿。

警察把這些女孩的身體逐出思緒，眨了眨眼。巴喇杰猛力撥弄爐火，讓喧囂的木柴安靜下來。從東方流湧過來的光照進小窗，灑滿了牆壁。努利歐望著晨光，想起了兩天前在某座牛棚看見的母牛，母牛舔舐著剛剛離開牠身體的牛犢那沾滿穢物的皮膚；牛犢還不知所措，渾身黏液、驚愕麻木，藍棉花糖般的小腳站不起來。所以，我們幾歲才不再是天真無知、站都站不穩的小小牛犢？努利歐尋思。

黎明總算到來。

警察示意助手坐下。兩人分坐大辦公桌兩邊。大辦公桌肖似歐知樂邊境伯爵[13]狩獵行宮門前擺放獵物肆無忌憚一字排開的桌子。這行宮位於寇里嘉山脈高聳的森林中，是全木造的龐然大物，說

13 Margrave，亦譯「藩侯」，乃封邑位於邊疆、負責保衛邊境的貴族領主。

實在的，不折不扣是座城堡。

努利歐僅是透過聽說、也在針葉林中遠遠瞥見過行宮顯現林隙，陰暗而夢幻，才知道這座行宮的。因為他從來沒獲邀去那，為此他滋生了一種揮之不去的辛酸。對他來說，獲得階級或出身比他高貴的人肯定與重視，那可多麼重要。

兩人比對了筆記本上的繪畫：整體沒什麼不同，除了屍身右肘的角度，在助手的畫中多敞開了十幾度角，但這並不會帶來什麼改變。死者、死者的身分、死者最後的姿勢、地點、時間、傷口與造成傷口之物、第一目擊者——泉水般純潔的一對姊弟，這些都有了。還有呢？沒了，就只剩濃稠無比的黑麥粥[14]。

但死者可不是隨隨便便的死人。是個神父。是神父。那麼，是誰可能用大石塊敲碎一名神父的頭？佩尼業葛目前所知並未樹敵。警察竭力克制，不讓照亮自己靈魂的微笑顯露臉上。一股嶄新、新鮮的喜悅鞭笞著他。冬天正要籠罩畜牲、人與房屋，讓他們全都遲緩麻木，在這個世界的屁眼[15]，這個被一切奇想拋棄、沒有任何小問題、在平凡日常裡打滾的地方，有這樣的案子，對他來說真是方方面面都太不可思議。

努利歐走近窗戶，將額頭倚上窗玻璃。他拜占庭式的瘦削臉孔因憂歡交織而覆滿皺紋，充塞著一個個對他而言太過巨大的問題，就這樣靠著任憑冰霜鑲嵌星星與水晶的玻璃，這樣的他，猛然一看還真美。這個轉瞬即逝、無心為之的場景，比屠夫剝他的皮還更能袒露他的內裡。他如實顯露自己，一個將溫熱肌膚貼上冰冷物質的人：脆弱的化身，鼓湧著思想，撞上了對生靈的苦痛與世界的命運徹徹底底漠不關心的虛無的消極。他自認高人一等，卻只是隻可憐的昆蟲。

都是空。

「你昨晚在屍體旁邊有什麼感覺？」

努利歐呼巴喇杰「你」，巴喇杰稱努利歐「您」。他發話的時候沒有改變姿勢。發問之後是一陣沉默。

「你是在睡啊，巴喇杰？我問你在屍體旁邊有什麼感覺。」

努利歐轉向助手，助手只能看著他。這魁梧的男人勉力思索，大聲呼氣，嘴巴扭曲，抓撓已經破皮的雙手，拿鉛筆戳弄苔蘚般的頭髮，想從裡面挖出一些想法。

「是說，主人，我不太知道。屍體總是很怪。是人又不再是人。忽然我們看見自己死了。如果死人是被謀殺的，那就更糟糕了。更何況，這一次，是佩尼業葛神父，我當時在想的是……」

---

14 黑麥粥形似腦漿。

15 Trou du cul du monde 為法文俚語，意指偏遠、荒涼、無聊或與世隔絕的地方。因形象鮮活，茲採直譯再以譯注說明。

助手的話音停了。他在深淵周邊打轉，不太想把石子扔進去。

「你當時想？」

「我是在想……講了您會笑我……」

「媽的說啊！」

「我是在想，我們來到……終結了。」

「講清楚。」

「殺死神父，這就像撒旦接掌一切。對，撒旦。惡魔。我那個時候想，我們已經到了終點。」

「時間的終結[16]？」

巴喇杰竭力思索，臉龐都扭曲了。

「對……是有點……」他終於說了。

這一次，沉默的是努利歐。他再次轉向窗戶。助手長長吁了口氣，俯身看向自己的繪畫。這時，警察咕噥了什麼，巴喇杰聽不清楚：他好像聽到「你瘋了」，或是「你對了」，也可能是「為什麼會這樣？」。

但反正，無論說的是三種裡哪一種，他上司的話都幾乎無法理解。

晨光初綻，卻又馬上淹沒在石膏般廣袤的霾暗中，一整天都不見蹤影。低沉的雲層肆無忌憚來了就不走，猶豫了幾個小時，隨後對著小鎮一次瀉空了鼓脹的肚腸。

飄下的不是前晚那種絲綢般的雪，而是油膩骯髒的雪花，簡直是洗碗水。警察看了半晌雪花落下。他想的與他助手相反：一切可能才剛開始，神父之死宣告了一場大變革，某種危疑不明的陰暗高潮。說到底，時間的終結，不正是把人類、王國與形勢的大博弈重新洗牌的，新時間的開始？一個個我們認為會綿延千載、固若磐石的帝國，崩潰得跟灰塵堆成的城堡一樣迅速；君王落得赤身裸體、一無所有；像努利歐這樣籍籍無名的卑微之輩則乍然看見，身前鋪開了榮譽與敬重的康莊大道？

這念頭讓警察大為興奮。一陣戰慄襲上，他忽然想行動起來。他一把抓起大衣，扔上自己雙肩，什麼話都沒說就出門去了。巴喇杰習慣了上司的心緒乍陰還陽，毫不驚訝。沒了上司在場的沉重，他站起身子，抓起掃帚，使勁掃掉了地上想像中的幾顆灰塵，還一邊吹著口哨，頓挫異常鮮明的一曲匈牙利調子，他入伍時的老歌。

---

16 La fin des temps，宗教、神話或科幻故事的概念，日常用語中亦用來指稱世界末日或末世。它可能涉及一系列事件，如天啟、災難、審判等，將會導致世界終結或徹底改變，進入全新時期。

4

女僕可沒扔著他們不管。神父死了，她卻仍如他在世般服侍他。領進努利歐與名喚夸許密爾的大夫後，她讓他們在門廳稍等。簡直像是她要去跟主人傳報他們光臨似的，說不定她還真的這麼做了。努利歐與夸許密爾站著不動，也沒交談，任憑目光游移於掛滿聖卡[17]的發青石膏牆，聖卡後方伸出黃楊枝，枝條已經乾枯，如今看來像一束束香料。

夸許密爾是警察離開派出所後馬上接來的，看來還似懂非懂，仍在咀嚼警察告訴他的消息。他沒發表任何意見、也什麼問題都不提，警察心下暗惱。女僕回來了，用下巴指了指門。門通往昏暗的大房間，努利歐與大夫慢慢走了進去，本能地擺出肅穆的神情，讓人覺得他們是在憑弔。

房間的窗板是闔上的，僅有兩座大燭台發光，各插著六根蠟燭。神父的屍體仍然躺在桌上，姿勢跟警察和助手早前擺放的一模一樣，只差在左右手現在彼此交碰。兩隻手被繞著雙腕的象牙念珠繫在一起。臉洗過了，安放在一個白亞麻墊子上。女僕為他刷洗了聖袍，清潔了鞋子並打上蠟，還在胸口放上了銀十字架。房內有聖水盆與聖水灑器供訪客使用。大夫毫不遲疑，急急抓起聖水灑器祝福了遺體，然後把聖水灑器交給警察，警察不得不照著做。女僕跪上祈禱跪凳，雙眼微閉，念叨著《天主經》與《聖母經》，但努利歐發覺，他們的一舉一動，她全部都不放過。

夸許密爾重拾醫生本色，勘驗了佩尼業葛的頭顱。他稍稍提起頭顱，但屍身實在太僵硬了，整個身體都隨之移動。神父彷彿醒轉過來，向空中輕輕踢了踢。睹此情景，女僕畫了四次十字聖號，而警察儘管閱歷不淺，卻也感到不舒服。

大夫花了點時間細細查看石頭砸出的傷，隨後將神父的頭重新放上遺體墊。他示意努利歐他結束了，可以走了。兩人再一次祝福遺體，辭別女僕，走了出去。他們等到跨出門檻才說話。先開口的是夸許密爾。

「我還是不懂您怎麼昨晚一直到剛才都沒派人找我。」

「您還能做什麼？他死透了。我碰過夠多屍體，能得出基本結論。況且再多一個人，恐怕會更加汙染犯罪現場的跡證。確定是被石頭砸死的嗎？」

「石頭直接砸死，或者石頭砸了再凍死。反正沒什麼差別。石頭打穿了他的頭骨，就算沒馬上死，也倒在地上失去了意識。天寒地凍，死亡很快就來。要我說吧，不到十分鐘。您抵達時屍身已

17 Image pieuse，直譯為「虔誠的圖像」，供信徒祈禱、靈修等信仰活動使用的圖繪。

經冷了嗎？」

「好像吧。」

「『好像吧』？您沒摸嗎？」

「我仔細看了很久。」

「隊長的方法很奇怪啊。」

「這就是我的方法，到現在都確實有效。」

「我這麼說並不是想冒犯您。」

「您沒有冒犯到我。」

但顯然警察對醫生的批評相當不悅。大夫想著要怎麼哄他。兩人走上了大街。居民把衣服裹得一層又一層，頭戴軟帽、直筒毛帽、頭巾、垂耳帽、鑲毛鴨舌帽，正一大鏟一大鏟鏟掉人行道的雪。刮擦聲與嘎吱聲交織成樂，傳進了耳朵，讓酸兮兮的膽汁猝然湧上嘴巴。路中央偶有馬車之字行駛，因為馬蹄就算釘上了鐵，還是會在稍微堆積的雪掩蓋的冰面上打滑。

「去喝碗熱的怎麼樣？」夸許密爾提議，「我請您。」

他們剛剛走到魏羅克的客棧前。門上掛著鐵皮招牌，畫著一匹狼在一名獵人的懷裡翩翩起舞，牌子下垂著十幾根長短不一的冰柱。努利歐聳聳肩，夸許密爾覺得他接受了。大夫顯得鬆了一口氣。兩人在擦鞋口[18]清潔了靴子，抖了抖大衣，推開了門。

魏羅克的鼻子可不得了，顏色跟形狀都像極了大大一條黑皮白蘿蔔[19]。他在兩人面前擺上兩碗主味是孜然與大蒜的肉湯。兩人吞了幾口肉湯，這時大夫才又開口說話。

「我也一樣，不是在地人，這您大概曉得，但我已經在這裡安頓下來，我在這也沒比較不快樂。只有我太太想念都市，但在都市我一定沒有任何機會。我課業成績不怎麼樣，對那些在身上培養各種難治的病的嬌弱傢伙來說，我不會是好醫生。」

夸許密爾停了停，大概是覺得警察會要講什麼。但警察一言不發，就只是對肉湯吹著氣。

「這裡什麼東西都粗糙原始，病跟人都是。從來沒有什麼超出我的能力。我們這裡很偏僻，什麼都很遠。離榮譽與責難都遠。我在這裡治好病人，在都市裡大概會害死病人。這樣很好，合乎世間秩序。我們這個地方的人都是些奇怪的老夥伴。我來的這些日子裡了解了他們，我在想，這案子會在他們心裡會掀起怎樣的浪。這些人是習慣、常規與風俗的動物。他們對例外並不拿手，這我自己也是。不用懷疑，這案子會引發騷動。天知道騷動裡會生出什麼？」

18 Décrottoir，昔日歐美設於房屋大門邊的裝置，有金屬片供訪客在進門前刮去鞋底髒汙。

19 Radis noir，在台灣罕見，皮為黑色，較一般的白蘿蔔粗硬。

努利歐大聲吸了一匙肉湯，肉湯裡有他隨便切切的麵包，切麵包的那把刀他從不離身，是父親留給他的，以公羊角為柄，刀刃磨得鋒利異常，就像一彎下弦月。麵包心已經膨脹。肉湯油膩膩的眼睛[20]打量著警察。這麼多目光卻一張臉也沒有，在一個陶碗裡停留不動，彷彿脂肪組成了一個法庭，情景可怕，令人心生厭惡。努利歐突然沒了食欲。他放下湯匙，把碗推開。

大夫像貓一樣舔著他的湯，是說他所有的一切都像貓，從鬍髭、眼睛到指甲都像。那稀疏的鬍髭往尖尖的臉孔兩邊張開，參差不齊分岔著；那雙杏仁眼是綠金色的；他的指甲，努利歐初次注意到，出奇地長而鋒利。

「您想要我進行屍體解剖嗎？」

警察從背心掏出一支小雪茄，瑞士的克魯默雪茄，他唯一的奢侈，從伯恩五十根一盒、五十根一盒弄來的，每根都像歪七扭八的蚯蚓。他注視了大夫幾秒然後回答。

「把人像兔子一樣開膛剖肚，我一直覺得粗野。就神父這個案子，我看不出你解剖能知道什麼，可能只有受害者逝世前吃了什麼吧，這我幾乎可以直接回答你，我們在這裡全都吃得一模一樣，羊肉、洋蔥、大頭菜、黑麵包。所以，哪裡重要？死因很確定不是嗎？」

「是很確定，就差我稍早表達的那點遲疑。」夸許密爾繼續說。沒辦法翻翻看一名神父的肚腸，他一時顯得失望，但很快又用熱情的語調接著講：「石頭與低溫，我講不出哪個先馳得點，不過我想，您關心的只是由我向您確認他不是自然死亡、甚至也不是意外死亡：抓著石頭的手是一隻想要殺死、或無論如何打算重傷神父的手；神父倒在地上，可能只是受傷沒死，手的主人也完全沒動作救他。雖然不是我的專業，但我斗膽補充，我認為凶手不可能搞錯對象。身穿聖袍的神父就算在暮色之中也容易認。所以凶手想殺的不是別人，正是他。」

努利歐沒有回答。他看來是在腦子裡反覆思索大夫剛剛說的每一句話。時近晌午，客棧空無一人。魏羅克粉刷著通往廚房的牆腳。他老婆的身影在廚房時隱時現，身材肥胖，削著白菜，皮膚病禿了她的頭，禿到魏羅克好像跟男人結為連理。另外還能隱約看見幾隻死禽在木砧板上等著剁切。

餐室的牆掛滿了狩獵的戰利品，其中有些是釘在木料上的獸頭：雄鹿、野豬、狍子、猞猁、狼，一頭緊挨一頭；不熟這地方的人有時會備受衝擊，覺得受戮的禽獸召開了大會，將他團團包圍，牠們專程與會，就是要對屠殺牠們的人興師問罪。

努利歐還沒點燃雪茄，輕輕啃咬著雪茄頭，將目光迷失在一具十二杈角雄鹿的杈椏中，順著鹿角那顆顆粒浮突的曲線滑移，悄悄落在主幹、側枝、頂端的分叉，往蒼白的角尖游移。角尖精緻脆弱得像小孩子的牙齒。

20 Yeux gras du bouillon，指湯面飄浮的油脂泡泡。

「您不說些什麼嗎？」

大夫看著警察。他原本要再吞一匙肉湯，但中途停住了。他等著。努利歐離開雄鹿，回到大夫這邊。

「您不只是醫生，還可以當警察呢。你將情況概括得無懈可擊。恐怕連我都辦不到。」

「我該從您的話裡聽出反諷嗎？」

「完全不。我從來不喜歡反諷。反諷讓蠢蛋錯以為自己聰明。」

「醫生裝警察，警察扮哲學家，唉呦看看我們倆。」

努利歐注視夸許密爾。夸許密爾似乎突然擔心自己太超過，但警察的臉浮現了一抹微笑，大夫放鬆下來。

「這地區太麻木人了，我們真必須創造其他興致，不然恐怕會在憒懣跟憂鬱裡腐爛呢。我能不能請教您一個私人問題？」

大夫皺起眉頭，謹慎點了點頭，看起來像是同意。

「您相不相信上帝？」

大夫沒有馬上回答。他輕咳幾聲，凝視面前的湯，一根手指悄悄滑過陶碗邊緣。他仍然低垂眼睛，卻浮現了微笑，放低聲音開始說。

「如今這快變成危險的問題了。您不覺得嗎？」

努利歐聳了聳肩。大夫繼續講：

「我是穆斯林。您當然曉得，這裡什麼都逃不過您的法眼。我的上帝因此不是神父的、也不是您的上帝。」

「我的上帝您又知道什麼了？」

「我知道我從來沒在清真寺見過您。我就推論您上教堂。」

「就沒有其他選擇了嗎？」

大夫難以置信望著警察，警察對自己炮製的小小驚嚇頗為滿意。

「沒有，您放心，我不是猶太人。您心知肚明，帝國這個地區沒剩多少猶太人了。我只是想告訴您，人可以沒有任何宗教信仰，不信任何上帝。」

「那這難道不是最有害的態度嗎？」

大夫的這句評論似乎逗樂了警察。

「我說的是假設，跟我本人沒有半點關係。而且我是在您職業的保密封條約束下對您說話的。您永遠是醫生，而我永遠是警察。我們選擇了永遠脫不掉的衣裝，就連在床上也是，不是嗎？所以我們承受著後果。昨晚被殺的神父跟我們，您、以及我，都一樣是有宣誓的人。他因此有點算是我們的弟兄。恕我另提一問：您既然是穆斯林，為什麼祝福神父遺體？」

「我們的社群在這裡跟在邊境另一邊很不同，在這裡我們是極少數，這您早就知道。我們安然無恙活過幾個世紀，也是因為我們保持某種謹慎的低調，再配上一套隱身的技藝。我不覺得自己用死者的宗教規定的姿勢來致敬死者背叛了先知。而您呢？為什麼您做了？」

「大概跟您一樣原因，或就好玩吧。」

兩人似乎已無話可說，為此漸感尷尬。他們的手掌與指甲成了各自唯一的興趣。警察終於站起身來。他謝謝大夫請喝肉湯，點了點下巴向魏羅克致意，就往門口走。大夫在桌上留了些硬幣，追上警察。他們回到了戶外的寒冷與雪中，雪讓天地渾融成一體的白。大夫戴上了手套。

「若需要我效勞，您知道哪裡找我。我為您加油打氣。」

他翻起寬敞大衣的毛領，戴正了阿斯特拉罕羔皮帽[21]，在結了薄冰的人行道上像個溜冰的初學者，一步步謹慎走遠。他最後那幾句話在努利歐的腦海不悅地迴盪，尤其是那聲「加油打氣」，既曖昧又滾燙。

為什麼他需要加油？即將需要加油的是凶手，可不是他。警察還從未見過哪個死囚興高采烈登上絞架的階梯。每個人在被指定死亡時間和方式後，都變成一灘和著鼻涕和糞便的爛泥。這是顛撲不破的定律。

努利歐深信不疑自己遲早能揭開罪犯的真面目。其實，一切繫於這「遲早」。他正開始的調查對他而言，就是要盡可能延長快樂，但又不能消散了快樂，既得遠離「早」，又別超過「遲」。他必須玩橡皮筋，盡可能拉伸再拉伸，在斷掉前一刻停手。因為斷了的話，快樂非凡，他也完蛋。他會被流放到鳥不生蛋的地方，或送進鹽礦礦場，而前者與後者大概沒有差異。

21 Toque d'astrakan，由原產於中亞的卡拉庫爾綿羊羊羔毛皮製成的毛帽。這種毛皮非常珍貴。

5

暮色沉落以前，在這個季節是下午四點左右，整座小鎮都知道神父遇害了。

警察沒有自找麻煩去調查是誰說的：巴喇杰、帕可姆家的兩個孩子或孩子的爸、大夫或佩尼業葛的女僕甚或魏羅克。魏羅克老是若無其事拉長耳朵，偷聽自家客棧裡的談話。不重要。人性就是這樣，稍有顫動就情不自禁叮噹迴響。

難以證明，因為缺乏理性證據，不過氣氛已然起了變化。小孩在人行道上腳步加快，去校門接小孩的媽媽變多了，平常她們是讓小孩自己回家的。大家提早緊閉門窗。檢查門鎖。開始用木門閂好穀倉。男人行走時一手插在口袋，戒心溢於言表，回到家馬上把家人鎖個嚴嚴實實，神色凶狠不由分說，宛如被追捕的野獸。有的為獵槍或卡賓槍上了油。有的就寢時特別在床邊的夜壺旁擱了粗頭棍、撥火棒或菜刀。

鎮長埃荀排場十足，是個不可多得的蠢瓜呆，不得不召開機要會議。警察原不在列，但是情勢使然，他跟助手都獲邀參加。疲憊沉重了巴喇杰的眼皮，還為它們染上了泛紫的煙灰。

與會的還有公證人迪米蔡・豐赫、檔案管理員列夫・卡可、帝國政府報告員路德偉葛・內龐，以及最年長的教師歐黑茲・姆拉非。

鎮公所大廳巨大壯觀，天花板高得像停泊的大帆船，但會議地點並不在此。會議在鎮長辦公室召開，房間比例怪異，有點像是船艙，四壁覆有塗了油的落葉松木板。

鎮長踞坐扶手椅。他心知肚明，這張螺紋立柱的高椅超過了他的頭，比他還有威嚴。大家各找位子坐下，有的坐上了這裡那裡有小破洞、露出了填充物的黃天鵝絨大沙發。有的落坐簡單的小凳，凳子矮到坐的人膝蓋碰到下巴。

這一切散發著蒸氣與餿味，這麼多憂心忡忡的身體擠在這麼小的空間裡，跟他們的思緒一起久久醃泡，衣服裡已經汗流浹背，而在這個冬天缺水的地區，衣服幾乎不換洗。小鎮的水源只有水非常鹹的一口蓄水井，還有兩泓小氣兮兮的泉水，從小鎮停泊其上千餘年的岩盤流淌出來。

埃苟清清喉嚨，想讓喉嚨誕生出第一句話，結果清過了頭，猛咳一陣。他皮膚本來就紅，現在更色似豬肝，像極了家禽凹凸不平的血紅肉冠。他果凍般的甲狀腺腫不停震顫，接著，他在手帕裡吐了一口老痰，仔細看了看，又把手帕塞進皮短褲的口袋。其他人安靜等待。他話終於勉強說了出來，結果只是把球扔給警察。

「隊長，麻煩為我們扼要說明情況。」

努利歐並不驚訝。他懂鎮長。鎮長無疑是鎮上最膽小怕事的男人，還是數一數二的白痴，但就是夠有錢，因此坐擁選舉權與當選權。其他人選他出來，正是因為他才智低下，大家很謹慎，不會選一個滿腦子革新想法又企圖付諸實行的莽夫；大家很自大，不會選一個比自己傑出的人。靜止不動是和平的保證，愚蠢則往往是其盟友。上流和下流社會都懂得把管理自己的轀繩交給氣派宏偉的白痴。凡此種種全都歷史悠久，不分國界。

但鎮長也沒有白痴到不清楚自己坐上這位子要歸功於何。是說他也不因此悲傷；在幸福與傷害間，他早已找到了何其滿意的平衡。再說，當我們坐擁一筆財富，這筆財富奠基在出租五座莊園、開採兩座礦場上，就算三代人放蕩亂花也用都用不完的時候，人生沒什麼好抱怨的。挨餓的聰明人享受得比愚蠢的有錢人少。在塵世能撈就撈，因為我們並不知曉塵世以外。

警察喜歡言辭，而一如獲得善待的狗想要取悅主人，言辭酬賞警察。助手呢，完全不是個多愁善感的生靈，卻在他上司公開發言時，情不自禁崇拜起來。他從沒上過劇院，只知道「戲劇」這個詞，但他常常在想，戲劇應該就像這樣：一名隊長這樣子的演員，在尊貴的觀眾面前說話，話語如此精確，簡直跟磨利的斧刃一樣鋒利；觀眾鴉雀無聲，品賞著表演的巧妙。往往警察語畢，巴喇杰都要忍住不拍手，就只挺直腰板、抬起胸膛，因為他感覺到，站在光中的那一位的榮耀，像金粉一樣掉了一點點在他身上。

努利歐講了不到十分鐘。他講了他所知的全部、他與巴喇杰在犯罪現場觀察到的一切。他也述及他與醫生對死者的探查及大夫的結論。他沒有大膽炮製種種假設，因為完全沒有足以認真建立哪怕一項假設的依據。他特別說明，他倆抵達現場後落在神父屍體周遭的雪，還有夜裡繼續堆積的全部那些雪，對調查毫無幫助，因為潛在凶手遺留的痕跡一點也採不到。

他接著說了在場人盡皆知之事：佩尼業葛擔任聖職將近四十年，沒聽說他有樹敵，是個受人尊敬、樸實刻苦、不善交際的老人，也沒聽說他私下有朋友或知己，生活跟一杯水一樣清澈。最後，他推斷，破案過程無疑會相當複雜，而且要花時間，除非凶手忽然前來自首，坦承犯罪。他認為必須補充，這在他看來機率微乎其微。他停頓了幾秒，好讓在場所有人咀嚼他的話。接著，他用一種讓巴喇杰陶醉不已的緩慢莊嚴，從大衣口袋拿出了打碎神父頭顱的石頭，小心翼翼放上鎮長的辦公桌，彷彿它會爆炸似的。

人群打了個寒顫。然後，與會者一骨碌全都站了起來，來到辦公桌前俯身察看。就只有巴喇杰沒走去看，他不敢。反正這石頭他熟得很，甚至一個突起接一個突起全都檢查過了。警察則朝旁退了一步，從背心掏了條克魯默雪茄，湊到唇邊但不點燃，坐上了沙發微笑，一抹無人發覺的微笑。

鎮長壓制住了摻有某種非理性恐懼的驚愕，小心翼翼拿起石頭。他把石頭湊近他那雙近視眼，近到像在嗅聞，把它翻來又覆去，掂量它重量幾何，粗略模擬出緊緊抓住它，猛然又一個動作，可能是要把它扔出去，把公證人嚇得跳起來。公證人的尊容令人不敢恭維，身材似蛇蜥，臉蛋像蚱蜢，緊緊包在黑袍裡。

鎮長把石頭放回警察剛剛放的地方。石頭現在是大家的了，每個人都來拿一拿。它忽然成為世界中心，地球這大石頭中央的一顆小石頭，萬物繞著它轉。

講實在話，他們在觸摸死亡。死亡就在掌中。印象很詭異，這塗了凝固鮮血的重量。說到底，它恐怕比步槍還讓人熱情又多嘴，有如神附[22]。步槍的用處就是殺戮。大家知道步槍是種武器，在這地區只用來殺動物，極少拿來殺人。石頭呢，大路小徑旁躺著千千萬萬顆，人人從未注意，它們靜靜等著時間到來，被封進矮牆、房屋立面、井緣、墳墓邊邊。但當它們其中一員邂逅了某名凶手的想像力，當他在它身旁躺著的千千萬萬個它們之中選擇了它，當他認明它，掂量它，打量它，決定不是別顆，就是它了，它就再也不同尋常。它充滿了罪行的重負。它披上了邪惡與醜陋的袍服。它準備濺血，改變本質。它將炮製一聲最後的尖叫，然後被尖叫掏空。與惡共謀，它成為了它獲選的目的。人們看見它，再也不是看見一塊無足輕重的硬銳之物。永遠永遠，它將獨一無二、身懷咒詛。它將失去本性的無邪，它絕對的純潔，此後只有一個名字，一個可恥的詞：凶器。

「這種美麗的紅色花崗石可不是到處都有。現存唯一的礦脈起自哈利吉山脊，一路延伸到馬瑟高原西翼。礦脈結束在草場中央很像嘔吐物的崩塌碎石裡。我父親常在那找到能製作不俗墳墓的漂亮石塊。不過現在只剩碎屑了。我好幾年沒去那裡。」

鎮長的話音滿溢自信，處處臃腫的身軀稍稍一動就綳裂衣裝的縫線；這套過於華麗的金裝是他在T城請人做的，穿在他身上就像毛驢套著層層褶襇花邊。

不過，他雖然經常連篇累牘胡說八道，談到岩石，那可必須信他，因為他是行內人。他沒什麼懂的，但指出岩石性質、知道在這地區哪裡找得到它們，這本書他可讀得比誰都熟。他父親在礦場把知識教導給他，他父親的知識也由他祖父傳授而來。

警察看了鎮長說的地點，離鎮裡走路不到一小時。是個寂靜過了頭的天涯地角，樹木稀少，只有寥寥幾棵歪七扭八，被風、乾渴、幾個月的落雪與幾個月的酷熱壓垮的石松。

警察很少經過那裡。牲畜群有時被人留在那裡不加、或幾乎不加看管，因為那邊的地貌形成了

22 作者在此處玩了文字遊戲。原文為 Un fusil au final aurait proCuré moins de passion et de verbiage. 直譯為「說到底，恐怕步槍帶來的熱情與廢話還沒有它多呢。」但請注意 proCuré 的C為大寫，故此字結合了 procuré（帶來、獲得）與 curé（神父）兩字。本句或亦可譯為「它恐怕比步槍還讓人更像鬼神附體，熱情又多嘴。」作者要玩文字遊戲，擺了牌作莊三缺一，到齊的三家是作者、譯出語、譯出語的讀者，缺的一家是譯者。明明是詐賭的局，譯者也只能手洗一洗，下場陪玩。譯者心中早已知道，陪君子是要捨命的；文字遊戲常常是原文最精妙處，也往往是譯文最拙劣處。謹撰譯注，提供沒有文字遊戲的譯文版本，給不喜歡拙劣文字遊戲的讀者參考。

天然的圈谷[23]，有山脊與古冰磧的碎石作為屏障。還有座池塘，池緣長滿荊豆與百合，為牲畜提供了一灘尚堪飲用的死水。草永遠長不高，要嘛是因為牲口不斷剃著草，要嘛是因為無休無止吹襲高原的北風讓草完全沒有了稍稍長高的欲望。

牧羊人來了這裡幾乎不會留下。會來這裡的通常窮到不能再窮，租不起肥沃的草場，連公有牧場都嫌太過昂貴。這些窮牧羊人安頓在高原上，心想過個一季吧，他們睡在不施灰泥加固、只用石塊砌成的小棚，老實說還談不上什麼小棚，就只是三面一公尺高的石牆，入夜後能擋擋永不就寢的風，也能在火旁取暖，黑色的火堆攤在地上，勾勒出一朵炭花的花冠。但幾天後，最多兩三週吧，面對飢餓牲口的哀鳴，牧羊人就會離開這裡，趕著牲口走得更遠一點，靠近國境，那裡比較危險，不過草也長得比較茂密。

教師把警察從思緒中拉了回來。

「有沒有向當局呈報情況了？」

努利歐轉向教師。老人年逾七旬，卻仍不畏高齡，繼續為孩子教課。老人的話音帶有一絲憂懼。他跟大多數居民一樣，認為鎮裡跟直屬的省政府往來愈少，小鎮就過得愈好。

這裡許多居民都欣賞這種與現實世界的差距。高原與周圍土地形成了一個弔詭的露天隱地，幾個世紀以來，儘管鄰近坐落著常常帶來威脅的國境，這裡都洋溢著一種遺世自得的快活情感。古早時代想必令人不滿的地方如今變成了好處，甚至美德。憑藉地理距離和時間間隔，文明任何的震盪或驚跳在這個地方都以緩衝過的姿態由人細細品賞；如此的緩衝讓好些人自認倖免於難，儘管當然，他們從來沒有真的用這種方式思考過。嬰兒用胖乎乎的小手遮住自己眼睛，就以為自己隱形了；小鎮模仿嬰兒，以為自己因為距T城騎馬尚須兩日，還坐落在一塊不適宜任何安逸生活、不適合任何財富爆發，因此不會招來迫在眉睫的征服渴望的地方，就可以不受喧嘩侵擾。小鎮享受著這麻醉人心的幻象。

如果有誰惋惜這一切，那正是努利歐。時代瘋狂暴烈向前流，洶湧得像是瞬息即逝的炎熱季節所降生的激湍；一直無緣於這條大河的努利歐，從神父凶殺案中，看見了自己有機會跳進如此的時代之流。他還是有件擔心的事：他的上級目睹本案之離奇，可能會決定從他手裡抽走指揮調查權，然後從T城派個官員來，對他擺高姿態，毀了他的愉快。

他平靜地回答了老教師。

「明天一早，巴喇杰會帶著諸位交給他的報告出發。從來沒人能在這種暴風雪裡抵達T城。我

23 Cirque naturel，指天然形成的圓形山谷。通常用以描述由冰川或地質運動形成的自然地貌特徵，呈圓或半圓形，周圍由山脊或懸崖圍繞。

在等風雪稍停，也想詢問諸位的意見。我會留在這裡繼續調查。」

巴喇杰以為自己可以趁兇器亮相、大家興趣濃厚的時候偷閒，於是在凳子上昏睡起來。一聽見自己名字，他猝然驚醒，差點摔倒。他沒聽清楚上司說了什麼，卻仍表示贊同。

他只懂了，明天開始他就要幾小時又幾小時騎他那匹駑馬冰凍自己的屁股，不過冷風中、寒冬中、暴雪中的這趟遠行能為他找點樂子，而且在這整段獨處時光裡，他會是他自己唯一的主子，在他看來這是至高無上的幸福。

帝國政府報告員生著一張宛如常年被戴綠帽的俊俏圓臉，鼻梁高挺，瞎了的左眼藏在黑皮眼罩下，活像個老派海盜。他請鎮長准他使用鎮長辦公桌，在與會者這一位口述、那一位修正下，針對神父被殺這樁離奇事件，撰寫了一份文辭華麗的彙報。只有警察沒參與報告草擬，警察總算點燃了雪茄，把沙發當自己家，嘴唇玩弄著藍色的煙。報告員校閱了報告。然後，在場有官員身分的都浮誇簽上自己的名，鎮長則在所有簽字下方加上自己的花押，字比別人大一倍，裝飾著一顆顆小點，宛如成串的星星。

文件封了緘，鄭重交到努利歐手上。努利歐馬上用同樣莊嚴的方式，交給了巴喇杰。

十一點，大家散會。

外面，雪繼續肆虐，肆虐得平凡如常。

6

次日早晨，警察趿著破拖鞋，腰圍短褲，連鬍子都沒刮，緊貼家裡的火爐暖暖他那骨突嶙峋的小身子。他妻子跟每個居民一樣知道發生什麼事了，見到丈夫這個樣子，驚訝萬分。她挺著便便大腹，像抬著沒綁好的沉重包袱，單手扶肚，鴨子般搖搖擺擺繞著桌子打轉，為還沒清醒卻已經吵來吵去的孩子們倒熱牛奶。

此起彼落的尖叫與嚎哭聲中，她瞥見丈夫臉上偶爾閃現奇異的笑。她太懂了。小朋友去了學校，她坐上椅子，雙手久久按摩腰部來舒緩腰痠。在她肚裡，孩子剛醒，拳打腳踢起來。又是男孩子啊，她苦澀地想著。嘆了口氣。

努利歐在她身邊坐下，捧起她的手親吻，一路來到她的手腕、前臂，捲起胸衣的袖管，露出了她的上臂。他抓住妻子的乳房，她很早起床，精疲力盡，但什麼都不敢說，就任憑他做。他愛撫另一隻乳房，腹部，讓她張開雙腿，就在這裡，火爐旁邊，高溫的爐鐵燒成了肉紅色，現在他也在妻子的雙頰看見了同樣的紅，他妻子喘息著，閉上眼睛，努利歐的手指深入孩子的下方。孩子的媽鼓脹的肌膚底部，肚子的裡面，孩子暖乎乎，在陰暗的偉大汁液中閉著眼睛，那是一座大陸，非孩子莫屬的世界。

一小時後，他推開派出所的門，發現爐火沒了。巴喇杰日出前就已動身，爐膛裡的燼火趁此良機熄滅了。他不時嗅聞手指，指上殘留著妻子的鹹溼。

這是他所知道的最頑強持久的香氛，是說已不只是香氛，更是一種蠻野的、獸性的、遠祖的氣味，繫連著太古的萬物起源之淵。他一整天都不洗手了，這樣就可以隨時隨地想聞就聞，誰都不會發現他在嗅聞這縷肚腸與精液的氣息，然後他會感覺到生殖器重新站起來，他會想到太太的乳房、大腿、舌頭、在快樂中迷離的眼睛。

他動起來重新生火。火光再次照亮房間，溫暖四壁，他拉了椅子來到窗戶邊，安坐這個他心愛的位子。坐在這，他的目光能找到由一系列景致愉快組合而成的風光。前景，最近最近的地方，是派出所的院子。氣候溫和的幾個月裡，兩匹馬允許在這裡自由活動，牠們不曉得怎麼使用這有限的自由，就永不膩煩繞起圈圈，偶爾用嘴拔起一叢粗黃的草，用黃色的牙齒嚼，因為就必須嚼個什麼才行，牠們的大眼睛則望著石灰刷過的牆壁，對牠們來說，那是牠們龐大的宇宙那又白又安全的邊界。

院子的矮牆再過去，是墓園的低處。小鎮的墓園很特別，坐落在陡坡上，一排排墳墓從教堂西翼開始蔓延，十字架與石板刺蝟般參差不齊洶湧而下，一路吞沒小山丘，像訓練有素的狗刻意衝撞兩塊巨岩，墓園即止於此。努利歐瞥見了覆雪的巨岩，雪讓兩塊大石像是被拖網遠遠拖離深淵窩巢的巨大海獸軀體，等著切割支解為巨大的膠質肉塊。

墓園再過去，是波浪起伏的田野，一路延伸到往T城的大路。大路明快爽利深深切過，將田野劃成兩半，溝壑般的大路隨季節變化多端，時而呈褐色，時而粉塵飛揚，時而泥濘，時而脆乾，時而在平坦的一片白裡隱形起來，平整得無法察覺，今天就是如此。過了大路，田野一成不變平躺延伸，直到最近幾處地勢起伏的石頭山坡，這些起伏的地勢在此開始怯生生劃破高原表面，飾以各式各樣的崎嶇嶙峋：宛如靜脈曲張的小丘、駝峰、脊骨、囊腫、螺旋、沉洞、橫向突出，漸漸將礦石據為己有，將之揉成麵團，再塑立成層層疊疊的斜坡，像跳板一樣往天際延伸，在天際線的邊緣停了下來，像逼近一大叢頭髮的梳子牙齒。還再過去，便是寇里嘉山脈高聳的針葉林那苔蘚滋長的林蔭了。

警察喜歡這樣待著，抽著他扭曲的小雪茄，任目光游移於窗裡風光，窗框讓景致昇華為畫中主題，讓人清晰了解地景的深邃與永恆，同時也讓想稍稍痛一痛的人體會到，悠閒自在欣賞地景的人是多麼渺小。

他想起了巴喇杰。巴喇杰這個時間應該活像一尊冰與雪的雕像吧？騎在馬上對抗風，行囊裡裝著神父的死訊，路上還大概只有他一個人。確實，還有誰會在這種天氣冒險出行？

他看見他執拗前行，髮緣裝飾了蒼白的水晶，雙腿在也保護著馬腹的熊皮裡暖乎乎的，在這如此適合打盹與作夢、一成不變的緩慢搖晃中，什麼也不想。

許多傳說講述道，在這片地方，不只一個人就是如此死亡，在馬背上睡著，被緩慢的步調與寒冷從生命中帶走，甚至沒發現自己已經跨越了睡眠隱不可見的疆界。但說到底，這如果不是最美麗的死法，至少也是數一數二浪漫溫柔的吧？它將與它有緣的人帶入童話的懷抱，再將他轉生到熱愛幻夢的孩子讀的大繪本裡。

敲門聲響起。

巴喇杰從努利歐的思緒中消失了。

警察前去開門。他面前站著伊瑪目。伊瑪目名喚古德吉。古德吉身披冬裝，某種米黃色的寬大開襟梯形長袍，長及雙腳，遮蓋了他全身，掩藏了腿、臂、手。他又長又黃的鬍鬚跟衣服一樣顏色，以致別人看著他就覺得這張臉縮到小得可憐，因為這均勻的大片暗色中，只有羊毛圓帽下露出一點淺色的額頭，一點眼睛，一點臉頰，一點鼻子，沒有更多了，因為連嘴巴都看不見，他說的話像是一叢灌木裡頭冒出來的。

「隊長，可以打擾您嗎？」

警察示意請他進來。古德吉這腳拍拍那腳，把雪拍掉。努利歐在他進門後把門關上，請他坐在火爐旁。

按照禮節，努利歐本應為訪客敬茶。就算最窮苦的人家也從來不會失了這禮儀，茶炊為此總有滾水在燒。沒有茶、再無法買上一罐茶或連幾片茶葉都買不了的時候，乾藥草、淡紫色的野百里香、茉莉花籽、野薄荷或野花也能湊合。古德吉在火旁摩挲著手，摩挲得比真正需要的還稍稍久，等著一杯能暖暖他的燙茶，但當他看見警察坐上另一張椅，什麼都沒敬給他，他覺得難受，懂了他必須速速了結。許多人會把不敬茶視為羞辱，他努力掩飾自己對此的不滿，開始說話。

「這場可怕的悲劇發生後，我來看您……」

他拖長了句子與句子後的沉默。他盼望警察給他一點表示、一句鼓勵的話來繼續說下去，但警察一言不發。

努利歐大概意識到了伊瑪目的不自在，因為他清了清喉嚨，坐直了身子，手插口袋，準備聽聽古德吉要說什麼。他點了點下巴，示意伊瑪目說下去。

「我與佩尼業葛神父都是宗教的代表，在這艱難的時刻，我們兩個宗教常常企圖被對立起來，但我與神父的關係是全天下最融洽的。他敬重我，我這樣說並不為過；而我，請您相信我，我無比尊敬他。願真主擁有並珍愛他的靈魂！人是脆弱的造物，沒有神就什麼也不是，當神的牧羊人不在了，當這位牧羊人被殺害了，人的邪惡衝動就成了遊蕩的野獸，漸漸回歸野蠻的生命，支解他們過去敬畏的對象。隊長，我害怕，害怕如果沒有速速逮到凶手，可憐的佩尼業葛神父——願偉大的真主擁他入懷——的死亡，將會打破我們鎮裡的平靜。」

古德吉沉默下來。努利歐撫摩臉部，陶醉在指尖甦生的妻子生殖器味。他用空洞的目光盯著伊瑪目，讓這位訪客非常不自在，不自在到垂下眼睛，已不太知道該做什麼、說什麼。

警察站起身子，從爐膛旁拿起一塊木頭，放在燼火上。橙紅帶粉的小小火燄馬上大膽舔舐薪柴，悶沉的鳴吼從火中升起，彷彿一頭火之獸訴說著獲得餵養的快樂。努利歐繼續站著。

「您講話用謎語，而我不會通靈：如果有什麼話要跟我說，就請直說。」

伊瑪目在椅裡扭絞著身軀。

「如果，我是說『如果』，這宗重罪的凶手最後查明是真主的兒女，隊長，您想想，會發生什麼事。」

「您有理由覺得會是這樣？」

「完全沒有、完全沒有！但大家在講。」

「大家在講……？」

「對。」

「那又如何？」

「您知道我們在這裡人很少。當世界像滑輪凹槽裡的繩子轉得很順，與眾不同的人就獲得容忍，但只消一點灰塵、一顆砂粒、麻繩上的一點擦傷、水井桶子的破洞、牲口群得了病症、泉水乾涸，手指就伸出來指控了。想淹死一隻貓，會先怪牠咬人。」

「我在本鎮任職以來，到現在也好幾年了，針對您們的敵意行為少之又少，甚至並不存在，還是我記性不好？」

「隊長說得沒錯，但是過去，哪怕是最遙遠、睡得最沉的過去，常常是現在那被遺忘的父親。現在是準備犯下一切瘋狂的兒子。它沒有記憶、沒有感情。我為我的信徒害怕。昨天晚上，白鐵匠宣穆爾的其中一位太太被人罵成『發臭的爛貨』。有人要扯掉她的頭巾。她懷孕了，有人還撞她。求真主——願祂被讚美——保護她！她哭著逃開了。」

努利歐看著眼前的男人，整個人擠在椅子裡，蜷縮得讓人以為他的袍服沒有裹著任何身體，只有一雙惶恐的眼睛，一個萎縮的生靈，幾乎不是人。

「司法，」警察說，「高於人。恕我斗膽一言，您別當成褻瀆，司法也高於教法。司法唯一的行動準則是追求真相。我向您宣誓，凶手會被揪出，然後接受懲罰。不管他是基督徒或穆斯林都一樣。牽連他的只有他的行為，不是他的信仰。再說，沒有任何跡象顯示這起謀殺帶有宗教意味。也沒有任何線索表明它會帶來無論哪種方式的宗教影響。請您安心。有我在這緊盯，而我的職責不是規範信仰，不是讓這個宗教凌駕於那個宗教。麻煩您安撫貴教信徒，也請讓我做好我的工作。這一切都只是人的問題。上帝，如果祂存在，不會撿起石頭，更不會拿它當凶器。伊瑪目先生，請放心離開。」

「隊長，您說話好像聖人，這樣的您我毫不意外，您有公正好人的面相與靈魂。願真主以祂溫煦的慈悲保佑您！」

伊瑪目看來是安心了。他綻放微笑，一下子露出了滿口爛牙。

努利歐走向門口。

伊瑪目了解他該走了。他戴上羊毛圓帽，拉下袍服的兜帽，對努利歐欠了欠身，走出了門，一邊感謝他的接待。他在雪花瘋狂亂舞中漸漸走遠，雪很快就隱沒了那身影。

敞開的門吹進一陣夾雜冰霜的寒風，搧打警察的臉。在他背後，氣流煽旺了火燄，燄苗舞向八方四面。忽然，警察在長褲裡，感到勃起的生殖器摩擦著布料，憤激、甜蜜、痛苦。他的頭腦重新充滿了交配與淫念。他這渺小的東西縮進了自己裡面，而世界，這死去的神父、憂心的伊瑪目的世界，這因同胞遇害而驚惶的小鎮的世界，這凜冬之爪完全擒住的此地的世界，忽然徹底、根本不重要了。

7

四天後，巴喇杰回來了，皮背袋裡裝著一封給他上司的信。他是騎著馬小快步跟在一輛馬車旁邊回來的，馬車裡端坐的是，一位主教。

助手回程跟去程一樣騎的是他的老母馬，但回程較快，因為暴風雪停息了，兩邊高高堆著雪的道路又變得可以走。

他奉命照顧主教的安全與舒適，但主教不缺舒適，他人從不離車，全程由秘書兼教區驅魔士的拉祁寇副主教陪同；其實，他馬車的外表有多樸素，內裝就有多柔軟溫暖不同凡俗，鐵件寬寬大大，木壁上了焦油，四面用冷鍛鉚釘加固，並用處理過的毛料填縫，散發中世紀皮箱風韻。

除了巴喇杰，還有四名主教府的男子隨行。他們也騎馬，但其中一位常常下馬服侍主人需求，主人會大聲敲打車頂呼喚他。

巴喇杰不想跟這四人混交情，寧願一路沉默。他想，頻繁下馬的那位想必是主教的男僕。他不胖，生了張年輕女孩的臉，粉嫩精緻，線條細膩，儘管他無庸置疑是個男人，因為他能像粗野大兵那樣喝酒撂粗話，這是巴喇杰在車隊於T城與小鎮半途的四界客棧過夜那個晚上發現的。

旅程告終，主教和僕從住進了這裡人口中的國家宮。神父的住所對這樣一位大人物來說，規模和排場都太卑微了。巴喇杰為了通報主教蒞臨，車隊抵達前幾小時就提前離隊趕回，馬刺刺著坐騎，試著跑起來，但老駑馬上氣不接下氣，跑也跑不久。在主教身上，前來相迎的鎮長、帝國政府報告員和警察，只注意到了兩件事。

首先，他老得宛若《聖經》人物[24]。主教看來有一百歲甚至超過了，紋路與褶皺蹂躪的臉龐已經沒有顏色可言。一見他，令人不禁想起天窗的月光與日光輪番照耀下，閣樓裡那些無人聞問的舊紙箱。他修長的手指只剩薄蠟般的皮膚下突出的骨頭，他的身體萎縮、削瘦、枯槁，彷彿很容易就碎光。

再來，他那雙精緻的紅皮平底鞋，腳踝處飾有可能是貂皮的白毛皮，像是異世界掉進來的，為高雅的所在、主教會議廳、羅馬風格的拋光地板、溫和的氣候打造，這裡則人人足蹬皮靴，那皮可厚了，又不成模樣，塞著稻草或羊毛。雪上已灑了沙子、鹽巴和灰燼，變得像凹凸不平的麵團，像又厚又黏、讓人害怕會整個陷進去的冰冷岩漿，穿著這雙鞋的主教，卻仍不知何處下足。

主教蹣跚搖晃，停在馬車腳踏板上，看起來完全不知所措，驚恐地望著地面，唇緣沾滿沫液的小小白白的嘴巴張開，裡面卻沒有發出任何聲音。

鎮長上前致意。他遵照禮儀俯下雙唇，想要親吻主教手上的紅寶石戒指，但主教就像沒看見一樣。鎮長放棄了親吻寶石，因為老主教的手不斷微微顫抖。

拉祁寇副主教出現在鎮長背後，一襲修士穿的罩上黑厚布塊的粗呢長袍，穿著涼鞋的赤腳趾甲又尖又長。努利歐注意到他有瘋子的眼神與鬍鬚，還擁有瘋子的堅定，讓他毫不遲疑跳下地面，對混了雪的爛泥巴冰冷灼焚自己的裸膚無動於衷，向隨從發號施令抬起主教。命令馬上執行，主教猝然化身為輕飄飄的負擔，非常不神聖，纏滿了猩紅織物，轉瞬間就被安放在國家宮大禮廳紅黑相間的地板上。在這裡，主教看來比在馬車腳踏板上還更痴呆，驚恐的目光四處滴溜打轉，先看向鎮長組織的代表團，彷彿認為自己面對的是一群窮凶極惡的牛鬼蛇神，接著看向國家宮低垂的穹頂，穹頂似乎在巨大非凡的體積裡濃縮了幾個世紀之重，讓站在下方的人縮成了一隻蟎蟲。

國家宮只有名字是宮。它與教堂同為鎮裡最古老的建築。某天在檔案庫，檔案管理員給努利歐看了張羊皮紙，飾有五枚圓餅大小的黃褐火漆，易碎的緞帶將火漆固定在文件上。這份文件斷言了國家宮在西元一一五七年已經存在。

據這份文件所述，國家宮原是一幢加固防禦的宅邸，為歷代馬瑟親王所有，據稱親王國的自由

24 《聖經》記載了不少壽數達幾百年、甚至近千年的人物，包括亞當、默突舍拉（新教譯為瑪土撒拉）、諾厄（新教譯為挪亞）等。

民與農奴能在此躲避「攻擊、圍城、流行病與其他天災人禍」。

光陰流逝，馬瑟家族世系斷絕，政治變動無常，土地與權力重新分配，這棟建築依據時代不同而成了穀倉，成了軍營，邊界緊張、戰雲密布時成了火藥庫，又成了肉品市場，最後則成為了貴賓蒞訪這個地區的下榻處。

瞭望塔讓國家宮與教堂、清真寺的喚拜尖塔一齊躋身鎮裡最高的建築物。若從西邊的平原前來，在高原上什麼都還看不太到，只看見若有似無的屋頂連綿宛如羊群，與單調的砂質土地、青銅色的荒地及田野渾融為一的時刻，眼睛會認出三座高峰：鐘樓、喚拜尖塔與國家宮的方塔，旅人就確定了這裡有座城鎮。

國家宮的牆壁厚達兩公尺。太陽在外面炙烤道路與屋宇，國家宮裡無比清涼，而整個冬天，裡頭一座座壁爐儘管燒起雄雄大火，寒冷在國家宮中仍是昂首闊步的君王。總之，這是一幢堂皇絕美又無法住人的房子，只有消逝時代的幽靈與幾百年來沒有血肉肌膚的記憶才能在此安居。

鎮長、警察、帝國政府報告員及巴喇杰滿腹疑問告退了，主教一句話都沒跟他們說，也沒敲定佩尼業葛神父葬禮的日期時間，而那卻正是這位教會高層駕臨的主要理由，或許更是唯一的原因。

努利歐把助手莊而重之交給他的信放進口袋，打發助手去休息，告訴助手傍晚再來找他，然後就回家了，心想在家比在派出所好多了，可以悠閒喝湯飲茶，欣賞老婆，在她身邊嗅聞，撫摩她，大快朵頤她的體溫與氣息。

他走在白雪皚皚的人行道上，一想到髮妻，就回憶起前一天拜訪帕可姆家，好再見上蕾米亞與杜力這兩個發現遇害神父屍體的孩子一面的情景。

帕可姆家的父親是木鞋匠，太太幾年前死了，就與一對兒女獨自生活至今。他們住的房子是鎮裡數一數二悲慘的。那房子以前是畜舍的小棚，位於邊緣地帶，是泥漿糊上未加工的木板蓋成的，草草改造後拿來住，只有一個大房間，地面是泥土，某幾處鋪了亂七八糟的地毯，毯子經久磨耗，顏色和圖案都認不出了。

這空間既是作坊、也是臥房，同時還是廚房與起居室。房子的地基顯然已遭牆硝[25]侵蝕，因為牆根生長起了大片大片的白華，令人擔憂房子本身也時日無多。萬一哪天房子倒了，什麼也不剩，警察接到通知也絲毫不會意外。說到底，房子跟住在裡頭的人一樣。前一刻還在，轉瞬間就全都灰飛煙滅。

努利歐敲敲門，為他開門的是女孩蕾米亞。孩子的爸並不在家，不知去了哪，要嘛醉死在客棧裡，要嘛躺在人行道某個地方慢慢醒酒。杜力去找爸爸了。蕾米亞讓警察進門，包好了裹住全身的

25 建築材料的水分蒸發，析出鹽分，留在表面形成白色或灰色晶體，有破壞建築之虞，導致牆面剝落或色澤改變。

大毯子。她雙足赤裸。只消瞥一眼，努利歐就確定孩子的爸喝到見底的酒瓶比他做的木鞋還多。製鞋工具無人聞問、滿布塵灰，刨花堆的規模也比不上瓶罐堆。

火爐旁，一座木盆盛滿熱氣騰騰的水，飄散著肥皂味，讓人都快忘了房裡陳年嘔吐物的味道。小女孩趁父兄不在洗澡，警察在她洗到一半時前來打擾。溼漉漉的髮梢，水滴上了羊毛。臉頰像用刷子刷過，白皙光潔。她落坐床邊，應該就是她的床。努利歐走近火爐。幾綹金髮在木盆裡泅泳，他想起細細的蛇。

「那個晚上到現在，你有沒有想起什麼細節？可能有什麼線索回來了，回到你或你弟的記憶裡？」

小女孩閃躲警察的目光，小腳摩擦小腳，非常孩子氣地搖了搖頭。努利歐細看她的臉。那個夜晚，她給他的印象是一隻面貌醜陋、膽怯驚恐的老鼠。但其實，褪去了寒冷、黑暗、害怕、真的太大件的羊毛衣的她，完全像是另一個人，眼前的她是甜美的小小造物，雙頰泛出的紅暈讓她像朵芍藥或草原石頭花。

她可能幾歲？十三歲？可是看起來更大。母親的死想必讓她的雙肩承擔大人的重量，讓她一下子長大。

警察離開火爐，坐到她身邊。他看得出來她變得窘迫，但他沒有離開，覺得這份窘迫迷人，令他陶醉。她裹緊了包住身體的毯子。此刻努利歐唯一的念頭，是裡面她應該什麼都沒穿。這想法讓他心思紊亂。

「我要你再跟我講一次怎麼發現神父屍體的。也許會有一些小細節你原本沒想到，現在忽然冒出來。」

小女孩聽話照做。她重述凶案當晚她講過的事情經過，語氣暗淡平板一如長篇連禱。警察心想，傳說應該就是這樣誕生的，幾世紀口耳相傳的老生常談，最後篩出了最細密的沙。

父親不在。她發現牛奶沒了。她決定在當日最後一次擠奶的時間，去最近的巴茲戚農場取一桶牛奶。天快要全暗了，還剩一點亮光。

農場作業延誤了，奶還沒擠。姊弟倆只能在牛棚溫暖的角落等待，等著巴茲戚家的么子為牲畜們沉重的乳房卸下負擔。這智能不足、還是個啞巴的小兒子諢名廢督爾，堅持要完成全部工作後才會給姊弟倆牛奶。也就是說，要擠完十二頭薩琳品種的乳牛才行。薩琳牛腿短又有點太瘦，不過身體結實，也不挑剔牧草品質。

蕾米亞兀自用她那單調又迷人的聲音，對警察講述此情此景，一隻貓不知從哪鑽出，喵喵叫朝她走來，跳到了她膝上，依偎著她。牠看了努利歐一陣子，感覺到這暗黃臉皮的小人類是個不速之客，隨後閉上眼睛，在小女孩的撫摩下呼嚕起來。

牛棚的溫暖與牲口的氣息讓杜力沉沉入睡。廢督爾裝滿了小朋友的牛奶桶，姊姊叫醒了弟弟。智能不足的啞巴大力比手畫腳、擺弄各種鬼臉，扮起小丑，想要留住他們。他也像他常常到處在做的那樣，從短褲裡掏出生殖器，像朱紅的大香腸一樣握在手中揮舞。不過，看見他們沒被逗樂、也沒被嚇到，他沮喪，速速收好香腸，聳聳肩膀，對他們吐了口水，回到他的牲畜旁。

接著，姊弟倆走了出去。

已是黑夜。

他們沒走最短的路，寧可走人稱「失足」的小巷回家。小女孩一手提奶桶、一手牽弟弟走著。這時候，她說，開始下雪。刮起了風，大概就是這陣風在姊弟倆還沒走到之前就吹滅了教堂後的路燈。小巷在教堂背後，像動物的腸子生了腫瘤，開始變寬。當晚，那個地方沉浸在棕黑的夜色中。他們害怕這灘陰暗，稍稍加快了腳步。就在這時，暗夜加速了心跳的小男孩踢到一個又長又破爛、攤在地上的東西。小女孩扶住差點跌倒的他。兩人眼睛習慣了黑暗，認出了橫躺在地的是神父。姊弟倆動也不動，渾身發僵，可能有一分鐘吧，不會再久了，然後蕾米亞，是她先回神的，叫弟弟去找警察。小男孩疾奔而去。

就這樣。

是全部了。

「我跟巴喇杰到的時候，你們兩個好像不會害怕。你們沒有被這個發現嚇到嗎？你一個人留在屍體旁邊，都不會擔心凶手還會出現，也把你殺了？」

小女孩沒有馬上回答。她低下頭，撫摸她的貓，貓在睡夢中翻了個身，把自己潔白的肚皮送給孩子的手指，同時張開了腳，模仿著慢動作打鬥。她最後聳聳肩，表示沒有。

「你有沒有碰他的身體來看看他是不是受傷，需要幫忙？」

「他死了。我知道。」

「你知道？你看過死人嗎？」

蕾米亞點了點頭，注意力回到貓身上。貓呼嚕嚕叫著，宛如無上幸福的君王。

努利歐思索起來。他閉上雙眼，重走兩個小孩的路程，從巴茲戚農場走到犯罪現場。他慢慢走，一公尺一公尺走，但他的路線重建一無所獲。他睜開眼睛。小女孩宛如一幅畫的主題。昔日他曾在大城市的大教堂裡看過類似的畫，但從沒想像過有一天能親近這些畫的藍本。

蕾米亞渾然不覺之間，毯子滑下肩膀，露出了右乳房的最上面。她全神貫注在貓身上，好像不再意識到警察在場。她肩膀的肌膚映上了金色的火光；她的乳房，上半部非常白，向下延伸入陰影成片的天鵝絨裡，在黑暗中湮沒，同時又突顯了曲線。

這小小一塊肉蒸騰著洗澡水與肥皂、更還有身體本身的芬芳，溫暖、柔軟、洋溢著肉豆蔻的味道，讓人想起用研缽搗碎的野薄荷。

警察倏地站了起來。他必須離開。他旁邊這赤裸的身軀。如此新鮮的肉體。火堆。火燄。火光瀲灩。如此的情景，女孩的容顏，女孩聖而半裸，聖，也就是說，純潔而遙遠，永恆的兒童，但又在同一時空之中，絕對赤裸，也就是說，脆弱柔軟的肌膚，由長大成人、可以愛撫的身軀長出，這個身軀——她說到底也夠大了——已經可以與男人合為一體。他感到陰莖在長褲裡變硬。他為此恐懼。莫非他的衝動已腐蝕他竟至淪肌浹髓，讓他對小孩興起欲望？這徹頭徹尾是個陷阱。那麼是由誰為他設下？

下一瞬間，他囁嚅兩個自己甚至忘了的詞，額頭滾燙，看也不看女孩一眼就走了出去。他依稀記得，跨出門時，貓喵了一聲，聲音從他的後頸無休無止流淌下去，發酸的唾液；隔天早上，他在臥倒餐桌桌面的妻子裡面高潮，至大愉悅之際思緒引爆，浮現他緊閉眼皮背後的，是蕾米亞的臉。

8

努利歐讀了兩遍助手從T城帶回的信。是他上司指揮官史侯寫的，什麼真正重要的都沒寫。指揮官個性懦弱，他正告努利歐：在他漫長的從警生涯中，神父謀殺一案就他所知，是數一數二矛盾重重的。他又補充，也是數一數二罕見罕聞的。「罕見罕聞」要怎麼寫，指揮官很猶豫，因為這個詞被劃掉重寫了三次；寫好後，指揮官又在「罕見罕聞」下畫了三槓強調。辦案須當勤心勉力，亦宜謹慎持重，因為如此悲劇之前發生何事、如此悲劇又將導致何事，尚屬未知。

指揮官也指出，他已立即通報部裡，因為在國境如此敏感的地區爆發這種凶案，事態規模是他與努利歐都無法估量的。

他補充，部裡由東部邊境諸省分署的一位副署長代表，為此即時通報向他致謝，並希望隨時得知案情進展。情勢若有需要，亦會有上級指示。

警察折好信柬，放進收納所有從T城來的公文的卷宗裡。他嘆了口氣。

指揮官在辦公室裡暖著腳。他每晚都去城裡一家滿是塗脂抹粉不害臊的女人的大酒館，喝他一杯潘趣酒，沉浸在樂隊演奏的甜膩迷人調子裡。他的生活充滿了上光蠟、吸墨紙、醃肉、啤酒、小姐、剪裁優雅的衣服。他近視的目光讓他在眼鏡後面顯得深不可測，他大到像患了腦積水的禿頭則讓人認為這腦子一定了不起，但其實，他就只是遲緩，做事又事倍功半。他把職業生涯活成了一盤永無止盡的棋局，沒有展現才華，而是用決策緩慢來耗死對手。於是他坐上現在的位置，活在充滿光輝、聲音與美麗臉蛋的城市，從來不用擔心他那雙漂亮的漆皮靴會泡在泥淖裡，也不用害怕會要在大風呼嘯的高原、不見五指的霧裡一連幾天追捕牲口盜賊。

努利歐把他嚼了但沒抽的克魯默雪茄扔進火爐。生命顯然並不公平。如果真有個上帝，那也一定是個蠢貨或腦子壞掉才會把人類安排成這副德性。他想起了那些人送過來的發育不良矮子主教，他袍服下老到開始腐敗的身體，他渾濁不清的眼睛那可憐的目光，他流著涎沫、嘴不成嘴的嘴。他的上帝是不是就是他這個模樣，風燭殘年又虛弱無力？希望國家宮裡吹著的風不要讓看來已像漏出破羊皮袋的水一樣從主教身上處處逸離的生命，稍稍提前吹熄。因為萬一他死在鎮裡，那更要憑添多少尷尬！

他回到了家想找髮妻，卻看見家裡一片狼藉。最小的兩個孩子下巴黏滿鼻涕，在地上吵吵鬧鬧，襁褓裡的屁股滿是汙跡。他喊他太太過來安撫他們，她卻沒有回應。他把一片麵包切成兩半，在兩張小嘴裡各塞一塊，然後上樓進了臥室，猛然擔心起來。他太太在床上半睡半醒，眼皮半閉，額頭很紅，滿是汗滴。被褥全都溼了。房裡瀰漫尿味。熱到令人喘不過氣。他打開窗戶。冷空氣吹入，帶來幾片雪花。

努利歐走近妻子。她對他做了個動作，勉強微笑，笑容卻又掉下嘴唇、臂膀跌回床裡。他將手放上髮妻額頭。滾燙。他猛力掀開被褥。腹部看來碩大無比，一樣瀰漫發餿、潮溼又略酸的熱氣，裡面仍能感到孩子像牢房裡的苦役犯一樣拳打腳踢。

警察蓋回被褥，握住髮妻的手。她的脈搏瘋狂跳動。她要水。藉此能離開房間為她拿水，他很高興。兩個小朋友已經安靜。他們弄溼麵包，像吸奶一樣吮吸。他從盆裡舀了一壺清水，上樓回到臥室。他太太在床上稍微坐了起來，像侷促不安、受苦受難、充了血的動物。她下巴底下的皮膚形成了三層褶縐。她的乳房碰上腹部。她的亂髮黏在一起，結成油膩的一塊塊。

幾分鐘前他抵達家屋，又一次夢想著溫存愛撫，想到這個、又想到木鞋匠的幼小女兒，感覺渾身硬梆梆，但置身這忽然被高燒、夜壺的糞臭以及汗穢蒸氣室般的空氣搞壞了的家中情景，他的髮妻在他眼中噁心了起來。

他的欲望消失得無影無蹤。

他回憶起蕾米亞剛出浴的軀體。綢緞般的肌膚。正跨入青春期的兒童那上了肥皂的柔軟血肉的芬芳。乳房上緣及吞吃乳房的陰影。

「你想要我去找大夫嗎？」

他盡力讓聲音溫柔。他太太搖了搖頭，以非常微弱的聲音向他呢喃，孩子耗盡了她所有的力氣。充滿她又同時掏空她。想必是個男孩。只能是個男孩。她說最後這句時，話音充滿遺憾。

她迫不及待喝下他遞給她的水。隨後兩人待著，一言不發，稍稍望了望彼此。努利歐伸手去握髮妻的手。他只想離開房間、離開家，但他盡力不露聲色。老大跟老二很快就會放學回家。滿溢種種氣味的寂靜後，將是嘰嘰喳喳的喧囂，吵吵又鬧鬧，告狀、尖叫、哭泣。他不想聽見這些。

他對自己生的小孩沒什麼感情。四個都還太小。他只覺得他們是發育不完整的造物，大人根本無法跟他們打交道。必須等光陰流逝，死亡饒他們不早夭。到時候，大概吧，他就會開始覺得他們值得一愛。

「我不能再待了。你確定不要醫生？」

他太太淺淺笑了笑。這一刻，她又恢復了幾分美麗。她說去吧，一切都會好的。這不是她第一次生小孩了。前幾個已經讓她受過同樣的罪了。她習慣了。

努利歐俯下身子，親吻了她的額頭。他頭也不回離去。樓下，兩個小的正在玩娃娃。他們讓娃娃彼此激烈戰鬥。一切在沉默裡進行。拳腳悶無聲息。小朋友不發一語。死亡自囚於絨毛娃娃的暴力。爸爸走了，小朋友沒有注意。

巴喇杰在傍晚依照講好的，跟努利歐在派出所會合。遠行回來到現在，助手沒有換衣服，倒是睡了個覺，因為他粗厚的臉龐好像回春了，羊毛般的頭髮左邊還保持被枕頭壓扁的樣子。他從茶炊倒了水，泡了茶。他把茶填進兩盞茶杯，放一杯在警察面前，然後在對面坐下，淅淅簌簌吮吸茶湯。他望著上司，等他問話，但上司一言不發，這次竟是他先說話。

「城裡跟平常不一樣。」

警察雙手捧著茶杯。蒸氣沿他雙頰而上，飄到眼睛，在峻嶒的顴骨上凝成水珠，水珠又流淌進了鬍髭。

「意外啊？你怎麼會希望城鎮在神父被殺後還跟平常一樣？」

「隊長，我說的不是我們鎮裡，」助手繼續說，「我說的是T城。T城到處都有種……山雨欲來的緊繃。」

助手的話驚訝了努利歐，尤其是「山雨欲來的緊繃」這說法，他從沒從助手口中聽見過，這席話以助手而言實在太有學問、太做作了。他敢發誓這不是助手自己的詞。過於精確。過於雕飾。助手應該是在哪聽到然後蒐集起來，在記憶裡收納留用，等著講給他聽。

「什麼意思？」

巴喇杰擱下茶杯，讓大手一下子露出來，放到桌上，然後雙手抱胸，最後把手放到了屁股下，卡進長褲與長凳鋪著的驢皮間。藏好看不見了。他扭了扭身體，繼續說下去。

「當然啦，T城我幾乎不太去，但這條路、那條路都變得不一樣。到處都又擠又緊張。路人。連馬也是。都不笑。一點笑容也沒有。連咖啡館玻璃窗裡面的那些臉也是。大家好像在等什麼。大家害怕什麼就快發生。讓我想到暴風雨或沙塵暴要來之前我們這邊的牲畜。您能懂嗎，隊長？還有，很奇怪，真的，大家都很安靜。什麼都聽不到。大家都不說話，最多就一點點。他們好像在等某個聲音出現。好像在等一個訊息或一項重要的命令。」

一時之間，警察懷疑他的助手是不是失去理智了。但巴喇杰神色如常，兩顆黑溜溜的大眼睛天真無邪。像寄身大人笨拙軀體的小孩。心神漂浮於對他來說太寬大的包裝裡，沒有惡意與算計，不受智識的瘋狂與折磨侵襲。

「你想太多。在這裡生活久了，我們都變成蠢笨的傢伙，沒能力了解社會是怎樣組裝它的齒輪然後運轉它們。我們小鎮深深埋在這高原的屁眼裡，離什麼人事物都遠，T城則是複雜的機器，你拘泥於我們鎮裡這種模式，是不能理解T城的。」

巴喇杰凝視努利歐。努利歐覺得他助手正讓他這番話流動到全身各處，輸進血管與肌肉、所有的器官，來提取此中深意。巴喇杰點點頭，從臀底抽出雙手，搔抓了自己頭髮。

「當然。」巴喇杰終於說了。說了等於沒說。然後他請示准予離開，努利歐允許了。

助手起身，比之前沉重了一點。他本來盼望自己對上司吐露的話能減輕內在的重負。這團重負形狀不定、模糊難以捉摸，是他從T城跟信和主教一併帶回來的。他準備跨出門時，警察對他宣布了消息：

「神父的葬禮訂於明天下午一點。我在來這邊的路上遇到了主教的一個侍衛。遺體下葬後也會有一場遊行。是要潔淨鎮裡。遊行將由拉祁寇副主教帶領。」

「一場遊行……？」巴喇杰張大了嘴，脫口而出。「遊行」這個詞揍了他腦子一拳，讓他踉踉蹌蹌。

「會有很多人，焚香，奏樂，歌唱。我跟你保證會很好玩。」

警察的話讓助手如墜五里霧中，但巴喇杰還是裝出聽懂了的樣子。

「當然。」他向警察致意告退，邊又說了一次，接著走出門。

努利歐又斟滿茶，點燃了一支雪茄。他啜吮雪茄，想像自己吸的是一隻豐滿的乳房。他從口袋掏出從不離身的小鏡攬鏡自照，沾點口水捋順鬍髭，對自己微笑，想著木鞋匠女兒的雙唇。

小鎮將像馬抖落身上的雪一樣搖甩蹦躍。無論遊行是為了什麼，場面都會給人不可勝數、宏大輝煌的錯覺。就這幾個小時，人人都將忘卻冬天，忘卻煩憂，忘卻高原與高原的風，忘卻無聊，甚至忘卻凶殺。

炮製亮閃閃的金粉，然後灑進所有願意睜眼的人的眼睛，教會是內行的。還有，努利歐想，這能給他更多一點時間享受辦案疑團，不要進展太快，讓陰影繼續晦暗，使遊行隊伍裡錯身而過的每一張臉都成為潛在凶手的容顏。

他品味這個想法，吸吮它，此中快感勝過他的雪茄。

9

佩尼業葛神父葬禮前一夜，警察臥在仍然受苦受難、渾身滲汗的髮妻身邊，作了個夢。

他在森林遊蕩，參天的樹梢融入乳色的天空。地面滿是枯枝、泥炭苔、海綿狀的樹椿、歐石楠的根、一踩就碎的石子，讓他寸步難行，而且他的身體異常虛弱，彷彿已幾天沒進食跟喝水。他走著，腳步蹣跚踉蹌，沒踏在哪條真的路上。他好像沒有目標。忽然，一根倒臥的半腐樹幹後面，一頭動物閃現，瞥見了努利歐，在他面前凝住不動。

是一頭非常年輕的小鹿，行走站立不穩，帶著白點的鏽紅毛皮顯得溫潤柔軟。警察靠近小鹿，小鹿被人類現身懾迷，仍然原地靜止。

努利歐伸出手，觸摸小鹿。小鹿在他指下顫抖，但卻沒有逃走。警察大膽起來，用手扼住小鹿的脖子。小鹿陷入了癱瘓。努利歐驚愕地看著自己把手愈扼愈緊。巨木群在他頭頂旋轉，一陣不知哪裡來的笑聲傾瀉上他的雙肩。他終於扼死了小鹿，小鹿的身體變得跟破布一樣柔軟。然後，他用牙齒撕開小鹿的喉頭與肚腹，咬下生肉，享用汨湧的溫熱鮮血，嚼碎纖細的骨架，吸吮骨髓，像野獸一樣嚼食一切。

他冒著冷汗醒來。

還是黑夜。

幾小時後的早晨，把小孩託給鄰居並請她叫大夫後，他來到派出所。不曉得有多少次，他用袖子猛力擦嘴唇。他嘴裡好像還留有夢中動物的血、溫熱脂肪、破碎骨頭的味道；小蕾米亞美麗的臉龐、洗過了的緞子般的肌膚，在腦海裡揮之不去。

他翻動爐火、添加柴薪，坐上了辦公桌，在一成不變撰寫日日不斷的前日要事報告的幫助下，這才回過神來。

提筆、蘸墨、用紙，讓他有了單純的安寧，將他從當下隱去，移到另一個空間，在那裡，季節、時間、家務事、無常世事，甚至連他的心情變化也是，全都無足輕重。

報告寫了一個多小時。接著他吃了一顆洋蔥、一片黑麵包，還有甜膩的茶當午餐。巴喇杰還沒回來。今早巴喇杰一到派出所，他就派他去國家宮打聽遊行路線，接著還要負責留意路面是否暢通無阻，人行道是否沒有任何雜物，店家是否收起了陳列在外的貨物。

上午開始，鐘聲便開始迴響，低沉陰鬱，縈擾心神，宣告儀式即將開始。鐘聲的節奏一成不變，極其緩慢，恐怖幽暗，而且敲響的只有音高最低的幾口鐘。這樣的鐘聲已很久很久沒人聽過了。彷彿大家忽然記起了一種已遭忽略的習俗，而這是為什麼，大家已不太清楚。

幾十年來，在小鎮、但也在帝國大部分的地域，基督教的實踐似乎已經衰落。千年歷史的水泥逐漸碎裂，什麼正侵蝕著它卻並不為人確知。警察不定期收到的報紙用浮誇的詞藻談論「西方基督教世界的崩潰」；他也讀了一些哲學家寫的幾本茶褐書皮小冊裡的文章，這些哲人提到了「上帝之死」。

當然，姿勢與儀式都還在，但其中的靈魂卻日漸抽乾，像雞被掏空了內臟。大多數人的身上只剩下表面工夫：祈禱、儀式、重大慶典、一點點道德與訓誡，然後幾乎沒有了。人把上帝變成了粗糙土氣的工具，沒什麼用處了，但無論如何還是不敢丟。收到了櫥櫃裡，偶爾拿出來給小朋友看，嚇嚇小孩，或是稍稍擦洗。

不過，老邁與臨近死亡仍不時會說服一些人改過自新，重新走上虔誠之路，或至少裝裝樣子，這就是為什麼每台彌撒都變成瘸跛羊群大集結，童山濯濯的頭臉像老陰囊一樣皺，牙齒跟毛髮一樣稀少，他們用力刮挖搖搖欲墜的記憶深處來找出祈禱與聖歌的零碎片段。

佩尼業葛神父就是在薰香遍灑也無法潔淨尿騷味的教堂裡，這群稀稀落落、往往聾了一隻或兩隻耳、大小便失禁的羊群前，主持全部這最後幾年的禮儀的。

洗禮與婚禮讓羊群有機會壯大又返老回春，但這畢竟只是曇花一現，騙不了任何人，尤其騙不了佩尼業葛。儘管如此，佩尼業葛仍不在酒[26]裡摻一滴水，繼續鋼鐵般一絲不苟履行聖職，拒絕用一些把戲、妥協或笑容來讓那原本已不再受人喜愛與敬畏的變得討人喜愛。

一個古老的世界在深深的眠夢中消沉衰落下去，蜷縮在昏睡裡，宛如一隻慵懶的蝸牛在殼裡邊打哈欠，邊用黏液抹亮那些鍍金包銀卻已黯淡了的回憶。

國界的另一邊卻正相反，那旗幟獵獵飄揚著新月的國家中，年輕的血讓時代震動，力量來自激昂、騷亂、瘋迷的宗教熱狂。這年輕熱血的激顫讓每一畝土地都擂響了戰鼓，聲聲迴盪，震動直達肚腸與心臟，最深最深的地方。據說那裡每週都誕生一座新清真寺，讓人想起昔往，好幾世紀以前，基督教土地上同樣如此拔地而起的，是一座座高聳的大教堂。

帝國審慎掂量著外交官與間諜上呈的報告，不曉得面對這在自家門口日漸擴大的騷動，是該放任不管，還是趁還有能力時一腳踏平。

警察與助手巡查時，要是沿山脊走，天氣又晴朗到能夠越過國境看見那邊的國家，就會受一種怪象震撼：彷彿那邊，遠處，有人擊打地面，就像擊打地毯，要讓地毯煥然一新那樣。千千萬萬個所在升起了塵灰柱，像旋風，螺旋轉動，像火山噴發，或許只不過是車隊移動或馬術慶典的痕跡，規模卻大到超越自然，是強大、激情、充滿未來的活動，是世界激情昂揚、滿懷盼望的使用方式，或者是軍事演習。

這一切直接在努利歐的額上劃出一道憂心忡忡的長皺紋，但他迅若流星在報告中隱藏了這種不安，對這些反正他也不知目的為何的活動輕描又淡寫，因為他天不怕地不怕，就怕遭到打擾或被迫接受T城當局更密切的監督。

當天稍晚，警察推開教堂的門，以為自己在作夢。

古老教堂的門牆裡從未容納過如此眾多的靈魂與軀體。全鎮的人，小朋友，爸爸媽媽，老人家，全都緊挨著擠在這裡。人人手中拿著一支蠟燭，以致火燄顫抖給了人幻覺，彷彿顫抖的是教堂本身，教堂活了過來，隨集體的呼吸戰慄。

建物於是褪去了粗陋的外表。努利歐向來看著是灰色、噩夢一般沉重、像洞穴潮溼滲水的牆壁被千千盞微光施了魔法，變成了蜜金色。讓場景更添詭異色彩的，是無數並排而立的燭光照亮了全體臉孔，用金與黑雕塑它們，讓它們面目全非：小小的燄苗拉長一根根鼻子、一個個下巴、撐大一顆顆眼睛，鼓突一張張額頭，讓頭髮與耳朵不成比例，拉伸成怪誕或崇高的模樣。

忽然，現場這人擠人的大集會彷彿正在經歷古代詩人謳歌的、讓人生出獸面的蛻變。精確說來，光與影的遊戲暴露出的並非每個人的醜陋，而是他們無可救藥的動物根源，那隱伏在所有人類

26 天主教於彌撒中祝聖餅與酒成為耶穌基督的聖體與聖血。

內在、由教養與衣裝掩飾的獸性，就等時機到來破殼而出，光天化日之下發出牠的豬叫聲。

到唱詩席的路，努利歐走得困難重重：中殿、側廊、中央走道擠滿人群，摩肩接踵、靜止不動，厚得像學徒笨手笨腳加了太多水的石膏。

這群人、那群人，全都看著努利歐，手持的燭燄啃噬著他們的眼睛，但他們並沒有看見他，而當他用手、用肘、用臀部推搡他們，好擠出一條路來，不要困在人群裡，他們便任憑他推來擠去，宛如一群溫和的牛羊。

佩尼業葛的靈柩覆蓋著黑天鵝絨，布料垂到地上。黑絨布上安放了佩尼業葛的聖袍與他一輩子戴在脖子上的鍍錫鐵十字架。

警察抵達人群第一排時，拉祁寇副主教正搖著香爐繞行靈柩，擺盪那鐵球，球中散逸黃灰色的煙，在死者周圍形成一團保護的霧。

副主教仍披著他那襲粗呢長袍。他閉著雙眼，亂鬍叢生雙唇，唇中流轉著無以聽聞的祈禱。一如來時，他雙足赤裸，但沒穿涼鞋了，光著腳踏行冰冷的石板地。

老主教被人放在祭台右側的一張高椅上。坐著的他看起來更是小到不能再小，宛若一隻花園睡鼠。一瞥之下，簡直像是一幅狂歡節的圖，瘋人登基為王，為牲畜穿聖袍更是沒什麼不可以。主教點著頭，像一尊內部機關被人上緊發條的木偶。白濁的雙眼看來迷亂倉皇，一如其人。他握著主教權杖[27]，像小朋友拿拐杖糖。皺縮乾癟，唇邊的唾液泡沫閃閃發光，枯槁佝僂的身軀，簡直可以全身鑽進自己的禮冠[28]裡。他是個小小的東西，纏繞著華貴的絲綢與刺繡像在纏彩帶，無害又低能，警察不曉得對他該寄予憐憫還是施以鄙夷。

副主教薰香完畢。踏了三級階梯，步上祭台，面朝主教跪下，額頭直叩台面，手臂垂直身體，形成一具大十字架。他良久維持此一姿態，努利歐滿有時間悠閒欣賞副主教烏黑的足弓。幾公尺外看去，那足弓簡直是雙木鞋。

接著副主教起身，繞著祭台走，直至與群眾面對面。他目不斜視凝望人群，然後發出一聲漫長的尖叫。一聲尖叫，永無止盡，穿透教堂裡男男女女所有人的肌膚。一聲尖叫，直上柱頭，撞擊拱頂，震動彩繪玻璃。一聲尖叫，異常宏大，難以理解竟是來自人類，彷彿並不衰減，刺破雙耳，鑽入腦殼，像一顆永無止盡的螺絲釘。一聲尖叫，居其大位，透過模仿或反射激起另一聲尖叫，然後又一聲，又再一聲，然後是數十聲，數百聲，因為那支配副主教的忽然也支配了所有在場的男女老幼，只有寥寥幾人置身其外，好比警察，警察想起了尤利西斯與海妖的古代傳說，又好比助手，施

27 Crosse argentée，代表主教的牧職權威，通常由金屬或木頭製成，頂部彎成圓弧或螺旋，取牧羊人拐杖之形象，象徵主教效法耶穌，牧養信徒。

28 Mitre，又稱法冠、主教冠，為主教舉行禮儀時所戴的冠冕。

洗堂不遠處就能瞥見助手高大侷促的身影，雖然驚呆了，素樸的理智卻並未泯滅。

當晚，兩人在派出所會合，巴喇杰鼓起勇氣，針對副主教及其所為發了問：

「主人，這人是不是瘋啦？」

警察吸了口雪茄，微笑。好整以暇，一會後才回答。

「沒比你我更瘋。他是個清楚人性與人群本色的人。就這樣。他玩它們，跟玩一條纏繞棍子的蛇一樣。他懂怎樣讓它們跳起舞來。你知道吹笛手的寓言嗎？」

助手搔搔頭髮，在雜亂無章的記憶裡翻翻找找。

「小學的時候，歐黑茲．姆拉非有為我們讀過。」

「好，那麼把吹笛手換成這位光腳副主教，你就了解了。」

巴喇杰記得故事片段，城裡鼠患肆虐，利用了魔法樂手，卻在剿滅鼠群後反悔不付錢，然後小孩集體淹死。但他不太懂警察為什麼要提起這個傳說。要淹死的是誰？不過這個問題，助手寧願不問，留在心底就好，他怕答案讓他頭痛得比沒答案更糟糕。

警察呢，像品嚐一碗美美的孜然燉肉、配上一杯托凱[29]葡萄酒那樣，津津有味享受了如此的集體高潮。他甚至還羨慕副主教，簡單轉一轉發狂的眼珠，叫幾聲無法理解、完全白痴的胡言亂語，一隻食指指甲髒兮兮指著佩尼業葛的棺木，就能瞬間團結人群，任其擺布。

那手唐突一揮，宛如戶外音樂台的樂隊指揮。副主教命令尖叫停息。

狂熱後是靜寂。

唯聞一陣惱人的輕響。警察起初以為有老鼠在啃咬，但其實聲音來自踞坐高椅的主教。主教枯瘦的臉搖搖晃晃，禮冠不停摩擦權杖，產生人造火石那種酸澀刺耳的聲響。他碰不到地的雙腳在半空中晃盪，晃到讓他其中一隻華貴的紅鞋掉到地上，宛如一滴凝固的血。

副主教讓靜寂久久延續。看來，他是在用他那雙被無數燭光映得更加發藍的圓睜怒目搜索著人群，將兩顆淡色的瞳仁釘進每張臉孔，每張臉孔他都停留半晌，彷彿努力揣測躲在臉孔後面的腦子是如何畸形。

如果人皮能一下子撕下來，光天化日之下如此露出血淋淋的靈魂，誰受得了斯情斯景？

努利歐對居民瞭若指掌，毫無保留看透了他們的心：每個人都等著審判來臨，因為每個人都心知肚明，自己汙穢可鄙，因為曾經有過某項過犯或缺失，犯下某樁罪惡或錯誤，擁抱某股不潔的欲望，心懷某種不淨的思想。

副主教恐怖的尖嚎與他之後更為恐怖的沉默，效果在於讓教堂裡，人人回歸自身的深淵。遇害

29 Tokaj，匈牙利一處地區，該地區生產的高級葡萄酒亦以此為名。

神父那永遠囚入可悲木匣的軀體就在現場，宛如高級聖髑[30]索求著真相：在他面前任何謊言都不可能，更不可能逃避。

副主教的話音此時斷然升起，一如鏡面爆碎。他說得極其緩慢，一個字一個字說，用空無籠罩每一個字，窒息它們，從而揭示其中蘊含的深義：

「我在此，在這些牆壁的裡與外，看見了好人。但我同樣看見獸。這些獸，住在你們家屋旁，你們每天擦肩而過，對話，微笑。這些獸，血管中流的不是血，不是你們的血，而是索命的汙穢膽汁。這些獸，長著偽善的臉孔：鄰居、朋友、兄弟、丈夫、妻子、兒子。這些獸，手握你們的手，笑容是面具，言語是永恆的欺詐。

「殺戮的是其中一獸。

「這些獸，自以為與上帝等高齊大，其中之一殺了你們的神父。

「神父不在了，他的靈魂卻充滿這座教堂。他那已回到上帝懷抱的，永恆的靈魂。我知道他正在這曾是他家屋的教堂，傾聽我們，觀看我們。對，我感覺到，牧羊人的靈魂仍以他的喜悅與仁慈，看顧他迷失的羊群。

「牧羊人為你們而死！他犧牲的強大當照亮你們的心！悔改吧！

「撒旦有無數模樣。撒旦有無數詭計！撒旦在你們的群體駐足了！悔改吧！

「撒旦在。在你們中間。你們周遭！在我們弟兄殘破冰冷的屍體前，今天我告訴你們，藥方只有一帖，就是上帝，同樣地，上帝只有一位，正是我們的這位。悔改吧！

「真正的上帝只有一位！

「誰崇拜另外的上帝，誰就由人入獸！

「悔改吧！

「悔、改、吧！」

副主教話音停止。

他雙臂墜落身側，垂下了頭，彷彿某種太沉重的思想猝然襲捲了他，讓他精疲力竭。群眾似乎驚愕以致癱瘓。狂熱教士的話語在一顆又一顆頭顱中奔騰，在腦壁撞來擊去。所有的所有都痛苦不堪。空氣漸漸稀薄。薰香刺痛眼睛。

如果跟著警察一起做，去端詳這些臉龐，那迷亂與無知的鉅冊就會皇皇翻開。副主教的話語是星星之火，落上只求爆炸的一撮又一撮火藥。其實，神父還在世時，很少有居民在乎他，從來沒人想念過他，但只消他不在了，忽然就重要得無與倫比。

---

30 Relique，與宗教人物、聖徒或宗教事件相關之物，如遺骸、衣物、日用品等，被視為擁有神聖力量或價值。

警察忖道，佩尼業葛這死者非常合用，準備派上用場。他還不曉得方式為何，但某些更深諳世界運作的頭腦曉得，還可能已經著手進行。

遊行又更證實了努利歐的預感。派副主教來，致敬佩尼業葛者少，預備群眾，拉弓般繃緊群眾，磨刀般磨利群眾者多。凶案無意之間躍為一齣大戲的序幕，大戲的高潮大概會有火刑柴堆或斬首木砧的模樣，葬禮與遊行則成了大戲的第一幕。

這一切背後有智慧運籌帷幄。智慧之高深超越了警察，超越了小鎮，或許也超越了副主教自己，而是在帝國高層的頭腦裡經過一次次審慎的討論蘊釀熟成，精確得有如數學方程式，之中不帶感情、波瀾不興談論了人類與人類命運，彷彿進行的是一場科學研討，論述了受風速宰制的莠子[31]那重量是多麼微不足道。

遊行走了兩個多小時。一出教堂，蠟燭就換成了火炬，這些人、那些人高舉雄雄燃燒的陶缽，教堂儀式時依循燭緣流淌的溫潤黃光讓位給蠻族的烈火，狂暴而紊亂的火燄散發樹脂、焦油、脂肪與松香的野蠻氣味，開始迷醉人群，烈過了一切烈酒。

副主教孤身領軍前行，依舊光著雙腳，踩踏骯髒潮溼的雪地，對寒冷無動於衷。走在他背後的是佩尼業葛的棺槨，由四個男人抬棺，他們是桑甲萊衣四兄弟，修建木屋頂之餘兼作掘墓人，活得宛如修士，從沒有娶過老婆，那些碎嘴毒舌講說他們彼此雞姦。他們從小到大沒錯過一場宗教儀式。過去整整兩天，他們一面痛哭流涕、誦經祈禱，一面齊心協力用鍬子與鐵棍在結凍的地面為神父掘出了一公尺多深的墓穴。

棺木後是主教，依然踞坐高椅，椅腳間穿了結實的棍子，由他的隨從抬著，特別是他那生了張粉嫩少女紅顏的秘書，在主人瘦小的肩膀上披了塊又大又軟的貂皮，讓主人在嚴冬裡裹得暖乎乎的，禦寒禦得太好，主教很快就打呼睡著。

鐘聲靜了。

人們跟在這些奇異的身影後出發。

起初只聽見人群踩踏冬日土地的腳步聲，隨後副主教的聲音拔地而起，重覆了三次同樣的唯一一句：「悔改吧！」接著群眾也重複三次：「悔改吧！」然後又是副主教獨唱，然後又是群眾齊講，就這樣無休無止輪番上場，直到反胃，直到麻木，直到暈頭轉向，直到不知幾時，時間感與空間感喪失，沒有了黑夜與白日。

行軍的踩踏聲中，遊行無一遺漏，走遍了全鎮的大街小巷，連最窄的小徑也不放過。夜幕已深

31 Ivraie，中文稱為毒麥，為一種與麥相像、混雜麥中，但有毒性的雜草，《聖經》以這兩種植物做過比喻。新教和合本《聖經》將 ivraie 譯為「稗子」，天主教思高本《聖經》則譯為「莠子」，本小說背景為天主教，故取思高本翻譯。

時，隊伍繞過了最後一個彎，終於抵達墓園。

棺材滑入墓穴，墓穴彷彿沒有底。佩尼業葛與他最後這件木袍，猛然消失在世界的內裡。

低垂的天空撕裂了半晌，月亮現身。幾乎圓滿，黴斑星星點點的蒼白乳酪。然而這痴狂群眾的情景，月亮大概並不以為然，因為她很快就揚長而去，躲進了厚厚的雲層裡不再露面。

10

警察的筆在紙上奔馳。他一向喜歡寫作。寫作讓他能找點樂子。讓他能脫離世界，脫離自己不怎麼樣的景況：芝麻大的小官，失落在遠離故土的世界邊陲，眾多慣常運轉的行政區裡的一個，不會有什麼事發生，皇帝治下大多數臣民都沒聽過這地方的名字、不知道這地方存在。

挑字選詞，聯綴字詞，把句子組織得天衣無縫，同樣也讓他忘卻自己是四個小朋友的父親，第五個在妻子緊繃的肚皮裡已經迫不及待，又多一個要養、要擤、要擦、要忍，之後還要教。

筆尖劃過紙面的酸澀吱聲與墨水的氣味甚至還能撲滅他種種不純潔的想法，澆熄雄雄燃燒的陰莖，扼止太常折磨他、支配他的交配念頭，這些欲念逼得他打發助手去外面隨便做點屁事，自己就在派出所悄悄自摸起來。

他專心致志揮毫出完美書法的時候連蕾米亞都忘得了，忘得了她毫無表情的臉容，她雙乳的上緣，她那被熱洗澡水柔軟了的肌膚，她紅漿果般的雙唇間那些唾沫泡泡，忘得了幾天前他撞見、至今纏擾不去的斯情斯景一切細節。

通常，前日要事報告都萬分空洞，警察得動用大量想像力才能塞點東西進去。但佩尼業葛神父遇害以來，他反而每天都要忍住別把報告揮灑出長篇小說其中一章的規模與劇情布局。他知道史侯指揮官的注意力並不持久，腦力也並不驚世駭俗。因此他努力長話短說；在漫天濃霧撲朔迷離的此刻，這就非常棘手了。

巴喇杰剛添加好柴薪。令人透不過氣的高溫讓油膩的皮革味、腳味與雪茄味變本加厲。外面，覆雪的大地與天空縫在一起，渾然無跡。微風停息，吹起了溼潤的西風。萬籟俱寂，只有隔壁馬廄裡某匹駑馬偶爾放個響屁，白日夢裡大概是夏天與長滿鮮草的大地。

助手坐在凳子上，把身體卡進牆角，一肩頂著一面牆。他看警察寫字，寫字所以沒在看他，助手希望被警察忘掉。

偶爾努利歐會讀報告給他聽，或把報告大喇喇攤著然後離開，他目光剛好落上報告；這些情況以外，上司在寫什麼，他一點都不知道。

說真的，不知道對他來說也沒差。他就辦他的事。日復一日。巡邏鎮裡，步伐笨拙呆板，應家長之請罵幾個小孩，驗明攤販證件，檢查貨物，平撫鄰里糾紛。在所裡，他打掃，擦亮，清洗，留意讓茶炊隨時有熱水，出去拿木柴，餵馬草料與燕麥。

有點空，他就從架上收著的地形圖裡取出一張攤開，端詳得細到不能再細，看到眼睛花花去。

傍晚回家，就嚼上一口菸草，嚼出一嘴黑汁，快樂吸啜久久，在「我的帥小子們」的愛撫中得到幸福，牠們歡快迎接他，大眼睛是秋天的顏色，充盈著愛與感激，凝望著他，彷彿他是宇宙的中心、世界的君王。

但從來沒有求不得什麼、羨慕過誰的他，卻也覺得要是能像警察一樣寫字就好了：快、不費力、不遲疑、不劃掉重寫、寫得漂亮無比。對，他也希望自己能在紙上勾勒出偶爾穿過他心、一閃即逝的幾縷思想，字句破碎、沒頭沒尾，給了他快樂，因為它們旋律好聽，味道可口，顏色美麗，這是個怪奇念想，字又沒有味道也沒顏色，但這些句子碎片，他不曉得從哪裡來，悄然穿行入他的心房，像士兵逃離了閱兵，扔下了步槍、頭盔與彈袋，歡笑四散，湧向沒有任何軍官發號施令的地方。他陶醉其中，儘管在他不怎麼寬敞的記憶裡，他的句子從未長久佇留。

助手是個看不出年紀的大東西，兒時過分挨揍，宛如木炭描畫的粗糙五官讓人先入為主假設他是徹頭徹尾的白痴，他笨拙的模樣加深了這種印象，他貧乏得媲美一泓枯泉的言談更是全面確認了這一點。但這頭披著難看人皮的動物看見了不成片段的絕美詩句在自己體內誕生，他連這些是詩都不曉得，也無法挽留它們，像破了的陶壺無法留住裡面的酒，哪怕那酒是世上最珍貴。

助手因此依舊是助手，也別無他求，只偶爾在思索起這點時嘆口氣，卻也不會過分悲傷。因為，哪怕巴喇杰跟許許多多的人一樣，某天不知不覺錯過了通向另一種生活可能的門，與不同的人生擦身而過，現在的人生他可滿意得不得了。

「你有沒有計算遊行總共停了幾個點？」

警察的聲音把他拉出了紛亂的白日夢，他歪歪扭扭站起來立了個正。

「不要待在我背後。來我前面。」

助手又變得手足無措。他不太懂警察在問什麼，問題驅趕了十幾個字，它們才剛到訪，已在消散：風之時未逝，雪之緣笑容已失。

「怎樣？」努利歐逐漸語帶不滿，永遠粉碎了詩，「一直站著幹嘛！像根樹幹！坐下然後答話。」

巴喇杰把他那雙長腿扭進桌下，大屁股坐上驢皮。

「你有算停留點嗎？」

遊行從頭到尾，助手專注於觀察大家的臉。他思量，不知道凶手夠不夠膽、夠不夠瘋來跟在自己殺的人棺材後方，但副主教與人群禱詞重複不休，天寒地凍，火把光燄搖曳，氣味暈死人，肚子餓扁扁，早上吃的豌豆湯與五花肉此刻已遠在天邊，大街小巷的人流擠得像在揉麵，一切的一切都讓他頭痛，慢慢也就不再注意。他清楚意識到隊伍有時沒在前進，但以為是人太多、鎮裡有些路太窄所以塞住了。

他滿面羞慚，終於跟上司坦承，沒，他沒算。

「你這就不對了。停了十四個點。聽見沒，十四個。不是偶然。這讓你想到什麼？」

巴喇杰討厭這種警察質問他的時刻。他很少答得出，他根本不習慣用這種方式思考：權衡資訊，交叉比對，尋找涵義，顯露真相。這時他會口乾舌燥，沒用的巨掌在腿上發抖。他變回了那個面對老師詰問的遲緩小男孩，站在黑板旁目瞪口呆，被迫向所有人顯露自己的無知，然後被叫去角落待到下課。

他讓十四這個數字在腦海轉圈圈。是啊，他確定十四跟什麼有關，但是是什麼？警察捋著鬍髭，用濁黃的目光觀察他。馬廄傳來了兩匹母馬噴氣抖身體的聲音。其中一匹低低嘶鳴。牠夥伴沒有回應。忽然，助手靈光乍現，打了個哆嗦。

「十字架苦路[32]！苦路十四處！」

「很好！」警察賞了個微笑給他，讓助手久久不能自已，感覺渾身輕鬆。

他悄悄在長褲上抹了抹汗溼的手，也報之以微笑，笑到一半卻不笑了，他不習慣微笑，他天性

32 Chemin de croix，基督信仰的敬禮儀式，在天主教最為普遍，以十四個站點紀念耶穌受難。每一處都代表受難時發生的事件：遭判死刑、揹十字架、初次跌倒、遇見聖母、西滿代荷、聖容留帕、二度跌倒、婦女痛哭、三度跌倒、刑前剝衣、手足釘架、架上捨生、聖母慟子、聖屍下葬。參與者在教堂內或戶外依序走遍十四處，每至一處，便有聖詠、默想與祈禱。

沉靜，而且太羞愧，不敢暴露那口嚼菸的黑牙。

警察擱筆，朝氣勃勃站起身來，拉了拉背心，開始繞著桌子轉，手擱背後，背彎了起來。他準備長篇大論時總會這麼做。

語帶熱狂，警察說明給助手聽：他一開始想的跟他一樣。一切都吻合這解釋。停了十四次。十四處。苦路。基督受難。佩尼業葛被副主教比作了新的彌賽亞，或至少是個殉道者。哪不是！但他在第五站開始起疑。懷疑與直覺在第六站愈發鮮明，在第七站更加鞏固。到了第八站，預感成了無疑的肯定，他甚至能預測此後到第十四站，站站會停駐在哪。

然後他沒弄錯。

「拿我的筆記，看右邊那頁。」

巴喇杰小心翼翼捧起上司的筆記，這種慎重一般而言拿的是珍貴抄本。

「朗讀我記下來的。」

助手深深吸氣，清兩次嗓子，然後開始朗誦，每個字都怕吃螺絲：

「第一站：安多危克。第二站：卡爾卡伊。第三站：巴支祁。第四站：夸許密爾。第五站：杜剌柯久。第六站：庫葉許。第七站：胡茲狄。第八站：危爾寇吉。第九站：耶果斯恪。第十站：宣穆爾。第十一站：馬眉莒卡。第十二站：沙爾克吉克。第十三站：烏夫給吉克。第十四站：古德吉。」

他沉默了。用力朗讀讓他精疲力盡。他口乾舌燥，卻不敢再倒杯茶。

「如何？清不清楚？」

巴喇杰半點頭緒也沒有，但他沒膽坦承。經驗告訴他，等就好。警察喜歡解釋他怎麼推理，所以全都會水落石出的。

他就只緩緩搖頭，一副心照不宣的模樣。

「每一戶！我們鎮裡的十四戶穆斯林。一戶都沒漏。副主教在每一戶門口都停下來了。現在懂了吧，這些站點根本完全跟十字架苦路無關！八竿子打不著！而且你會注意到，最後一站停在伊瑪目公館，這可不是偶然！絕不是偶然！」

「對，絕不是偶然……」助手覺得自己必須也說一次，整件事真的開始讓他頭非常痛。

警察叫助手回想，每到一站，總是先沉默一陣，副主教再以更洪亮的聲嗓重彈他那老調：「悔改吧！悔改吧！悔改吧！」隊伍隨後再讓這句老調雷霆爆發，好似三發不同凡響的砲轟。

這一點，巴喇杰並不曉得，他不曉得的事情可多了。他跟他上司不同，努利歐沒離開過隊伍前頭，他則潛入人群，隨波逐流，方便觀察。所以，停了哪十四站，他沒有具體看見，也沒有觀察到赤腳副主教在房屋前停下，望著緊閉的窗板，吼出他的咒詛時，臉龐是如何狂熱又憎恨。

警察不繞桌子轉圈圈了，他走近窗戶，額頭貼上玻璃。思緒萬千渾身發熱時，他就喜歡如此。他看著眼前展開無邊白雪，顏色均勻，沒有起伏。他感到失落又虛弱。他常常這樣從最熱烈的興奮跌進喪氣的深淵。

逼近世界的複雜，或至少至少一部分的複雜，絕無法帶來安詳。正相反。他聽見助手在背後平靜呼吸著，想起了他，羨慕起了他淺薄的聰明智慧。

神父橫死忽然在他眼中淪為微不足道的小事。因為今後重要的，是某些正在行動的力量決定拿神父橫死一事做什麼。他曾以為能津津有味享受辦案，如今卻感覺會有個小小的什麼讓調查風雲變色，真相、他的推理、真凶是誰、還有他自己，都將不值一哂。有了這種預感，他想不出來自己有什麼辦法對抗事物洶洶襲來的激湍。

他感覺自己小得可笑，無能為力。他握緊瘦削的手，倚著冰冷玻璃的額頭又頂得更緊了些，用力到玻璃就要破碎，然後閉上了眼睛。

11

副主教是怎麼掌握這十四戶人家在哪的，警察要知道並不太難。

主教與他的人馬駐留小鎮這幾日，這位高踞聖職的老皮老肉，還有副主教，兩人都沒離開國家宮。

老皮老肉蜷縮在寶蓋床[33]裡，這床可遠溯至柯蒂法領主的時代，十具主教這樣的骷髏都睡得下。他吃喝著花草茶跟母雞湯，是副主教叫佩尼業葛的女僕在神父住處準備的，女僕千小心萬小心端上茶與湯，深信這些乃是天上的食糧，會為她大大敞開天堂之門。

副主教呢，每天要祈禱好幾小時，不是在自己房裡，就是在為此得事先灑掃過的國家宮小聖堂。祈禱之餘，就接見鎮長與帝國政府報告員分別長談。

警察試圖跟這兩人喝啤酒聊開探聽虛實，卻依舊完全無法探知副主教的召見到底談了什麼。他

33 Lit à baldaquin，亦稱四柱床，即有篷帳為蓋的床。

頗感不快。不過，讓他更不高興的，是對方拒絕了他自願為副主教效勞的呈請。主教人馬其中一員前來給他答覆，連白紙黑字也沒，就只是口頭告知，說不需要他，他可以繼續「忙他的」。「忙他的」。這話比匕首戳心還傷他更深。把他貶得低到不能再低，視他為隨便哪個擦地板、倒夜壺還馬馬虎虎的僕傭。

警察原以為副主教會想垂聽他，當面了解他對凶案的看法。他想，這是個他接近這異乎尋常的人物、了解他究竟是誰的機會。副主教給他的感覺真的太像從室外丑劇戲台或瘋人院、而不是從T城大修道院的讀書間裡跑出來的。

而這怪誕的教士剛剛叫人跟他說不用來，可以繼續「忙他的」！努利歐在鎮裡一向習慣全體居民與官員對他尊重、甚至尊敬以待，而終於讓他對自己與自己的職責有了錯誤認知。副主教的態度揮了他一鞭，讓他滾回他可悲卻真實無比的處境：他是某種鄉村警衛，職能主要是解決微細齟齬、排除道路障礙，而不是偵破錯綜複雜的罪案。

一如每個自尊過剩、自滿有餘的生靈，如此的羞辱像燒紅的鐵烙燒肌膚，警察得在覆雪的高原上、狂風與濃霧之中，漫無目地走上幾個小時，不為什麼，就只為了放盡自己力氣，才能拾回一點平靜與尊嚴。

主教兀自退化回了機能不全的嬰兒時期，在大得過分的床裡把花草茶當奶吸；副主教把自己抬舉得跟大使一樣高；一行人其他的成員，三個侍衛跟那個像女孩的年輕男人，則駐紮在魏羅克的客棧裡，狂喝痛飲，狼吞虎嚥，把周圍一整群永恆的醉鬼都灌飽，天上掉下來的禮物讓醉鬼們久久不能自已。

年輕男人是其中的老大。穿得講究，亮紫天鵝絨與狼皮，行為舉止無不散發高雅的教育與貴氣的出身。酒也沒有喝輸其他人，但喝得做作、喝得優雅，客棧的粗劣酒杯被他端得像是用最美的水晶雕成。

另三人渾一副粗野士兵與殺手樣，凶神惡煞、縫了好幾道疤，一望即知是血腥鬥毆或縱橫沙場的回憶。誰對上他們目光，立刻會心生恐懼，可沒人想在森林一角或陰暗小路與他們相遇。

他們服色是士兵，卻像從另一個時代來的古遠世紀傭兵。足蹬靴長及膝、靴口反褶的長靴，身穿毛氈長褲、燈籠襯衫，襯衫昔日漂白過，袖衩露出了束帶繫緊的西班牙皮背心。

他們這副模樣，腰間沒掛長劍、皮帶沒插匕首，反而還奇怪了。他們講本地語言，語調嘶啞，但四人彼此交談時說的是另一種話，警察沒聽過，他想不起這輩子聽過的語言裡有這一種，但帝國如此龐大紛雜，聚攏了這麼多民族、這麼多文化，掌握境內所有語言是不可能的。

四人總是占據同一張最好的桌子：龐然無匹，胡桃木製，巴伐利亞風格，腳柱飾有螺旋紋，不知是怎麼弄進來的。魏羅克把這張巨桌放在客棧一角面對廚房門的平台上，離藍釉陶火爐不遠，他把陶爐塞到滿滿滿，好讓坐老位子的貴賓開心，同時也讓他們渴起來。

下午四點左右，黑漸漸凌駕白日的灰，爐裡添進了木柴方塊，爐膛燃起火苗，熟鐵大燭台燭光點亮，行人如果往魏羅克客棧看上一眼，有時會瞥見這四個人物醉中彼此嬉笑，手持酒杯或幾張玩著的牌，微暗的陰影蝕去了他們半張臉。

沖沖喉嚨，喉嚨就開。酒有了，話輕輕鬆鬆就來，何況牛飲的傢伙往往滔滔不絕又口無遮攔。女人味的年輕人跟三名同夥很快就知道了他們想打聽的：選了穆罕默德的上帝當上帝的那些人住處在哪，姓啥名誰，人數多少。

四名同黨藉口要去鎮裡繞一繞、鬧一鬧，幾個步伐踉踉蹌蹌的酒鬼就帶他們一間一間指認穆斯林人家的房子。而完全樂意展現最低微熱情的鎮長與政府報告員想必也對副主教證實了這些資訊。

遊行那日，全然毋須向懺悔者們說明為何踏行此處而非彼處。群眾蠢是蠢，偶爾也會雷劈般產生心念電閃的洞見。往往得稍等一下，啟示才會浮現；經歷的當下似乎毫無意義的事物，經過某種奇蹟的消化，之後就獲得了意義。

如此胃化學反應的首批效果，其中之一也並未姍姍來遲。

佩尼業葛神父的葬禮與懺悔遊行後兩天，搖搖欲墜的老主教與其人馬拔營返回了T城。次日，葬禮與遊行的三天後，一隻無名的手在清真寺大門綁了隻小豬，就地割斷了牠的喉嚨，然後用豬血塗汙了十四間房舍的門，亂畫了歪歪扭扭、像是新月的符號。

神父遇害的消息讓鎮裡難以置信、陷入恐懼。豬瀆神的犧牲及大塗鴉則衝擊了一個個靈魂，同時又讓他們熱血沸騰。大街上的對話為之憤慨不已，私底下的交流則當成笑話來笑。先表露萬分驚恐，再彼此碰碰手肘、眨眨眼眸。公開表示不滿，內心深處認同。

千古未有之奇：不到兩星期間，鎮裡發生了兩件大事，分開來看都夠讓三代人晚上聊天有話題。深淵的邊緣正在逼近，這不必懷疑，可是是哪座深淵？知道空洞近在眼前，深不可測又遼闊無邊，不知其本質為何，也不曉得會看見世界用怎樣的方式墜入，引人不安，又令人興奮。人類寶愛珍惜災難或將來臨的時刻，如此時刻讓他可悲的生命有了代價，又為他尚不知由何組成的明日灑上狂猛辛烈的胡椒。

前來警察住處敲門的是鎮長陪同的伊瑪目。他先是發現自己家門塗有血跡，過了一會又發現清真寺大門吊著割了喉的豬。接著他一家家走訪信徒。發現穢物的時候，有些信徒掌摑自己，呻吟又痛哭。

晴空璀璨。好幾星期以來，天空頭一遭是純粹無染的藍。陽光輕盈亮閃，屋宇與左近田野處處堆積的雪蒙上了無可忍受的絢爛。

努利歐上樓給髮妻端碗茶。他瞇起了眼睛，從臥房的窗戶望著這片景象。她的肚子又綳大了一點，孩子不停拳打腳踢，讓她呻吟不已。汗溼透了她的髮絲。她雙手捧著茶碗，勉強舔一點茶，時不時在小朋友出腳時低聲哀鳴。

然而，妊娠尚未結束。還要受苦受難三四週。警察受不了了。妻子身不離床。小朋友放給他去。家裡味道像豬窩。髒衣髒布堆積如山。汙穢處處落腳。他凝望此情此景，噁心厭惡。

門口有人敲門，開門後他看見鎮長紅通通的尷尬臉龐，還有伊瑪目那張臉。伊瑪目目光驚恐，顯然情緒激動。他感到一陣狂喜：又發生什麼事了。

這個什麼事會讓他有藉口離開家裡，離開哼哼唧唧的太太與難以忍受的小孩。這個什麼事會讓他失而復得某些人不願承認的重要地位。

努利歐、鎮長、伊瑪目，還有聽到流言蜚語趕快前來會合的巴喇杰，一行人繞了鎮上一圈，注視那些褻瀆的痕跡，每戶人家都已提起一桶桶熱水努力讓它們消失。

警察掏出筆記本，一位位都問了話，記了筆記。伊瑪目非常激動，小小的身體顫抖著，雙手不斷朝天高舉，用阿拉伯語唸唸有詞，應該是在祈禱或咒詛。鎮長不知所措，只一再說著這實在令人擔憂，並保證儘快揪出犯嫌。巴喇杰呢，他跟在三位後面，像頭憨厚正直、滿懷愁緒的野獸。

勘察結束後，被指定要負責解下清真寺大門的死豬並讓牠消失的，是巴喇杰。警察在鎮長同意下交付這項任務給他時，他感到心跳加速，迭聲稱謝。然後他猛然醒悟，這事之所以交給他做，只是因為除了他，沒有別人會願意承擔，所以謝謝警察與鎮長是荒謬的。他意識及此，像小女孩一樣紅了臉蛋。

他盡最大努力把事做好，刮擦門上血汙，讓痕跡消失得清潔溜溜。豬仔囝後腳綁著，吊在離地一公尺處。他解下小豬。豬仔睜眼看著他做，雙眸湛藍、溫柔、安詳。巴喇杰拖牠走向獨輪手推車，把牠翻進去。豬身仍溫熱柔軟，助手因而確信牠是在黎明不久前放血的。天地冰凍得厲害，如果豬是在深夜被殺，早上會硬成一塊石頭。他在心裡下了承諾，一定要告訴警察。

巴喇杰穿過街道，朝鎮門走，背後跟了一隊歡快的小朋友，看著推車裡被宰了的豬滾來撞去，那好一顆豬頭，紛紛跳著笑著。助手起初覺得好玩，但在走過最後一群房舍時趕散了他們。

時近正午。天氣嚴寒燦爛。巴喇杰閉上雙眼，長長吸了口冬天的空氣。冰冷的空氣進入他的肺部，燃燒起一股奇妙的火燄。他推著獨輪車重新上路。他打算走到普洛澤夫峽谷的懸崖邊，把豬屍扔進谷底。

小鎮所在的石灰岩高原像乳酪一樣滿布無數天坑，有的尺寸不過錢幣，有的則大如瞭望塔。有些天坑很淺，春天收集雨水，夏季放牧時充當牲畜的飲水槽。另一些坑似乎深不見底，石頭墜入其中，撞擊坑壁的聲響永無止盡持續，反彈、再反彈，一路滾落地心。

隨著前行的腳步，他細細端詳看來像在獨輪車裡睡甜美午覺的豬，愈來愈覺得多到這麼奢侈的肉，白痴才丟掉。伊瑪目和他一眾信徒認為豬不純潔，他巴喇杰又不覺得。而且他上司跟鎮長命他讓豬消失，兩個人又沒有指定方式。把豬扔進洞裡跟把豬變成香腸和火腿的結果並無二致，差在前者會讓助手難過久久，後者則一定會帶給他幸福的溫飽時光。這裡肉很貴，他微薄的薪水往往買不起。

巴喇杰確定好沒人跟蹤他，也沒人看得見他，就換了方向。他隱身在風吹出來的高高雪堆之間，繞過來又拐過去，一小時後回到了他的小屋。「我的帥小子們」在他腳邊蹦蹦跳跳尖聲嘶叫，舔舐他沾滿血味的雙手，接著嗅聞起了豬鼻。

與此同時，鎮長、警察與前來會合的帝國政府報告員正在商議。三人坐在議事桌尾端，在這對他們來說實在太大的房間裡，他們看來就像卑微的造物，但他們並沒有意識及此，因為人很少在乎建築傳授的道理。

伊瑪目希望留著跟他們一起，但跨進門時，警察對他說不方便，就只簡簡單單三個字，「不方便」。古德吉看來驚愕到不敢問為什麼。

「我想您在您的清真寺與您自己人的身邊還有更重要的事要做，不是嗎？」警察繼續說，語氣裡的諷刺逗樂了政府報告員。

伊瑪目抓搔鬍鬚，想讓裡頭生出一個反對，但這聲反對大概沒被他抓出來，於是他正了正長袍，目光嚴厲看著面前的三個人，然後說：

「阿拉—阿米德納—切北克—烏阿勒—德古貝吉！」

「這是威脅嗎？」警察問。

「可以請您用我們的語言表達嗎？」政府報告員接過警察話頭，邊說邊撫摸著遮蓋盲眼的皮罩。

「我用真理的語言表達。我講先知的語言，願他的名字被讚美！」

「那是否能麻煩您發發慈悲，為我們翻譯這位您的先知說啥？」警察繼續講。伊瑪目的態度方方面面都惹火了他。

「『在迷誤中的人願至仁主優容他們！』這不是威脅。是祈禱。出自《古蘭經》的一個蘇拉[34]。」

「意思是，您認為我們是在迷誤中的人？」警察問道，微笑裡充滿譏嘲。

一直迴避努利歐目光的伊瑪目，此刻直直凝視著他。他的臉、雙手、全身顫抖著，像被抓去進行瘋人醫院實施了好幾年的電擊治療實驗。他回答警察的時候，吐字跟吐痰一樣，而不是用說的：

34 Sourate，《古蘭經》的章節單位。伊瑪目在這邊的引文出自《古蘭經》第十九章。譯文之《古蘭經》皆採馬堅譯本。

「哪怕您們還不是，我怕很快就會是了。」

然後，他轉身出了廳。

伊瑪目離開讓警察嘴角上揚，讓政府報告員像母雞一樣咯咯笑，鎮長卻陷入了尷尬，他最不喜歡衝突了。不過，他叫他的萬用僕人彌爾摳送上一瓶杜松子酒，幾杯黃湯下肚就恢復了他愚蠢的自信和洪亮的聲音。這彌爾摳也很特別，只有一隻腳，另一隻年輕時被橡樹壓爛了，就把同一棵橡樹削成義肢換上去。

努利歐提請鎮長與政府報告員注意，目前沒人報案豬被偷。他們全鎮走了一趟。褻瀆事件如今居民人盡皆知，可是沒人出來講說有人帶走他的豬。報告員若有所思摳了鼻孔。鎮長不知道警察的話要怎麼解釋，又幫自己斟了杯酒。努利歐在指尖旋轉酒杯，嘴唇卻沒有湊上去。

「您認為這代表什麼？」鎮長問。

「很簡單，沒有人偷。某個人決定用他自己的豬來做我們知道的事。我認為，哪怕豬是別人為了這場儀式送他的，他也不是獨力完成的。豬仔有將近一百公斤重。要抬起牠然後吊在門上，沒有兩或甚至三個人是不行的。然後接著要去進行我們知道的血淋淋的小巡禮，還要完成得愈快愈好，同樣最好有好幾個人。單獨一人要花一個多小時才搞得定，有被發現的風險；三個、四個、甚至更多人的話，十分鐘內就完成巡迴。證實這項假設的，是同一時間，也就是清晨五點半，穆魯・杜刺柯久與薩米爾．胡茲狄兩人都聽到了家門前有聲音。他們的房子剛好在鎮的對角。他們覺得是動物，狗或狐狸弄的。兩人都看看時鐘，卻都懶得出門。很明顯，他們聽到的是刷子塗門的聲音。」

為了讓話更有說服力，警察輕敲放在面前的筆記本。

「那只要知道誰少了一頭豬，就知道是誰幹的了？」報告員大膽假設。

鎮長舉起短得不可思議的雙臂，任其重重摔落桌面。

「你以為什麼？以為我有一份全鎮豬隻普查名冊？除了我們知道的那些人家，其他家家戶戶都有豬。有的有兩三頭，有的十幾頭！更別提鄉下人！波尼葉克跟斯羅黎克是賣豬的，兩人都有好大一群！」

「好極了，」報告員冷冰冰地說，「那麼您有何建議？」

尷尬的鎮長望向警察。努利歐好一陣子閉口不言。這是他的一種策略，看著面前的兩個人眼巴巴等著從他口中聽到一個主意或一樁解決辦法，彷彿他努利歐是天賜神兵。他讓策略的效果持續久久，然後壓低了聲音、低沉了嗓子說道：

「依我之見，最好什麼都別做。」

報告員差點從椅子上摔下來。

「什麼都別做！什麼都別做！想都別想！什麼都不做，誰知道會發生什麼！」

「您是想要它發生什麼？這一切都是一條簡單數學方程式的結果。」

聽見了「數學」這個對自己來說有點困難、還讓之後的事曖昧起來的詞，鎮長皺起了眉頭，為自己又添了一杯酒。

「勞您說明！」報告員問。

「謀殺佩尼業葛加副主教的遊行等於豬仔被宰與褻瀆塗鴉。沒有巧合，一切都連在一起。拿掉這條方程式的一部分，其他部分就不成立。我斗膽補充，方程式完整並已解開了，這代表它不會開啟任何後續發展。所以我主張什麼都不做。對最後這起事件什麼都別做。豬誰給的、誰宰的、誰吊上清真寺大門的、誰收集血來亂塗穆斯林家門的，知道了沒人有好處。我繼續辦案，抓出殺了佩尼業葛的凶手，這才是最重要、最緊急的。副主教在遊行裡明明白白表示凶手就在本鎮穆斯林中，至少這是某些人的理解，也才有褻瀆發生。副主教靠什麼證據得出這項結論？我一點都不知道。兩位知道嗎？兩位有跟他長談，對吧？」

「不好意思，我斗膽提請兩位注意一事。」

報告員恢復了自信，話音洪亮鏗鏘。努利歐轉向他。鎮長害怕地瞥了報告員一眼。

「本鎮現下到底發生了什麼事？平常詳和的鎮上，適才發生了兩起非比尋常的大事：第一起，神職人員慘遭冷血殺害，恐怖得令人不寒而慄。另一起，屬於那種學生惡作劇的玩笑。第一起，震驚了絕大多數居民，讓他們惶惶不安。第二起，讓比例微乎其微的居民不滿。十四戶穆斯林，老人與嬰兒全算進來，總共也就五十四人。我在人口記錄裡確認過數字。其他人家，就說基督徒吧，也就是其他鎮民，有一千三百七十八人。五十四人的見解、感覺、觀點、命運，比一千三百七十八人的見解、感覺、觀點、命運還寶貴，這正常嗎？合理嗎？可以接受嗎？我的答案是：不。我認為真正重要的，是只關懷大多數人，而這大多數人要的是我們神父遇害的真相，還要凶手接受懲罰。」

報告員話說完了，胸膛脹鼓鼓的滿是空氣與自豪。鎮長不曉得怎麼思考這番話。他看向警察，好似央求他幫幫忙。警察用筆記本的書口輕輕敲著桌子。

「不過報告員先生，我倆在我看來，說的是同一件事。我與您一樣熱切渴望知曉佩尼業葛神父遇害的真相。」

「真相，那是當然，」報告員直白接話，「然而是哪種真相？是我們這個群體裡多數接受的真相，還是利於極少數人、違背多數人感情的真相？」

「真相只有一種。」

「我可沒隊長那麼確定。因為說到底，真相是決定出來的。出於公共利益。鎮長先生，您怎麼看？」

醉暈了頭的埃苟開始厭倦這場討論，厭倦得過了分，他沒聽懂報告員的論理，只一個勁地贊同。

「好吧就這麼做，乾杯！」他拍了拍掌，站了起來。這沒什麼特別意思，也不生任何效力，就只是鎮長中止他自己完全不懂的差勁辯論的慣常方式。

另兩位有樣學樣。報告員整了整他從不離身、無比自豪的長禮服，正了正皮眼罩，順了順滿頭紅髮。

警察若有所思，把筆記本放回了彈袋。他憶起年輕時下過幾盤棋，留給他無數的苦澀與疑惑。因為整場對弈，他真切感覺到對手擘畫了一套長遠戰略來設計他，哪怕他怎麼努力，都從無法識破對手是如何一步步推進策略，每次他都一敗塗地。

他們三個在沉默中彼此招呼過了，走出會議廳。外面，低垂的冬陽彷彿在屋頂上方幾公尺高的地方停步，猶豫著要不要在此駐足。寒徹骨髓，刺激心神。空氣燦爛爍亮。煙囪竄出的煙捲直直升上湛藍的天空。

努利歐點了根克魯默雪茄，興奮地吸了第一口。這一如往常令他神魂顛倒，因為煙的氣息與味道讓他想起女陰。他走在返家路上，又吸了一口雪茄，這一吸讓他心裡閃現一幅幅春宮幻景，他忽然想起了小蕾米亞。

他停步路中央，雙眼閉上。

那張小女孩的臉顯現了。他在她纖細的嘴唇，她的額頭，她肉嘟嘟的耳垂，徘徊不去。他試著猜出她大腿與臏部的輪廓，她初生的隱密毛叢那柔軟與芬芳。他的心怦怦狂跳，感到長褲裡陰莖硬了，撞擊著內褲的布料。

他得再看看她。

現在。

馬上。

他說服自己：為了辦案需要。

他往回走，快步邁向木鞋匠的家。

12

這是幾週內努利歐第二次進入帕可姆家。這次，此處瀰漫的貧困與悲傷衝擊他又更厲害了。唯一的空間勾勒出一幅悲慘的寓意畫，就只差眼淚與呻吟了。每件東西都顯得傷痕累累。色彩窒息在這幅暗沉的褐與失色的綠組成的單色畫裡。牆上長出了白華的膿瘍，某種灰色的黴斑繪出了令人不安的壁畫。天花板的大片板材參差不齊，垂落交織的蛛網，蛛網裡掛著煤灰與碎乾草。兩扇窗都只有半面看得出去，好幾個玻璃破掉的地方都歪七扭八用木塊湊數，就算在今天這樣陽光普照的日子，這空間依舊肖似放高利貸的猶太老頭那陰暗的店鋪深處。

這窒人的宇宙裡，彷彿只有叫喊、痛苦與悲劇會閃現，唯有爐膛裡雄雄燃燒的火帶來一絲親切的人味。警察想，讓人久久無法排解的，是這處居所看不出年紀。如此的悲慘與匱乏可以遠溯《聖經》時代，可以始於三十年戰爭時期，也可以屬於宛如一灘死水的這個現在。

努利歐注意到，充當製鞋作坊、擺放工具的角落，他第一次造訪至今都沒動過。布景凍結，畫面停滯，不曉得是為了辦案需要，還是主人已經死去。

他游目四顧，尋找蕾米亞泡澡的錫盆，卻沒有看見。不過，他在火邊的角落瞥見了兩張緊挨彼此的小床，被子處處破洞，卻塞得嚴嚴實實。

一張小床上躺了個木偶，雙眼與鼻子都塗成亮藍色。不遠處有張小桌、一條長凳，還有個看來是個箱子、充當食品櫃的家什，裡面應該有塊大麵包、幾張盤子、一些刀叉。灰塵像塊茶色的棉紗覆蓋四處，腳步踩著都聽不見了，獨獨此處一塵不染。這裡什麼都乾乾淨淨、整整齊齊。一片混亂之中，此處是與世隔絕的小小淨土，而這想必得歸功於蕾米亞這個小女孩的意志，她年紀尚幼，本該無憂無慮、玩耍遊戲，卻已認真扮演起了母親與妻子的角色。

房子另一端，地上鋪了張草席充當爸爸的床，旁邊亂放了一堆空酒瓶跟兩盞破酒杯。劣酒、汗垢與汗的味道直衝鼻頭。一團團捲著的衣物瀰漫嘔吐物的惡臭。木鞋匠躺在中間睡到打呼，臉壓進一隻鞋底開口笑的皮靴裡。

努利歐用腳尖搖了搖他。死死搖晃四次後，對方才從醉鬼的眠夢裡醒來，驚恐四顧。他掙扎著坐起身子，雙手擦了擦紅通通的臉，手指插進頭髮裡，接著想站起身子卻做不到。他就這樣坐著，手肘頂著膝蓋，把他那張醉臉轉向警察。

「您的小孩呢？」

「小孩……？」

「蕾米亞跟杜力？」

帕可姆無意識重複警察的話，似乎沒聽懂。

「蕾米亞……？」

「我渴了……」他終於張嘴。

他開始在四周翻翻找找，從一件不成模樣、失去顏色的大衣口袋裡找到一個瓶子，瓶底還有一點酒。他一口漱乾，手背擦擦嘴唇，任瓶子墜落在地。痙攣一陣、打了飽嗝後，他重新望著警察。

他看來清醒了些。

「我認得您。找他們有什麼事？」

「我想再問蕾米亞幾個問題，讓她再跟我走一次他們發現神父屍體的整個過程。」

「啊……小的也要？」

「不必。蕾米亞就好。」

他點了點頭。他嗝了一下，又開始打嗝。

「您有沒有喝的……？」

他哀求警察，聲音微細如蚊，頭朝地低低垂下。努利歐沒有回答。木鞋匠緩緩抬眼望向他。

「求您別覺得我壞。」

「我沒有覺得您怎樣。」

「有，我看得很清楚，大人。」

「我不是大人，只是隊長。」

醉鬼把手遞向努利歐。努利歐猶豫半晌，最後還是抓住手拉他起來。

木鞋匠高努利歐一個頭，身子漂浮在衣服裡，彷彿那衫褲是為了別人裁成。最近這些日子他無疑瘦了很多。警察仔細看他，猛然大受震撼：年復一年酗酒渾濁了他的五官，但在酒糟皮下，這裡、那裡，當年的精緻仍依稀可見。炯炯有神的眼睛像是另一個人的孑遺，另一個遭到無法逆轉的敗落摧殘而消失大半的人。他似乎猜到了努利歐在想什麼，話音平靜開了口：

「我不是一直這樣的。」

他靠近火，伸手烤火。

「我是城裡人。以前是製琴師。為了愛放掉所有。這裡沒人需要小提琴。我開始做木鞋。木鞋，很好啊！我是個好鞋匠。愛家庭。不喝酒。一家人窮但幸福。小朋友不缺什麼。這房子也曾美麗。整個夏天都聞得到野花香氣，冬天散發著軟木刨花、蠟、肉桂與乾草的味道。我從沒後悔放棄小提琴。我跟心愛的她一起生活。天涯海角我也追隨她去。工作再差也沒關係。」

帕可姆停住了話，仍然背對警察。

「人生好怪啊。好像有個誰要是覺得我們過得太幸福，就把我們的人生弄得亂七八糟，這樣他就爽快。上帝要是存在，就是個混帳而已啊，嫉妒自己創造出來、大概還活得比祂多采多姿的人類。」

警察走近木鞋匠。木鞋匠怔怔望著柴火。他看來忽然被無垠的悲傷壓垮。爐膛中木料爆出輕響，不時伸出快樂的火舌，直抵兩人腳邊然後死去。

「您把上帝講成要打倒的敵人。您有沒有意識到，我們現在這個狀況，這種話很容易就能往致您於死的方向解釋？您恨上帝恨成這樣，想必也厭惡祂在塵世的代表了？」

「如果隊長拐彎抹角就想說這個，殺神父的不是我。他不是什麼好人，我還覺得他是個垃圾，我不喜歡他，但他只是傀儡。要是我跟隊長說，他死了我有為他掉眼淚，那我可就講白賊，但我沒殺他。況且您應該有掌握吧。大家都說隊長是個好警察，您應該已經懷疑過我當時在哪。所以您知道那個晚上我沒離開過魏羅克的客棧，在桌上呼呼大睡了好幾小時。」

確實。所有惹出醜聞、鬧過事故、曾經挑起打鬥、辱罵或攻擊無辜路人的人，努利歐在助手的幫助下，都已還原出了時間表。帕可姆就是其中一員，他有三次喝醉了就找碰到的人麻煩。

神父遇害當晚，他人在客棧。魏羅克跟其他五個客人有證明了。客棧打烊時把他攆出去的就是老闆本人。那時已將近午夜，神父的頭顱被人打破好幾小時了，神父的靈魂也早就一頭霧水，在屍體四周飄蕩。

「您怎麼這麼恨上帝？」努利歐問。

「他奪走我老婆。祂讓她死。她死的那天開始，什麼都不重要了。」

「連小朋友都不重要了？」

木鞋匠沒有馬上回答。他轉向警察，但警察直直望著前方。帕可姆慢慢回到火旁。

「對。連小朋友都不重要了。講出來還真可怕。」

努利歐努力回想木鞋匠的老婆，但確定自己印象所及，木鞋匠一直是個鰥夫。他老婆大概是在自己來小鎮任職前過世的，不過可從來沒聽人說過她的死。得問問巴喇杰，或到派出所翻翻死亡登記簿。蕾米亞與杜力在這個時候進來了。木鞋匠連轉身看看都沒有。

「蕾米亞，隊長需要你。跟他走，講什麼你就做什麼。」

努利歐看向小女孩，發現她在害怕，但她有足夠力量自我控制，盡可能掩飾這種恐懼。她的恐懼要從蛛絲馬跡去找：她雙手與雙唇微顫，還有，她匆匆把弟弟推到床邊，讓他坐下，脫掉那件讓他活像個小修士的黑斗篷。做好了以後，她整了整自己的山羊毛大衣，看也不看兩個大人一眼，走過他們身旁，回到門口等警察。

外面，太陽已從天空消失，但人行道的雪與房屋的立面仍留有粉紅的餘痕。又變得非常冷，街巷已經無人。努利歐把門關上。小女孩在等。

「我要你準確重走一次那晚你跟你弟弟走的路。就用同樣的速度，不加快也不放慢。懂了嗎？」

蕾米亞點了點頭。她不看警察。她一直望著地面。霧氣從她微啟的雙唇冒出。睫毛又長又彎，鼻翼輪廓無瑕，額頭豐潤精緻，讓她有聖母的優雅。

「我就在你幾步遠的背後跟著你。不用理我。我看著你啊。這對我非常重要。別害怕。」

小女孩出發了，姿態像是上個世紀的機械大師為了有錢的古怪收藏家耐心打造的複雜玩具。方方面面看上去都像人，但行動有種微妙的僵硬，舉止散發幾乎察覺不到的做作，五官也靜止不動，欣賞者因此錯亂，懷疑起了它的真面目為何。

警察感覺自己一步步跟隨著的，就是這樣的一個人造之物，這讓他更增激情，連他自己也不知為何。她每前進一步，就失去一分有血有肉小女孩的厚度，漸漸變成一具非凡、溫順、宛如節拍器的娃娃，讓他心緒紊亂，覺得自己正操縱著她。他下令，她馬上服從，沒有抗拒。她成了他的大玩具。他想對她做什麼都可以。他感到自己肚腸打結，小小的疼痛竟舒服無比，還往下蔓延到陰莖，讓陰莖更加堅硬。

他們走維栗吉卡巷，接著走鞣革路，又沿叟開克河河床前行，漫長的冬天裡，叟開克河凍成了一條皮膚充滿顆粒的冰蛇。然後踏進藥草路，店鋪全都闔上了窗板，穿過市集廣場，廣場上三個兔毛皮與羊毛圍巾裹得嚴嚴實實的老婦人停止閒聊，望著兩人走過，彷彿撞見了令人不安的東西，其中一位還因此悄悄匆匆畫了十字聖號。他們繞著教堂西翼走，從室內穀物市場的雨遮下穿過，轉入普荔夜尼卡小徑，忽然微風撲面，囓咬肌膚。已經全無人煙，暮色拭去陰影，壓平、暗沉了所有物體，不過遠處依稀有燈火閃爍，那是巴茲威農場的畜欄。

霜風吹得更烈，蕾米亞無動於衷，直直走向燈火。警察跟著她，離她一公尺，目不轉睛看著她，思緒滾沸，燒熱了感官與血。風對他吹送女孩的氣味，奇異難解的芳香，雜揉了山羊毛的辛辣、柴火的煙氣、呼吸的微溫，還有更罕有的某樣物事，某種沁人心脾的汗味，灑了點胡椒與黑夜。

她停步在離畜欄五公尺處。門沒關好，飄出了糞肥、泥巴肚皮、溫暖乾草、尿液、牛奶與溼土的陣陣氣味。牲口的啼鳴與鏈條的叮噹聲響傳了過來。一條棕黑色的雜種狗出來嗅嗅聞聞，端詳他們一陣，沒叫就回去了。蕾米亞轉向警察。他倆如今靠得如此近，近到他的外套碰到了小女孩的大衣，近到她轉身面向他時，嘴唇幾乎擦上他的下巴，她的氣息他聞得更清楚了。她好像不怕了，警察貼她貼到快黏在一起，她看來也處變不驚。

「我要進去要牛奶嗎？」她說。

他瞥見了她的牙齒、舌頭。他看著她的眼睛，將他的目光深深鑿進去，灼燒她的眼皮。他嗅聞她被寒冷化作一陣霧氣的話語。他不想讓自己的聲音蓋過她話音的回聲。他寧願沉默，示意不用。

蕾米亞重新轉向畜欄。他湊上自己的臉，吸聞她的頭髮。

門開了，警察嚇了一跳，回過神來。廢督爾．巴茲戚出現了，大臉是茶灰色的，嘴唇歪歪扭扭。他提了滿滿一桶東西，不知是什麼油膩膩的液體，然後整桶潑出去，幾乎濺上努利歐與小女孩的腳。這時他才看見他們。他那雙圓溜溜的眼睛充滿迷惑望向他們，嘴裡發出啞巴的可怕聲音，礫石一般粗糙的胡言亂語，從來沒人聽得懂。接著他大笑起來，對蕾米亞嘰哩咕嚕亂說一氣，手往下身挖掘，忽然竄現一根巨大粉紅的陰莖，他用骯髒的手指搓揉起來。

努利歐想也不想就抓住小女孩的肩膀，轉她過來用力抱緊，把她的臉壓進他的胸膛，好讓她別看到白痴猥褻的愛撫。

然而這麼一做，他感到自己的陰莖跟廢督爾的一樣堅硬脹大，隔著自己衣服跟她山羊毛大衣的厚度，頂著蕾米亞的腹部。

痛苦風馳電掣，醉人無比。

「沒事了。沒事了……」他不停在蕾米亞耳邊呢喃。不知這些話是對小女孩、還是對他自己說的。

時間一分一秒流逝。

他們維持這樣的姿勢，沒一個人敢動。警察的腦子塞滿邪念，這些汙穢的思想漸漸消散，排進了下水道的洞裡。他心跳實在慢不下來。他羞愧極了，但如此的羞愧卻又閃爍著矛盾的光芒，因為他體驗到的快感仍使他頭暈目眩。

蕾米亞終於慢慢掙脫他的懷抱。

「你是對的，我們繼續，好嗎？」

夜已是徹底的黑，他們重新邁步前行。南方，天狼星的眼睛緩緩睜開亮銀色的瞳仁，周遭閃爍的星塵彷彿落上了無邊的烏墨。微風消停，嚴寒如水泥堅硬。

他們往回走，一個人都沒遇見。又一次穿過室內穀物市場的雨遮後，蕾米亞向右轉，把教堂留在左邊，深入那條警察從來無法參透名字含義的小巷，人稱失足巷的便是。

走這裡是繞遠路，因為失足巷並不筆直，反而隨著教堂周遭幾世紀以來不斷增建而彎來拐去。養路工畢北克每晚會點亮路燈，讓巷裡稍有光明，但許多角落仍恆常沉入濃密的陰影，令進巷的人恐慌，感覺自己永遠走不出來。

蕾米亞與努利歐終於走到了姊弟倆發現神父屍體的所在。巷子寬闊了起來，形成一個小小的廣場，有塊擺了張荒廢長椅的平台，還有一條小溪，和煦的季節裡用清澈的水唱著歌，以及一棵高聳的椴樹，冬日光禿禿的枝條宛如巨大蜘蛛的腳。

神父的住處就在近旁。高聳的大門依稀可辨，幾乎能騎馬進去。神父往返教堂只能經過這裡，因為聖器收藏室跟他的住所沒有直接通道。凶手知道，所以就藏身椴樹樹幹後面，或隱身在矮牆的陰影中，等神父經過。

小女孩停步在她和弟弟發現屍體的確切位置。她轉向警察，似乎在等他指示。寒氣讓努利歐好了些。他罪疚的亂迷消逝了，神智恢復了一縷清明。

「你們為什麼要走這裡？」他問。

蕾米亞一言不發，眼睛哪裡都不看。

「繞了好大一圈遠路。」警察繼續說。

小女孩聳聳肩。

「而且走這裡比較可怕。巷子裡這麼多暗暗的地方。走這裡你不會怕？」

「我從來沒有怕過。」

她的話音堅定，不含一絲挑釁。彷彿理所當然。

「從來沒有怕過？」警察說。

「從來沒有。」她說。

這一次他看著她，像看著奇異的東西。她抬眼望他，與他對視。她忽然顯得成熟了許多。她的眼神有一種他無法解讀的嚴峻。她還是令他心思紊亂，但這種心亂跟稍早支配他的那種迷亂截然不同。

他打了寒顫，垂下眼睛。他感覺自己是個做壞事被人逮到的笨蛋。結束短暫對話的是他。

「走吧。我送你回家。」

13

努利歐對職責並不隨便，但自從他瞥見了蕾米亞出浴——此情此景說到底，不過是那些他讀到過的神話，或者愛好者收藏的淺蝕版畫表現出的場景的化身——血管流湧的血液就燒熱到了辦案進度與真相追尋猝然淪為次要事項的地步。

昔日他曾隨身帶著書箱，裝滿了對他來說太過龐繁的哲學論著，但這些複雜的文字他讀了也沒通，反而就只腐蝕了他童年與短暫的修業時光裡得以建立的薄弱的原則體系。

從沒有哪個信仰、哪個上帝來填補這個缺漏，這讓他完全缺乏一盞小小的明燈來稍微端正思想。他想著蕾米亞，從記憶裡翻出她的髮香、她呼吸的芬芳、她的肚腹與青春的胸脯隔著衣服在他身上遺留的柔軟印象。

這變得比什麼都重要，更是大大凌駕尚未有解的問題，好比他問小女孩的這個：為什麼她從巴茲戚農場回來不循原路，反而選了失足巷。

做個不怎麼樣的想像：一道水渠，比平均寬，卻被時密時疏的穢物堵塞，乾淨的水因此無法正常流動。這意象精確表現了警察的思維運作。

他把蕾米亞送到了她家門口。髮妻的狀況讓他立即回家才合理，他卻不這麼做，反而前往派出所。意在獨處，也意在查閱文檔。

走近派出所時，他看見所裡燈火通明，窗裡閃動巴喇杰的高大身影，大吃一驚。他推開門，巴喇杰驚跳起來。

「主人，您嚇了我一跳。」

「你還在這幹嘛？」

巴喇杰低下了頭，像做壞事被逮個正著的男孩，向上司解釋，一小時前，倉庫在派出所隔壁的雜貨店老闆邱許內齊亞到他家跟他說他們那兩匹馬有一匹一直撞擊牆板，發出哀鳴。巴喇杰趕抵派出所，發現老母馬米綺歐的蹄上插了根長長的刺。他拔了刺，安撫牠，牠大汗淋漓，因此他又用草刷刷馬。之後，他不想馬上回家，就掃掃派出所。

「主人喝茶？」

警察示意說好。助手奔赴茶炊，殷勤為他沏茶。

努利歐從架上抽出一本書口膠上黑布的厚冊。那是死亡登記簿。巴喇杰在上司身旁放了一盞熱氣蒸騰的茶，一邊用眼角餘光看上司做什麼。

這本死亡登記簿編號為第十一冊，始於十八年前。上面可以看見最近一段時間是努利歐寫的，再一年年往前翻，就能發現他一位位前任的筆跡，他們的簽名時而浮誇、時而細小，反映了他們的自傲或苦惱。

簿子裡，人的死與死前的生，歸結成了簡單的一行字：如果知道生日就有生日，姓名，地址，如果有職業就記錄職業，死亡日期，死因。就這樣了。數十年的人生可以用二十幾個字與數字一言以蔽之：沒有比這更尖銳的道德與謙卑大課了。

每年平均六十餘人死亡。死因大多平凡無奇：充血、發燒、腦震盪、缺血性中風、腦溢血。每年也有幾起意外死亡，大多是男性，伐木工被自己砍的樹壓死、車夫被傾倒的貨物輾斃、放牛人被憂鬱的公牛戳穿身體，還有幾個小孩溺水或掉進洞穴裡。

警察一個接一個查看亡者姓名，驚訝發現自己竟記得每一位的臉。他沒想過自己的記憶會這樣珍而重之保留了他們的容顏，但不是他們在世時的模樣，而是死神烙印在他們五官上的表情。

他總是緊接大夫之後，很快就被叫過去。然後抵達死者住處，哪怕盛夏溽暑，寒冷與寂靜一樣襲捲這些家屋。總是同樣的消沉、同樣的愕然，一張張臉孔看著他，希望他為剛發生的惡事給出一個回應。

他找到了帕可姆太太的死亡記錄。是他來鎮上任職前一年的八月，歐矢騰白克前隊長落的筆：

戴妮亞・米萊依・塔珍涅維可，帕可姆太太，一八七八年三月二日生，無業，一九〇九年八月二十二日逝。上吊自殺——見報告。

這死因讓警察大惑不解。就他所知，這是當地久遠以來唯一一起自殺。在地人大概認為生命珍貴，不宜主動縮短。他自己則素來把自殺、尤其女性的自殺，視為資產階級墮落的標誌。

努利歐把死亡登記簿放回架上，在下層架子搜尋能提供訊息的報告彙總冊。報告彙總冊一年有一本。順此一提，「冊」字用得不妥，因為所謂的報告彙總冊只是一本本硬皮資料盒，裡頭保存了用活頁紙寫的每日報告。

之前擔任此職的人大多是老粗，幾乎不識字也不會算數。警察為了消閒而花力氣隨意抽讀他們的報告時震驚不已：裡頭的文字空虛無比，充滿低級錯誤，字大多還寫得很難看。

巴喇杰剛剛把上司的茶盞添滿。他請上司准他告退，警察手一揮表示准了。助手離開警局，鬆了口氣。他匆匆奔回家，家裡被獻祭的那隻豬在等他，他已開始切分肉塊了。屋外天寒地凍，積雪堅硬如冰。

努利歐從外套口袋掏出一支克魯默雪茄，湊近鼻子嗅聞。然後莊嚴地點燃雪茄。他感覺第一口煙進犯口腔，滑下喉嚨，進入並充滿肺部，幸福感襲捲了他，全身輕輕顫抖，又更持續了幸福感。

他拿起歐矢騰白克針對戴妮亞・帕可姆之死寫的報告。

今天是一九〇九年八月二十二日，晚上十點左右，我剛回到家，婦女索妮亞・哈克梅伊來找我。她說她鄰居，婦女戴妮亞・帕可姆，剛剛被丈夫發現已死。索妮亞・哈克梅伊非常慌張。我問她她鄰居怎麼死的，她告訴我戴妮亞的丈夫發現她吊在房屋外牆的勾子上。我重新著裝，跟著她走。我到帕可姆家時，已經聚集了一小群鄰居。來到屋裡，他們已經把死者放在床上了。她身上有藍色的勒痕。臉腫了起來，同樣有點發藍。死者旁邊有個男人，是她丈夫，傷心欲絕。他是做木鞋的。我請一個女鄰居把他們的兩個小孩先帶去她家，一個是小女孩，另一個是嬰兒，他們不懂發生了什麼事，一直哭。我也叫人去找大夫。大夫到的時候，也只能確認死亡。他填寫並簽好了死亡證明書，上面加註：「上吊自殺」。婦女索妮亞・哈克梅伊的丈夫在我的要求下，帶我看了婦女帕可姆上吊的勾子。它釘在房屋正面，從牆上大約兩公尺高的地方穿出來。死者上吊用的皮帶子還吊在那裡。他們割斷了帶子，好放她下來。地上放著她用來踩著搆到勾子的凳子。第一個發現她上吊的是她丈夫，當時他大聲嚎叫，引得幾個鄰居走出家門。自殺動機未知，但自殺千真萬確，無庸置疑。我認為不必立案調查，就簽署了埋葬許可。瓦拉基米爾・歐矢騰白克。

警察把報告讀了兩遍。他遺憾自己讓巴喇杰先走了，不然就可以問他這件事情。當然，事發當時，巴喇杰還沒成為助手——那時他是沒土地的鄉下人，出賣力氣給更有錢的人——但巴喇杰至今大概還記得這起非比尋常的死。

警察疑惑，為什麼他明明有向助手打聽過帕可姆家，助手卻從沒提過這事。巴喇杰就只提到帕可姆太太幾年前死了。就這樣。

努利歐上任時，沒有助手這個職位。多年來他那些前任都是自己一個人想辦法。讓這個職位出現的就是他，他寄了十幾封信乞求設立此職，提出的理由是他的管轄地域幅員太遼闊，還很靠近國界，也因為地處邊疆，當地深具戰略意義，還恐怕會爆發事端。

真相是，有個下屬讓他能自詡老大，這種階層組織雖然只有寥寥兩人，也還是讓他心滿意足，諂媚了他的驕傲。

讓他大出意料的，是史侯指揮官准許他雇一個人，但也講清楚了，俸給微不足道。也許史侯覺得，薪水低成這樣就沒人會有興趣，但他若這樣想，就太不了解當地鄉親了：為了一個銅板，他們刀山火海在所不惜。

這力量，這史前時代的塊頭，這雙黯淡的大眼宛如馴服的公牛，還有這種恭敬——七位應徵者大多都是酒鬼，發臭、殘廢、完全白痴，巴喇杰獨獨博得了他的好感。他想，這麼醜陋又這麼笨拙的傢伙絕對不會頂撞，自己的命令再怎麼奇怪、自己任性的念頭再怎麼驚世駭俗，也不會招來反抗。而且會像騾子一樣，只要答應有飼料，就足夠平撫牠的情緒，讓牠最強烈的怨恨沉沉睡去。

14

接下來，日子一天天過，這日無異那日，彷彿由同一個鑄模鑄出。在地人喚作「露凄牙」的季節現象通常十二月中才會開始，今年卻提早了幾個星期，讓小鎮又從廣袤的世間、世間的地圖、人口的普查裡，稍稍再更抹消了一點。

「露凄牙」混合了霧、雪、冰珠、受到擾動而形成氣旋的氣團，與被溫暖南風阻擾的北方冰凍氣流反常結合。大氣如此揮鍋弄鏟，導致了小鎮所在地區整個悶罩在沉重的雲層裡，這些雲肥胖到肚腩墜地，視野五公尺外就已茫茫一片，肥大的雪花不只從天而降，更彷彿不時從地面湧出，穿透了大衣、袍服、襯裙、長褲。

呼吸困難。

一不小心就窒息。

這奇異的大氣現象也讓人的心神在黏稠無比的憂鬱中輾轉反側，思緒嚴嚴實實囚禁在顱內狹窄的牢籠裡，永遠沒有逃逸的生機。

努利歐的老婆還沒分娩，狀況變得不妙。警察把手放上她額頭，覺得好像在摸爐灶。她幾乎不進食，安潔拉·維托克這位長得像受驚鼩鼱的善心芳鄰為她端來肉湯，她卻把湯推開。大多時間她都半睡半醒，偶爾輕輕呻吟，宛如狗作夢時的嗚叫。

她肚皮緊繃得令人害怕。裡面的孩子，那還沒孵化的凶手，繼續他凶殘的鼓搗，有條不紊又狂亂無比，要搗破這肚皮。

努利歐總算決定把大夫叫回髮妻床邊。他妻子埋在層層被褥下，失去了力量與美麗。她像一頭肥胖的獸，苦也受難也受，筋疲力盡又醜陋，側臥在路邊等候，等死亡慈悲將她帶走。

大夫聽診。她毫無反應。

預產期已過，子宮頸卻沒打開。分娩還沒開始。羊水還沒有破。孩子顯得巨大又滿心憤怒。母親的脈搏愈來愈快。燒得愈來愈高。

在學校的那幾年，夸許密爾的表現顯示了他是差勁的醫學生。此刻，他在大學時代的記憶中搜索枯腸，面對一個又一個自問，卻一點頭緒也沒。怎麼辦？要引產嗎？要的話，怎麼做？開刀？開刀……！唉呀，就算他想要，他也做不到。

他只開立了一劑含鴉片的花草茶，答應警察當晚再來看看。他站在門口，裹好他的大衣，戴緊氈手套，準備開門逃離一屋子烏煙瘴氣，心中猶豫不決：他該告知努利歐，尊夫人情況嚴重，他無能為力嗎？他該讓他知道恐怕會以悲劇告終嗎？他這樣做，除了講了真話，有什麼好處？她本應送醫，但最近的醫院在兩天的車程外，況且反正「露淒牙」阻斷了所有的路，她一個狀況差成這樣的女人更不可能出行。

「照顧好她。房間要通風。用溼布浸她額頭，讓她多喝水。」

他努力掩藏自己說了等於沒說的羞恥。跨出門回到路上，他鬆了口氣、難以言喻，然後懷著這樣的如釋重負，消失在雪霧裡。

與此同時，巴喇杰在「我的帥小子們」垂涎三尺的友善目光注視下，把瀆神豬仔的四條腿裡最後一條吊進了他特別為此整理好的老燻爐。這幾天他全心全力都忙著處理這頭豬，念頭裡只有豬仔與牠粉紅的肉，他滿心情熱、條理井然，切割、去骨、上鹽、上胡椒、上大蒜、剔修、局部剁碎，用醋、酸黃瓜、許多高原生長的香草調味。這些香草是他在整個短暫的夏天採擷的，然後風乾，掛在房間木牆的釘子上。

他回到廚房。灶裡他塞滿了櫸木柴，吊鉤懸著一口大鍋，百里香、紅洋蔥、紅蔥頭、月桂葉、杜松子、馬鬱蘭和牛膝草煮成了一鍋湯，獻祭豬仔那顆美美的頭在湯中一臉驚詫，還有四隻不知所措的豬蹄，在拍子混亂的舞蹈裡微微浮沉。

整鍋湯咕嚕咕嚕歡快煮燉，香噴噴的蒸氣瀰漫了整間房。燒滾滾微微沸騰的湯汁顫動著豬鼻子、豬耳朵；有時，豬耳與豬蹄還會同時浮出湯鍋。

巴喇杰面灶而坐，坐在他十年前用樹齡三百年的帶葉巨木劈出的木砧上，這就是他的安樂椅。他翻找口袋，掏出一塊菸草，塞進臉頰與爛牙之間，讓菸草軟下來。

兩條狗走了過來，一邊一隻臥在他雙腿旁。他愛撫牠們，用長繭的手摸遍溫暖的黃褐毛皮。童年時，他被打得那麼慘；此刻，他懂得享受幸福的分分秒秒。他對生命別無所求，只要冬天有柴，有料燉湯，有點菸草，夜裡眠夢無恨，不病不餓，遠離用辛酸攻擊靈魂的大問題。然後還要有他至高的歡喜：愛撫他的狗，牠們是他的一切，直到沉入夢鄉裡。

所以，此時此刻，身處芬芳淋漓的廚房裡，面對灶火與煮滾的美好豬頭，嘴裡的第一泡菸草汁流過牙齦、靠近舌頭，指間繞捲著狗兒的長毛柔軟溫暖的髮綹，而屋外的寒冷殺戮著飛行的烏鴉，他的腦海有字噴綻，思緒乘載著一閃而逝的字，這縷他能享受、卻無法捕捉的思緒——戶外什麼都沒有，只有受刨的天氣、寒冷與死掉的星星，而在這他的裡面，有自信的溫暖、家、人的火與他的心。

助手感覺到，心中詩句初生，就已從記憶飛遠。他並不難過，只為此微笑。

在這無與倫比的時刻，帝國各處、公公私私，想必有那麼多重要的事正拍板定案，王公貴族一座座宮殿裡，裝滿最珍稀香檳的水晶杯高高舉起、輕碰彼此，鑽石珍珠為飾的絕美女人身著絲綢禮服，笑得合不攏嘴，準備隨西裝筆挺的樂團那眩人心神的華爾滋翩翩起舞，富豪挺著一襲燕尾服，皺巴巴的老喉嚨束在膠得硬梆梆的假領子裡，往自己吃喝到膩了的嘴裡塞進棕黑色的魚子醬、薄細有礦紋的松露片，巴喇杰呢，覺得自己是最幸福的人。

說來最滑稽的，是在這座居民開始磨利惡意、分泌毒汁的小鎮裡，在鎮上及遠方，對，極度遙遠的地方，非常遙遠的地方，在帝國本身，直到帝國邊疆，或直到人世界限，他大概正是那個最幸福的人。

15

大夫一走，警察就去敲鄰居的門。鄰居開了條門縫，一臉擔驚受怕，見到是他，看起來又放下一顆心。努利歐問她能不能照顧他老婆小孩，因為他在鎮上要忙著偵辦佩尼業葛神父遇害的案子。

聽他提到神父暴斃，鄰居畫了三次十字聖號，並把頭巾放下，保護自己遠離無形威脅。她默默答應，點了點尖尖的臉。警察謝謝她，回到自己家，從掛勾解下一件厚重粗糙、有許多金色鈕扣的勤務大衣，嚴嚴實實穿在身上。然後，他把頭藏進風帽裡，走進凜冽的寒冷與稀微的日光中。

他這身奇裝異服讓人想起了死亡天使。遊方商人俗俗賣的劣質木版畫勾勒的通俗形象就常常把死亡天使描繪成這副模樣，戴著風帽，偶爾還手持鐮刀。只不過他矮小的身量讓他身影不那麼嚇人，說直白些還有點荒誕不經。

他推開魏羅克客棧的門時，那身悲劇衣裝已讓「露淒牙」妝點了閃閃發亮的大片雪花，效果斐然。大家都認不出他，如此的現身令人惴惴不安，現場鴉雀無聲。

努利歐不急不徐，用沾滿泥的靴子輕拍門墊。大家呼吸暫停。他知道人人都睜大眼睛望著他。

他又享受了半晌他帶來的效果，然後學劇場演員誇張表演把戲，非常慢、非常慢，把風帽往後掀。看見他發綠的瘦臉時，大家異口同聲嘆了放心的氣。

他瞥見那些醉鬼老主顧，特別是在臨路窗旁一角獨坐一桌的，他想見的那位：前製琴師、後來成為鰥夫、身為一個嚴肅小男孩與一個似火灼人的小女孩的父親的，木鞋匠帕可姆。

帕可姆雙手持著他那盞大酒杯，目光迷離望著面前的酒瓶，瓶子大概空了。他看來還沒徹底喝醉。警察走近他那桌，他抬眼望向警察，眼中已失去所有輝光。

「我能坐您這桌，請您喝酒嗎？」努利歐問，也不等帕可姆回答，逕自把溼了的大衣放上椅子。

「您說的是……喝酒？」木鞋匠答了話，淒涼地笑了起來，「您如果不是魔鬼本人，也很像了。」

「別跟我說您信這些鬼神屁話？」

「隊長，我什麼都不信了。連我看到什麼我都不信了。我只信我喝了什麼！」

說著，帕可姆搖搖酒瓶，讓警察看看裡頭，唉，有多空空如也。警察轉向魏羅克，揮手示意再來一瓶。魏羅克老闆趕忙應承，很快在兩人中間放了一公升「黑沛滋」。

在這沒葡萄也沒大麥的地區，「黑沛滋」是唯一真正的酒，由黃龍膽根、灌木叢採擷的野生黑刺李，以及普通小麥，按三等分的比例放入木桶發酵而成。這混合物會在桶裡輕輕冒上幾個月的泡，然後在聖尼古拉節蒸餾。

蒸餾出來的酒既有泥土的芬芳，也有花朵的香氣。這酒酷似這地，以幾個月的昏昧紊亂、雨、嚴寒與冰雹為代價，換來幾星期的和煦風候、晴朗天空。

「隊長大駕光臨，不只是要請我喝酒吧？我是廢人，不是白痴。而且隊長這個時間來，我已經喝好幾個小時喝過頭啦，但還沒醉到滾進桌子裡。所以您想怎樣？」

「我想跟您聊聊尊夫人的死。」努利歐努力把話說得親切。

「果然嘛。」木鞋匠打斷他，一飲而盡杯中酒，又重新斟滿。

「我在前隊長的報告裡讀了她過世的情形。我寄望您跟我多說一點。」

「多說一點？我自己有多知道一點嗎？您以為怎樣？以為這些事解釋得了？以為我們這些活著的人有辦法懂？留下兩個孩子自己去死？」

他乍然住口，冷笑起來，兩指撫摩杯口。久久。

「我愛我老婆。我老婆愛我。她愛我們的小孩。我賺很少但夠養我們家。戴妮亞想離開城市，在她度過生命最初幾年的這裡安家，我答應了。城市讓她悲傷。讓她窒息。晚上我回我們公寓，常常看到她站著面對窗戶，目光茫然看遠方，越過屋頂跟工廠的煙，那個遠方就是這裡。我那時想，她會找回她的快樂、她的美麗、她的活力。我們動身了。最初那幾年，她變回了那個我曾經那麼迷戀的戴妮亞。她又有了年輕女孩的歡笑，做什麼都輕盈又優雅。持續了不到兩年吧，她又慢慢失去了笑聲。說的話也少了。眼睛不再看我們了。她好像去到另一個地方，孩子跟我都不存在了。她會離家好幾小時，好久好久，在小鎮附近走路，天氣怎樣都沒關係。她回家的時候被雨水全身淋溼，被太陽曬到燒傷，被寒冷凍到發青。我擦乾她，溫暖她，讓她喝滾燙的茶。她變成我第三個孩子，也不再照顧自己的兩個小孩。」

他停下來把酒喝乾，又把酒杯添滿，一飲而盡。黃湯讓他的雙眼閃爍起了愚蠢的光。

「我有幾次跟著她走，她沒發現。她總是走同一條路線，登上馬瑟高原。這鳥不生蛋的高原吸引著她。她在那裡能找到什麼？她會在高原中央停留一陣子。她一動不動站在那裡，單手搭著一棵光禿禿老松樹的樹幹，看著成群山脊像是鋸齒割傷天空。我們住城裡的時候，站在公寓窗前，她就是這樣看著那些屋頂。」

帕可姆喝乾了酒，顫巍巍又添一杯。努利歐那杯都還沒碰。木鞋匠的目光開始迷亂，下嘴唇垂了下來。他再次開口說話，但話音變得緩慢笨拙。詞語黏著舌頭，像麵團一樣黏稠：

「我們裡頭，有些人永遠跟什麼都合不來。不屬於任何地方，任何時間。戴妮亞就是這樣，永遠對現在不滿足，總是看向遠遠的地方。我們是機器，有些組裝得好，有些組裝得壞，您不覺得嗎，隊長？大鐘表師製造我們的時候，偶爾會搞丟齒輪，小螺絲釘，但就算這樣，祂也不會整組丟掉。剛好相反，祂會為他上緊發條，看著他歪歪扭扭慢慢走開。接著，自己看著辦！我的戴妮亞，我那麼、那麼溫柔的戴妮亞……」

木鞋匠臉龐顫抖，大顆大顆的淚珠從眼眶滑落。他隨手擦了眼淚，大聲吸了吸鼻子。他喝醉了。他猛然起身，抓住酒瓶仰脖就灌，活像軍團號手吹軍號。大家看見他薄薄的喉結上上下下，嘴邊流淌著溢出的酒。他就這樣喝完了剩下的半公升，差點窒息。然後，他目光痴狂環顧在座客人，一面揮舞空瓶。他縱聲大笑，將酒瓶砸在桌上，隨而踉踉蹌蹌，雙眼怒睜彷彿心跳停止，手掌扼住喉頭像是沒了空氣，癱倒在椅子上，看了幾秒動也不動的警察，接著任憑太過沉重的頭顱跌向桌面，可怕的爆裂聲響過後，摔在玻璃碎片正中間。

16

警察帶木鞋匠回家並不容易，但他不要人幫。他不希望有其他人在身邊。魏羅克用一條舊廚房抹布包裹了帕可姆血淋淋的頭。玻璃劃破了額頭，血流得像在尿尿。大家勉強扶他站好。他站著打呼。努利歐披上自己那件沉重的大衣，魏羅克老闆幫他把帕可姆的胳膊繞過他的肩膀，然後送這怪奇兩人組一程，直到路上。

夜已降臨，霧與雪潔白了夜，簡直螢光閃閃。警察慢慢出發。另一位呢，緊緊挨著他，沉浸在醉鬼的眠夢裡，渾然不知自己在走路。萬籟無聲。風已停息。只剩霧與雪花。教堂鐘聲響起，八點了。穿太少的帕可姆冷到微微發抖，囁嚅了幾個聽之不甚了了的字，努力想睜開一隻眼卻做不到，就撒手不管了。

路上，努利歐想起了木鞋匠談老婆的那些話。長篇大論，傳達的意思卻是寥寥：覺得自己格格不入，永遠找不到屬於自己位子的人，只有她嗎？那他呢，在這世界的荒涼一角，他有在屬於他的位子上嗎？他原本難道不能嚮往他方的另一種人生，渴望與他的聰明才智與能力相符的，更重要的職位？經歷並咀嚼這種苦澀，就夠有理由結束自己生命了嗎？

自殺在警察眼中向來是最懦弱的死法，但不是因為自殺侮辱了生命。有些人認為生命是最寶貴的財產，他可不這麼想。是因為自殺逃避了正面面對那繫連著一切生命之終的大未知。不知何地、如何、何時會死，對此有清晰覺知，無能為力之餘不顧一切繼續活，就展現了崇高的勇氣。直面此一奧祕使人成長。自殺則在自選死期與死法的人身上烙印了懦弱，迴避了這一切。

就像這樣，努利歐對生命、世界、死亡、事物，都自有不少分明的觀念。他以為是深邃思想，其實就只是蠢話連篇，他把這些信念珍藏在精神圖書館裡，書架都塞不下了，反映了他的無聊與思想的庸劣。

到了木鞋匠家，敲門之前他稍停半晌。得喘口氣。背上那個血淋淋的人已經打著鼾。努利歐扶著醉鬼，同時瞥了房屋正面的牆壁一眼。戴妮亞．帕可姆上吊的勾子已經拔掉了。灰泥牆上只剩下不規則的洞。這就是一整個人生的記憶嗎？

他不必敲門。門自己打開，蕾米亞出現了。看見她爸包紮了的頭，她輕輕叫了一聲，連看都不看警察一眼。

「沒事，」他對她說，「稍微割傷了而已。」

他們走進屋裡。小男孩睡了，背從被褥露出來，臉朝向火。短短的燄苗動也不動，好像是假的。弟弟旁邊的床上攤開著一本大書。床頭櫃上燃著一支細細的油燭[35]。

蕾米亞走在警察與警察揹著的爸爸前頭，來到爸爸床前。她掀開被單，警察把醉鬼扔上床。小女孩跪在爸爸腳邊，為他脫了靴子，又在爸爸頭底下塞了枕頭，先用被單、再用厚毯子蓋好他的身體。

她動作熟練，溫柔細心，大概做過了一千次有。她一個字都沒說。努利歐目不轉睛凝視她。她穿著白色的長睡袍，露出了雙肩。披頭散髮，色澤是美麗成熟的金，長及腰間。白天的勞累沉重了她的眼皮，目光又更亂人心魄，模糊，遙遠。

她背向警察，走到自己床邊拿了條針織披肩裹住自己。短短幾秒一拿一裹之間，微弱的火光無比精確勾勒了織物下的青春之軀，讓警察依稀得見。他覺得天在旋地在轉。床上的小女孩閉著眼睛，他走了過去。他在她身旁坐下，她驚跳了一下。

「別怕。我沒惡意。正相反呢。在讀什麼？」

小女孩一言不答。披肩又裹得更緊了，她避在披肩裡，彷彿披肩是她的盔甲。努利歐口乾舌燥。勉強吞落口水。他那神經質的小身軀每一塊都在微微顫抖。簡直像遭到電擊。他抓過書本，草

35 Chandelle，以牛油等獸脂或樹脂製成的燭，較蠟燭廉價，但火光較弱、味道較臭。

草翻閱。書裡有童話、民間故事，還有歌曲，插畫童趣宛然。她剛剛一定是把書念給了弟弟聽，哄他入睡。

努利歐放下書，靠近她。他感到她在害怕，於是更加興奮。他快能聽見她幼獸的心臟瘋狂跳動。他伸出手背，湊近女孩臉頰。輕輕、慢慢，拂過去。她閉起雙眼，停止了呼吸。努利歐手指滑過孩子的皮膚。他感到體內血潮激盪，直到最深最深的地方。

蕾米亞一直閉著雙眼。恐懼到發抖。警察輕撫她的雙頰，額頭，眉毛，嘴唇，瘋狂探索她的臉龐，無法罷休，除了「嗯……嗯……嗯……」以外，一個字都吐不出。就這樣，他「嗯……嗯……嗯……」地不斷喘息。

警察的手指慢慢、慢慢順著脖頸滑下，小女孩顫抖得更厲害，手指滑過後頸，來到喉頭，向上移往雙唇，手指輕撬雙唇，撫摸內部的溼潤，「嗯……嗯……嗯……」，而正當努利歐用力撬開牙關，打算深入小女孩的口腔，有人大力敲了三聲門，不等門裡應聲，就撞開了門。

門口閃現巨大的身影。

巴喇杰。

「主人，」助手說，「他們請您趕快回家。您老婆……」

巴喇杰說到一半停住了。不是因為噩耗他說不出口，而是因為他剛剛發現小女孩正看著他，還微笑了，對他笑了。平常大家都只看見他野獸般粗糙的五官、滿頭的亂髮、巨大笨拙的身軀、生了病的手、像癩蛤蟆的皮膚，就覺得他裡面那個靈魂的用料一定也同樣拙劣粗糙，因此對他不是一臉嚴厲，就是一臉敵意或一臉鄙夷，而現在，她給了這樣的他，最美麗純潔的微笑。

巴喇杰此生未曾見過。

見過一個笑容。

蕾米亞的笑容。

笑容走進他孤獨的心田，迄今只有「我的帥小子們」居住其間，他一把推開兩條狗，讓出最美的位子給這樣的笑容，同時有詩流過靈魂，靜謐天使，精緻溫柔手指，新生聖女眼眸，我的思想我的力量永遠給你。巴喇杰已經不曉得該怎麼笑，童年至今的人生如此傷痕累累，也許他從來沒真的懂過怎麼笑，於是他扭曲他肥厚的嘴唇、瞇起他巨大的雙眼，努力報蕾米亞以一個微笑。

其他人大概會當成怪誕鬼臉，蕾米亞卻讀得懂，她不可思議的容顏成了陰暗破屋中的大大太陽。

巴喇杰感覺自己臉紅了。他連上司匆匆走過身邊離開房子都沒看到。他深深感激小女孩，心中充滿柔情，因而發窘，不太知道怎麼做才好，於是就立正站好，彎脖敬禮，然後隆重、緩慢，倒退走了出去。他記得聽人說過，永遠不能背對王后、國王、王子與公主。

剛剛，她宛如托斯卡尼畫派筆中倩影，綻放著微笑顯現，完全襲捲了他，因此他沒看見，自己猛地開門時，他上司坐得離孩子實在太近了，一手還忙著撫揉她的喉嚨。

門砰然開啟的瞬間，警察像屁股被獒犬咬了一樣迅速起身，滿臉驚恐看著助手，活像小偷人贓俱獲。他忽然覺得虛弱無比，胃裡翻騰顛倒。跌跌撞撞出了門，才踏出去就吐了。

警察樣子就像中了邪，氣喘吁吁來到自己家門口。屋裡一片死寂，他首先看見的是夸許密爾大夫。大夫雙手抱頭，癱坐椅子裡，沒穿外袍，白襯衫袖管捲到手肘，血跡斑斑。他抬眼望向警察，疲憊，空洞。努利歐覺得天搖地動。他靠上門框，準備聽大夫宣布宣布母子俱亡。然而正當大夫開口，新生兒來勢洶洶的倔強啼哭，伴隨著母親努力安撫的溫柔嗓音，從樓上傳了下來。

警察站都站不穩了。

「一切順利，您自己也聽得見。是男孩。尊夫人身體也安康。」

大夫的話音帶了一絲悲傷。因為這次，分娩毫無困難順利完成，讓他的診斷成了徹底的廢物。幾小時前他離開孕婦身邊，相信她與腹中孩子都會死，相信他缺乏知識、不夠靈巧，也沒有敏捷思路，完全沒辦法力挽狂瀾，躲開悲慘的下場。結果呢，剛好相反，小孩輕輕鬆鬆就來到世上，他從來沒有預料到、設想過這種結局。他因此又更覺得自己真是蹩腳。他心如死灰。失敗又失敗。他沒有為順產感到欣慰，反倒沮喪悲哀。他想，自己最好換個工作，去賣鞋，在政府某個不起眼的部門裡隱姓埋名做秘書，賣菸，修路，刷油漆，磨刀。

警察呢，照理來說聽見新生兒哇哇啼哭與太太說話應該會鬆一口氣，卻沒有。穿越小鎮的幾分鐘裡，他有時間想像髮妻死亡，並接受這個事實。他為自己炮製了揉合真誠及少許表演成分的悲傷，傳達在他對一臉凝重前來弔唁的賓客所致的謝忱裡。他計畫了葬禮，還已經決定好要葬在墓園哪裡。他還想，守喪幾個月後，就可以花點小錢把小朋友託付給亡妻的遠房親戚。他看見那個時候的自己重獲自由，無拘無束、沒有羈絆，春秋鼎盛、充滿活力，什麼都攔阻不了他百折不撓的渴望，這渴望驅策著他，而他想到了蕾米亞，快可以生小孩了，他一服完喪她就到了適婚年齡。還是得等他守完喪，不然小鎮又要碎嘴他死了老婆就戀愛。他想著這樣的蕾米亞，更成熟了，胸脯豐滿，一襲白袍，挽著他的手臂走過教堂中殿廊道，前往祭台，台前站著一位沒有臉孔的神父。他進到了屋裡，看見癱坐的大夫泫然欲泣時，滿腦子想的就是如此念頭、這個她。

警察慢慢爬上通往臥房的樓梯，想起了薛西弗斯。他以前讀過的書一點用也沒有。就只夠讓他為日常平庸大小事安上名字與形象。這樓梯天殺地長，他天殺地非常失望。所以他就這樣困在這個人生，屬於他的人生，逃不掉了？誰決定的？他犯了什麼樣的錯，活該承受這麼多的苦？

推開臥室的門，他勉強堆出笑容。髮妻忙著給一個沒有毛的粉紅東西餵奶。她抬眼望向他，空閒的那隻手食指擺上嘴唇，示意別發出聲音，孩子沒牙的小嘴含著大大的奶頭，剛剛才又睡著呢。

努利歐悄悄走近，坐上髮妻床邊，妻子對他微笑，閉著眼睛湊上額頭給他親。他端詳了一會她眼皮闔上、充滿信任、筋疲力盡的容顏，然後吻了她的肌膚。他親的時候同樣閉著眼睛，這樣就能用另一套鮮嫩清新、未經人事的五官取代妻子疲憊的五官，他懷著惑亂與遺憾，竭力讓這套青春芳華的五官浮現出來。

17

人類歷史的長河裡，什麼樣的徵象讓人領悟到為時已晚？什麼線索、什麼標誌、什麼裂縫、什麼無足輕重的小事，能夠通知心靈、喚醒警惕？什麼微不足道的改變、哪種悄然發生的脫軌，能夠讓寥寥幾個細心警戒的人疑心大發，從而敲響警鐘，避免混亂？可是說到底，又有什麼用？在某個哪裡，某座大鐘的分秒之間，不是一直都太晚了嗎？

帝國是千首千體的怪物。牠曉得自己的生死存亡，繫於牠對自己哪怕再小再偏遠的省分的控制。因此，統治牠的一眾菁英自古以來就著力於監視的管道，這些管道一則仰賴層層疊疊的政府架構，二則倚靠另一個比較不那麼官方的實體，名字呢，也不曉得是誰取的：「千張耳」。就靠這一千張耳朵，不管是街談巷議，還是咖啡館、市集、港埠、郵務網、尚在萌芽的鐵路網裡所有可能的隻字片語，都有人聆聽，都有人轉達。

千張耳的羽翼沒有臉孔，毫無正式存在。您的鄰座可能就身屬其中，那落坐廣場長椅、看來忙著讀報的小姐，伊斯特里亞半島某小城某咖啡館深處看來不放過兩位棋手一言一語的全聾老先生。

某些懷抱社會主義理想的進步冊子，編輯常常蹲進帝國苦牢，對那裡的涼爽可熟悉了，他們的刊物質問「千張耳」意欲何為，並對此憤慨不已，獻媚當局的報刊及當局准許的聲音就出言譏刺，嘲笑他們竟然天真到去相信這些流言蜚語。

其實是這樣的：大家疑心「千張耳」存在，就已足夠到處點燃告密的感召，告密者甚至一毛錢都從沒拿到，他們每天撰寫數不勝數、大多匿名的箋條，檢舉、指控、誹謗、抹黑、玷汙、定罪。接著，某隻手迅雷不及掩耳將這些卑汙的紙條塞進寄往派出所與縣市政府的信件、治安官員的私人信箱。

如此這般，一個糾集了眾多間諜的祕密組織，帝國從未決定創設，卻存在著。像上面說的一樣，它連名字都有，千千萬萬卑劣、妒嫉、懦弱、猜疑、乖戾、厭人厭世、無能無力、妄自尊大的生靈有效運轉著它，內心深處享受著寄身於子虛烏有的強大機器的快意，畸形的腦子深處品賞著這種白痴的滿足，對他們來說這就足以充當報酬。

小鎮也逃不過如此的雙重監視。努利歐是這個大結構的一個官方齒輪，但他能看見的太低太窄，無法俯觀全局，尤其無力測度佩尼業葛神父遇害逐漸成為懸案，因此日益沸騰的小鎮人心。帝國政府報告員呢，則收到了諸多密函與前面所說的匿名箋條，示警民情緊繃，要注意粗暴直白的發言、誰是罪犯的影射，有的還強調不必再調查下去了，只是浪費時間，當務之急是大刀闊斧行動起來為神父報仇，還能順道一石二鳥，清洗民眾之中的汙穢血脈。

對此，報告員漫不在乎。他可忙了：他在寫作。

一部小說。

一部海與海盜的小說。真弔詭啊，任務是留心某個遠離海岸的內陸地方政務是否清明的人，一生最惜命命的物事是海、大洋、潮汐、灘岸、島嶼、白帆大船、捕魚遠航、深淵悲劇、氣旋、風暴、驟雨、浪花、鹽的味道、鹽蝕人的感覺、水手們暴烈的身軀與粗魯的慣俗。

報告員的薪俸稱不上富厚，卻足以愜心生活。他另有一小筆遺產，再加上太太的嫁妝，嫁妝的部分他很聰明，拿去買了美國一間棉花公司的股票，投資有成。這些財富讓他能在鎮上數一數二舒適的宅第裡過著資產階級的生活。

他雇了一名廚娘與兩名女僕，每月第一個星期五宴請小鎮名流共進晚餐，肴食佳美、酒品上乘，傾倒了各路佳賓。值得一提的是，警察從未受邀，並引以為辱。他大多時光不是花在工作上，其實他工作也不太忙，而是花在打造藏書和寫作上。他的藏書只有海洋與包羅萬象相關主題的書籍，箇中緣由相當好懂。他的鉅著有個書名：《約翰．布里德吉．西蒙斯，又題群帆競遠航》，第十二卷即將完稿。

報告員是沒有讀者的作家，因為他從未發表筆下大部頭的小說，連渴求發表都沒有。他唯一在意的是寫它。它沒發表，只是孤本、手稿，在他看來也奪不走他作家的頭銜，他就是如此看待自己的，報告員的官職對他而言只不過是次要的忙活，賺點聊勝於無的家用錢：報告員既然寫作，便是作家。

他早已記不清小說情節發展到哪。說到底，他這本海盜小說就只是把他從小到大所有讀過的書拿來拙劣拼湊修改一番罷了。他筆下主角一場場的冒險讓他闖遍地球上東西南北所有海洋，邂逅《魯賓遜漂流記》的魯賓遜、《金銀島》的史約翰一類人物，還有數不勝數的尋寶者、蘭姆酒徒、武裝商船、探險家、幽靈船，更沒忘了一船船的奴隸與黃金、摩爾人海盜劫走的鄂圖曼帝國美麗宮女。

作品裡長篇大論、無休無止描寫了夕陽沉落平靜或洶湧的海浪，幼稚愚蠢得令人直打哈欠，他卻滿足無比，永不厭倦重拾同樣主題，像畫家一幅比一幅進步那樣致力盡善盡美，唉，但卻永遠到不了。

他娶了個老婆，不醜也不美，只在新婚之夜盡了一次床笫義務，之後就再也沒有做過，他害怕行房，漠視女體與女體的芬芳。在他默許之下，他太太從木匠韓康卡黏膩、直接、狂暴的擁抱裡得到了溫存；帶皮的木料妝點著韓康卡的日常生活，而木匠本人也長得跟這些木頭差不多。

如果報告員曾有那麼一刻擱下他濁重的文筆與充滿鹽味的幻想，如果他有簡簡單單走過小鎮，呼吸一下染上了火藥味的冬日霧氛，如果他有漫不經心讀完那些發僵的手塞進他門縫的堆積如山的箋條，這些用字貧瘠、拼寫殘缺的紙片全都表明仇恨正蒸騰燃燒，如果他有看看行人的臉，看他們眼中有火，嘴巴無情閉攏，牙關狠狠咬緊，身體緊繃、蓄勢待發，如果他有聽見這些人、那些人嘴裡啐出的言語，字字句句不由分說、精心拋光打磨，他原本大概能夠領悟到威脅迫在眉睫，並防患未然。

因為，祝融巨災起初全都只是燼沫與火星。要死亡幾百萬人，要傾毀古代文明，就要先有第一起死亡，然後第二起，第三起，依次下去。

登高必自卑。

特洛伊。羅馬。花點力氣找找，例子成千上萬！

歷史結結巴巴，不斷重複。

歷史是老人痴呆，還是從沒脫離嬰兒襁褓？

自己挑。

如果我們費點心，才剛開始就能提前結束。但我們寧願自我重複。更輕鬆、舒服。

激情是巫婆的古老祕方，讓警察與報告員穩穩當當迷了路，像暮色時分還身處森林底層的小小孩。他們倆自認嚴肅，其實只是滑稽。他們倆自以為是大人物，其實只是我們讀巨擘果戈里作品時會邂逅的怪誕人物的遠房親戚。只可惜沒人跟他們說清楚講明白，於是事態就繼續往致命方向發展。他們原本可以充當薄薄的城牆擋一擋，卻成為破了洞的堤防，隨時會讓他們不知不覺泅泳其中的骯髒水流噴湧而出。

18

佩尼業葛神父遇害已經一個月了。清真寺遭到褻瀆、穆斯林的房子被人塗汙後，社群懼怕會再有另一起重大事故，然而無甚大事。許多信基督的鎮民卻期待事變爆發，這些端正的好靈魂整天泡在教堂裡，每晚披著睡衣在睡前誦他們的《聖母經》與《天主經》，膝蓋跪出了傷，脖頸低低垂下，心卻充滿了怨毒。

惡意譏嘲、低聲咒罵、小力推搡、各種羞辱，商家以知道客人名喚法蒂瑪、樂堤亞、比尤娜、蕾拉為由拒絕服務，小鬼頭企圖拉掉婦女的頭巾然後跑掉，凡此種種倒是與日俱增，嚴重到十一月最後一個星期五主麻日，通常只有男人會上清真寺的大禮拜裡，古德吉伊瑪目驚見他的羊群全員到齊，男男女女與小孩齊聚寺中。

警察不太喜歡伊瑪目，卻無損古德吉是個富有人性、智慧淵博的人。我們有時也說得更謙遜些，把「智慧」稱為「常識」。

要在他身上找到一絲一毫的惡意，那是難如登天。他最熱切的願望就是將自己的一生奉獻給他人，並根據他的先知傳達的戒律和誡命，指引自己的日常、自己所負責引領的一眾家庭的生活。

他寬容大度，完全不會想把自己的宗教拱成唯一真實的信仰，沒有一丁點宗教霸權的野心。他踐行的伊斯蘭是仁慈溫和的。他住小鎮這麼久了，久到天真相信自己也是小鎮一員，擁有與其他任何公民相同的權利。他忘了帝國境內，穆罕默德的信徒是被容忍的，容忍一詞見於法律條文，清楚說明了政府機關眼中，穆斯林不能、也永遠不會是與其他人一樣的臣民。

奉至仁至慈的真主之名

一切讚頌，全歸真主，全世界的主，

至仁至慈的主，

報應日的主。

我們只崇拜你，只求你祐助，

求你引導我們上正路，

你所祐助者的路，不是受譴怒者的路，也不是迷誤者的路。

作為禮拜之始，古德吉伊瑪目依例誦讀了《開端章》[36]。接著他繼續誦讀《主麻章》。教眾此前都有遵守把頭擺正，直視前方聽講的慣例，但他很快發現，今天他們沒有這麼做，大多數人把臉轉向了他，看著他，讓他相當不自在。

他停頓半晌，然後開始第一部教義講演。他早上為此準備了很久，字斟句酌。他清楚現下情況，許多人等著他的話語，他的言談無論如何絕不能被人往有害的方向詮釋。

「弟兄們、姊妹們，齊聚在此的所有教親：蒙真主的恩惠，願至仁至慈的真主被讚美，我想讓你們明白，生命是條石子路。若有隻美好的手拾起這些石頭裡任何一塊，又有其他美好的手來幫助這最初的手布置這些石頭，讓它們成為牆壁、壁爐、爐灶、畜欄、羊圈，那每一塊石頭都能成為家屋的房角石。如此一來，生命之路，石頭的路，就會成為友愛與願景之路。我們的社群，我們小小的社群，不久前還那麼幸福、那麼祥和，如今經歷著困難的時刻，而我……」

「我們就談談這個！」

一個洪亮的嗓音響起，俐落打斷了伊瑪目低沉柔和的聲音。發話的是馬蹄鐵匠奧罕・卡韃。話音在清真寺的圓頂下鏗鏘作響，圓頂規模雖小，回音仍不同凡響。

古德吉伊瑪目驚愕到呆掉。再怎麼樣都不能在大禮拜期間打斷教士宣講。穆斯林人人曉得這規矩。違反它是非常嚴重的過錯。是褻瀆。違反它的人會招來譴責與咒詛。

上面這點，卡韃心知肚明。更不可思議的，是卡韃的行徑沒引發在場教眾的指責。

36 《古蘭經》第一章。馬堅譯本亦音譯為「法諦海」。

正相反。古德吉思緒飛快輪轉。他思忖，所有人似乎就在等這個。卡韃就好像是他們挑揀、選舉出來，來打斷他宣講、對抗他的。

怎麼辦？繼續講？這人之後一定會再次發難。感覺得到。而且卡韃就在眼前，站著，站得直挺挺的，正對著他。

伊瑪目選擇了一言不發，並刻意拉長沉默，凝視著卡韃，眼睛對眼睛。因為他清楚察知，信眾在等他反應，目不轉睛望著他，留意他哪怕再怎麼小的舉動。

他趁著大家聚精會神注意他，緩緩走下講經台的三個台階，讓所有人了解，他離開了宣講聖言、帶領禮拜的處所，把自己放在與大家相同的高度。重新成為他們之一。不再是他們率領主麻日大禮拜的伊瑪目，而是他們社群的一個人。簡簡單單的一個人。

「卡韃啊，想說就說吧。我們聽你說。」

古德吉非常親切，還帶著微笑。他懂得把非同凡響的事變變回波瀾不興的平凡小事。目光全都看向了馬蹄鐵匠，卡韃忽然好像沒那麼有自信了，得清個好幾次喉嚨才能開口。

「大先生[37]，我絕對不是故意冒犯您、擾亂禮拜，但我們需要您領導我們：每天都有我們的人被羞辱、被咒罵、被亂來。這還要持續多久？為什麼我們要對之前發生的可怕罪行負責？鎮裡不能保護我們，找回和平嗎？您能不能去找努利歐隊長還有鎮長，請他們保護我們？誰知道接下來會發生什麼事？難道要等我們哪個人被殺了，才會有人來照顧我們？」

大概是感覺到周圍所有人或點頭、或呢喃，都認同了他說的話，他愈說愈堅定。忽然，這小小的人群，最多就五十幾個人吧，彷彿膨脹了，共享著勃發的生氣，因此更加滿溢在清真寺中。或許正因如此，卡韃說到最後幾句，愈說愈洪亮、愈說愈鏗鏘有力，臉也因為憤怒忽然重現而漲成紫色，這憤怒不是他一個人的，而是整個群體的。

眾聲喧嘩，紛表贊成。他重新就坐，渾身發熱。

面對剛剛拋出的這些話，這些說到底只不過是表達了多數人意見的言語，這個被職責與剪裁得太過寬大的衣裝擠得喘不過氣的不顯眼的小東西，也就是古德吉伊瑪目，簡直沒有重量，輕得宛如一隻溼漉漉的烏鶇。

但這麼說，就太不了解古德吉有多沉著、對預測得了的人心運作掌握得有多透澈了。正是如此的心智讓他不去回答馬蹄鐵匠，而是讓言語解放。因此，他邀請所有想講的人都來講。

結果他簡直像是開壩洩洪一般：人人都啟發了自己對演講的熱情，各唱各的調，老實說都沒什麼創意，大家就只是用不太有新意的詞語，重彈卡韃刺耳的旋律。你說我講了將近半小時，焦躁的

---

37 原文為Hazrat，為伊斯蘭世界對受敬重人物的尊稱。此詞並非法文。

喧囂漸漸平息，就像出爐的舒芙蕾，端往宴會桌時顫巍巍仍冒輕煙，一旦上呈賓客面前，就睡成了寧靜的火山口。

說說講講暫時消散了緊繃氣氛，排解了暴躁的能量。身體們想睡覺了。心靈們醺醺然麻木了。伊瑪目觀察到了這一點，也算得上如釋重負了。此時，怯生生、憂心忡忡，一個聲音響起。

「不好意思……不好意思……」

是夸許密爾。大夫。還是如同往常，焦慮著一張陰黃色的臉。大家再度安靜了下來。已經起身的人又坐了回去。大夫望著伊瑪目，等著獲得允許；伊瑪目呢，是也還有點擔心他會說些什麼，對他點了點頭。

「大先生，我長話短說。我不怎麼擅長公開說話。講得更單純一點，我不怎麼擅長說話。各位教親，面對這個我們從來沒有經歷過的情況，您們把您們的擔憂與害怕講了出來。我也來到這裡，在你們之中，但我沒守教規、參加儀式，古德吉伊瑪目能向各位證實這一點。我就直說了，請大家多包涵，我連我信不信都不知道。說這個絕對沒有要冒犯各位教親，但我知道、我肯定、我自豪的是，我是我們的一員。是在先知的宗教的戒律下受教養長大成人的。我既不以此為榮，也不以此為恥，直到最近我都這樣認為。但如果明天有人問我信什麼教，我會坦然說出我是穆斯林，因為我是我父親與我母親的兒子，他們，願他們的靈魂安息，都信得很虔誠。然後發生了最近發生的事，我們的小鎮變成了它變成的樣子，我跟你們在一起，而不是在另一邊。好了。我說了這些。我還想補充一點：為什麼我要求要發言。我現在要跟大家說的，要跟各位教親說的，並不是用醫生的嘴巴講的。」

在場眾人盯著夸許密爾的眼神變怪了。明明自己說不擅長講話，倒是蠻多話的啊。大家的心神起初聚攏在大夫身上，現在又慢慢渙散，不滿的聲音逐漸低低響起，大夫察覺了，清醒了。

「我不說了。前言太囉嗦，懇請各位諒解。我現在要說我必須說的。」

「好了啦，趕快說！」一個不知名的女聲氣急敗壞喊了出來。

「好。好。我說。我說了：離開吧！離開吧。愈快愈好。所有人全部離開。離開這座小鎮。去打包行李。想去哪就去哪，能去哪就去哪。不要再回來了。離開。盡早動身。這裡非常危險。離開吧。我勸大家離開。不要覺得我瘋了。不要覺得我胡思亂想，神智不清。如果你們珍惜你們的生命，你們孩子的生命，你們長輩的生命，離開。離開。離開！朋友們啊，快離開！很快就會來不及了！離開吧！」

有好幾秒，沒有聲響，沒有話語。鴉雀無聲。古德吉伊瑪目自己也在想，在這種促請之後，該做些、說些什麼。

然而，一陣大笑，非同凡響的大笑轟然炸開，清真寺中從未聽見過如此聲響，整個社群都在笑，笑中帶著憤怒、譏嘲，既惶恐、又惡毒，步步進逼。既斬釘截鐵，又虛張聲勢。如此的笑回答了大夫末日將臨的勸告。笑啊笑，笑得經久不停。

經久不停。

笑聲逐漸消停，第一個說話的不是伊瑪目，而是馬蹄鐵匠卡韃。那張臉因為常年全天鑄鐵而永遠染上了陶土與滷肉的顏色。

「我在這裡出生的。這座小鎮是我的小鎮。我死的時候才會離開這裡，在那之前沒人能逼我溜之大吉。夸許密爾，你是懦夫，我真為你羞恥，沒卵蛋的人才給得出你這種建議，對不起我說得粗俗。那些忠告你自己留著吧！別人辱罵我、虐待我，所以我就得離開，沒這回事！我不偷不搶！我沒殺人、犯任何錯！我在這，這裡是我家！我們在這，這裡是我們的家！」

清真寺經歷了前所未有之奇。先是哄堂大笑，後有掌聲如雷。

世界正在變化。宗教崇拜之處成了戲劇搬演之所。真主闖進了喜歌劇。

夸許密爾仍然站在那裡，目光疲憊看向地下。笑聲像千萬隻黃蜂刺痛他，掌聲對他的心搧了一個又一個巴掌。他思忖，想幫別人是不可能了。既然這樣，他們想去死就去死吧，畢竟他們就要大難臨頭了。該說的他有說了。他認為有義務要說的他有說了。以後就隨人顧性命吧。

沒人再理會他了，除了古德吉伊瑪目。夸許密爾的話撼動了伊瑪目，他感覺大夫的言語蘊含了絕望的真誠。他參不透夸許密爾是根據了什麼，才如此確定遠走高飛是他們備受苦待的社群刻不容緩的唯一辦法。但他有種預感：大夫是對的，最慘的大概才準備開始。他望著大夫微微佝僂的身影走出寺門，他則重新得獨自面對他的這些瘋子。他對自己說，自己的命運與他們的命運繫在一起，如果他們全都選擇毀滅，那他也必須跟他們一起毀滅。

19

三日後，天未破曉，大夫、妻子與三個孩子一家人帶著全部的行李——三口箱子、兩只大皮袋，躲進了一名森林工人的雪橇裡。這工人來自史泰利亞，名叫阿雷柯西斯・戈如楠。現任邊境伯爵的父親烏迪南茲・尤利烏斯・孔拉德・歐知樂老邊境伯爵八十年前邀請戈如楠家族來他的領地定居，理由是生在達赫施泰因山腳下的伐木工舉世無雙，他無意將自己的森林託付給泛泛之輩。此後，戈如楠家族歷經了三代人，一直為歷任歐知樂邊境伯爵服務，管理邊境伯爵遼闊無邊的針葉林與櫸木林，根據需求及木材的市場行情來決定怎麼砍、怎麼賣、怎麼切，既擅長掄斧弄鋸，算盤也打得啪啪響，讓主人及自己財源滾滾。

夸許密爾兩天前跟戈如楠說好了，請他載他們全家到邊境。大夫巡迴看病時繞路去了鋸木場。鋸木場在冷杉林邊，距村鎮約五公里遠。

森林工人沒怎麼掩飾自己的驚訝與尷尬——跟接待大夫、聽大夫說話相比，他還有別的事要忙。他仍然擺出對待貴賓的應有敬重接待了大夫，敬了茶，端上太太做的藍莓果醬酥。他發現大夫似乎憂懼不堪，近旁的森林稍有劈啪響動就驚跳起來，啃一塊藍莓酥還要左看看、右看看，眼神恐慌不停張望，簡直像松鼠在剝櫸實。

戈如楠一開始先拒絕，說是這季節跑這一趟太久又太累，而且他事太多忙不完，抽不出身這樣去遠行，現在路全都埋在跟麵團一樣的雪下面，來回一趟好歹要三天。

然後，他心懷狡獪，請教大夫為什麼要離開，又為什麼不找做運輸的人，去找姆哈席克家、托特巴克[38]家啊，整個地區的行李、雪橇與車輛運輸都是他們管的。

眼看夸許密爾侷促不堪，坦白了他想走得盡量低調一點，戈如楠又進逼一步，裝模作樣勉強答應，但要他戈如楠幫這個忙，就得付一筆天價酬賞，相當於大夫四個月的收入。夸許密爾並不有錢，翻了白眼、雙臂高舉、呻吟抱怨一番之後，還是答應付這個錢，再加碼自己一個月的收入當封口費。

「露淒牙」終於離開了小鎮與左近地區。跑遍大街小巷、努力鑽進煙囪或門縫以後，「露淒牙」想必是無聊了。它揚長而去，只留下溼淋淋的霧，掩蓋了一切聲息，擋住了煙囪的煙，不讓煙升上天空。煙灰與令人生肺病的餘燼氣味瀰漫四處。

---

38 原文為 Totebazc，音近 tote bag（帆布袋），或為文字遊戲。

戈如楠拿掉了雪橇的鈴鐺與燈籠。雪橇宛如幽靈馬車無聲無息滑行，離了霧又旋即進入了霧。如果有人看見，恐怕很快會思索自己是不是夢到了眼前奇異的隊列。然而並沒有人看見。

大夫一家離開時讓家門大大敞開，大家永遠不知道是因為太趕了，還是故意的，就為了傳達某道訊息，可是大家參不透啊。這也讓他們家至今雇了兩年的年輕女僕柔席亞．美克白看見房門大大敞開、風呼呼吹進來時一顆心怦怦狂跳，擔憂發生了不幸。她怯怯喊了好幾聲，只有一隻被棄養的貓喵喵回答她，她才發現這裡已經沒住人，就匆匆跑去告知了伊瑪目。

大家再也沒有見過大夫一家。戈如楠遠行回來之後，一定是覺得夸許密爾給的封口費太少了，因為他在魏羅克的客棧泡了整個下午，啤酒一壺乾了再來一壺，講起大夫光降他的鋸木場，暢談他們前往邊境的旅行。

是說，他們真的有抵達這邊境嗎？戈如楠如果背叛得了封口的承諾，那旅行的承諾呢，他究竟有沒有履行？

專蓋屋頂的木匠米夏．波羅非奇隔天去鋸木場拿些板材。他說自己看見戈如楠渾身使勁，拿熱水擦洗雪橇，用力得跟畜牲一樣。波羅非奇繼續說道，戈如楠看起來因為他來拜訪而頗不自在，而雪橇周圍的雪染上了一道道粉紅痕跡，就好像有人在那裡沖散了血。

幾天後，一切都傳到了警察耳裡。警察只聳了聳肩。波羅非奇飲酒無度哪個人不知道，幾年下來酒精小口小口吃光他的腦。就算他講那什麼雪啊血的是真的，就算戈如楠真的為財所誘或一時衝動，拿斧頭把大夫全家切成板材，說到底又哪裡重要？人不在就不在了。波羅非奇的說詞，努利歐撰寫夸許密爾逃亡報告時連一段都不肯提。

助手敲上司家的門通知這消息時，發現上司懷裡抱著紅通通又皺巴巴的小嬰兒，孩子尖叫著，試圖用粉紅色的手指把空氣抓出爪痕。努利歐看來快崩潰了。他無法讓失控的小傢伙安靜下來，搖得太用力，反而弄巧成拙，讓孩子更害怕。他太太稍微恢復氣力了，忙著洗澡。樓上傳來水在盆裡流動的聲音。泡在臭味裡好幾星期的房子，重新散發出奶與皂的味道。

下屬到來對警察是種解脫，而且不知道發生了什麼奇蹟，小嬰兒看見巴喇杰龐大的身軀，忽然就安靜了。孩子用嶄新的圓圓眼睛盯著面前的巨人，咿咿呀呀了起來，小小的手指伸向助手。

努利歐坐了下來，用手指指另張椅子示意巴喇杰也坐。兩人才剛在餐桌兩邊坐下，孩子就睡著了。警察怕弄醒他，不敢把他放回嬰兒床。他還是抱著他，像把一個煩人又無法脫手的包裹揣在懷裡。

他玩味助手剛剛告訴他的事，試著釐清大夫為何出逃。不必懷疑，他離開只能是因為害怕。神父遇害以來，特別是葬禮後的日子裡，小鎮的氣氛變了樣。豬跟房子被血亂塗的事情，還有穆斯林社群婦女小孩受害的種種事件，想必讓大夫心生警覺，認為未來可能會有更大的危險。那為什麼他要悄悄離開？

他如果光天化日之下走，從警察開始，沒人會加意挽留。法律並不禁止哪怕是穆罕默德追隨者的帝國臣民改換城鎮與生活。所以是怎樣？他有什麼虧心事嗎？他是不是曉得某件與佩尼業葛遇害有關的事，這事努利歐並不知情？畢竟醫生也有保密義務，就算他執業的時候別人跟他說了祕密或甚至招認了，他也不能說出來。被心知肚明卻不能洩露的事情折磨著心，一走了之對他而言是不是看起來比較適合？這當然只是假設，警察倒是覺得說得通。然而，這沒讓他更接近破案一步，大夫遠走高飛卻是無庸置疑，而且走了就永不回頭。

努利歐拋下了這想法，抓住另一個念頭。這念頭像隻低調的動物，在遠處隱蔽前行。他小心翼翼靠近牠，就怕他還沒搆著、圍困牠，牠就逃之夭夭。忽然，這想法清清楚楚現身顯形，他把它一字擺開：如果把神父遇害及大夫逃跑二事擺在一個對小鎮與居民一無所知的人面前，他會不由分說得出什麼樣的結論？他會得出：大夫跟凶殺案有這種或那種關聯，自知將東窗事發，因此溜之大吉。

這推理無懈可擊，沒有任何矛盾。努利歐之所以絲毫不認為這套邏輯井然的解釋可信，只因為他了解案情，了解小鎮，了解大夫這個人。

孩子還睡在他臂彎裡，面前的巴喇杰一動不動，雖然矗眼圓睜，似乎也有樣學樣入夢鄉，警察則繼續推理，思忖他的上司史侯指揮官會怎麼看，尤其是，部裡高層會怎麼看。

他憶起佩尼業葛葬禮後的遊行隊伍，憶起那十四個站點，憶起顛狂副主教的咒詛、當時劍拔弩張的人群。如果認定副主教不是主動行事，而只是個打手，用自己的方式執行高層深思熟慮的政治意志，就能領悟帝國當局有個意圖：抹黑穆斯林社群，把他們打成罪犯，哪管事實如何，絲毫不必理會，萬一實情跟期望的方向不一致，甚至可能還害怕這真相。從這角度來看，大夫落荒而逃送了致力依此意圖行動的人一個大禮，一如奇蹟之水汩汩流過了磨坊水車。

努利歐感到一顆心怦怦跳動。他以為是寶寶的心，隨後意識到是自己的心。血在他的血管與太陽穴橫衝猛撞，反映了他思路的終點：既然他萬無一失成功捕捉到了上層的意志，那假如他朝這個指定好的方向努力，不就能謀取所有好處了？揪出謀殺神父的真凶能提供他職涯的幫助，與擒拿上層夢想著、並已經開始勾勒的嫌犯能為他帶來的利益相比，恐怕就微不足道了。

推理推得他醺醺欲醉飄飄然，全部心思都擺上，就沒聽到妻子下樓。她搭上他的肩，他就驚跳起來。動作驚醒了寶寶，寶寶開始尖叫。努利歐看來回神了。他看著髮妻。太太對面是站著的巴喇杰，龐大的手掌沿著大腿緊貼，固定在某種怪誕的立正姿勢裡出不來。

髮妻抱過孩子開始搖啊搖。警察心間有無數難以名狀、宛如稠厚酒糟沉睡瓶底的粒子兀自波濤洶湧。他整整夾克，收攝心神，對助手點了點頭，兩人走出屋外。他們往派出所走。時近正午，寒氣凜冽明媚，巴喇杰相當驚訝，他聽見了上司抽著那根細雪茄，吹起一小曲歡快的口哨。

20

兩天後，努利歐接待了來訪的佛瑞摳．撒啤兒，帝國政府報告員的雜役家僕。

警察一個人待著。巴喇杰一早就動身前往T城，把警察花了六小時撰寫的信帶給史侯指揮官。這封信堪稱典範，詳述了大夫遠走高飛，字裡行間組合了各種含沙射影、心照不宣、一語雙關，布局得如此精巧，令人不禁懷疑史侯讀不讀得懂來龍去脈。努利歐把信再潤一次時，真的自豪無比。

撒啤兒現身時，他正忙著靜靜抽根克魯默雪茄，想著蕾米亞明亮的唇、青春的喉。

撒啤兒瘦瘦高高駝著背，簡直像葡萄藤架，灰髮濃密如瀑，低低綁成了馬尾。他活過了五十幾個年頭，應徵召上了六年戰場，打了兩場與所有戰爭一樣草菅人命的汙穢戰爭，外交官劃定的國界讓他身不由己換了三次國籍，從事許許多多卑微淪落的營生，親過幾個妓女的芳澤，痛失兩個妻子與年幼孩子中的三個，餓得要死也有過，一貧如洗也有過。然後他回到故鄉，尋得了討人愛的女伴與合適的工作。他主子給他穿了一套光怪陸離的衣裝，酷似東印度公司旗下幾位航海家。

「報告員大人派我來跟您說，若您答允今日五點光降他家喝茶，報告員大人榮幸之至。」

努利歐不確定自己有沒有聽懂他的意思。接獲如此邀請，他還是頭一遭。他素來對報告員評價不高，而且每次他們出現在同一場合，報告員都在在讓他感受到，他不僅鄙夷他的職務，更輕視他努利歐這個人。還有，報告員整個人都讓他覺得不對：他洋洋得意的外表，他黏糊糊的紅毛，他用黑眼罩遮著的瞎眼睛，他快快樂樂戴綠帽的名聲，他那什麼門都為他開的出身，他有錢，他有閒，最後還有他一年四季無論場合都全力穿戴的長禮服，他似乎從來沒有意識到，這套過時衣裝真正笑死人。

「喝茶是嗎？五點？」

「是的，隊長大人。我怎麼回覆呢？」

「什麼怎麼回覆？」

「我怎麼回覆我家主人？您答允嗎，還是不克出席？」

「克。當然克！我克出席。我十分克出席！十分非常克！」警察忽然掉進了爛戲的對白裡。撒啤兒看著警察，就像瞧著一坨怪東西，一種細胞生物，屬於生物界某個還不清不楚、缺乏文獻的綱。然後他退了出去。

幾小時後，警察渾身發熱，妄自尊大又滿心感恩，衣服也刷過了，靴子也上蠟了，正面對決了一場怒不可遏的暴風雪，來到報告員公館，敲了敲高大木漆門的銅門環。門環做成了兩尊虎背熊腰的半裸水手抬起一艘小船的樣子。此時教堂的鐘樓敲完了五下鐘聲。

為他開門的不是佛瑞摳・撒啤兒，而是生了鬍子的老女僕。前任報告員也是她服侍的，她可以說融入了背景裡。

報告員在他命名為地圖室的房間裡等警察。這裡是某種吸菸室，牆跟天花板全都鋪滿世界地圖與波特蘭海圖。兩張開裂的皮沙發旁陳列著一座又一座不同世紀的地球儀，引人注目之處在於水面浮現的大陸沒鐫刻任何名銜，也沒標注國家、畫出疆界、寫上民族，海與大洋則布滿不同名稱，東西南北、歪正直橫、字體各異、巨細兼備。

擺放一地的地球儀發出微光，灑向房間，照上了色彩斑斕的大地毯，毯上的章魚與海怪正在搏鬥。警察發現報告員縮在沙發一角，地球儀的照明為報告員獨眼的容顏映上頗不舒服的光芒，活像沉思的狐猴。

「您終於來啦！」報告員開了口，動作像要起身招呼努利歐，結果卻並沒有。

沒牙的老女僕又進了房，端著盛有瓷茶杯與一具銀茶壺的拖盤，茶杯的圖案是三桅和雙桅帆船。

報告員手一揮讓她退下。他把紅髮往後頸撥平，然後斟茶。警察屈坐沙發邊，不敢放鬆。他等著。他不知等著什麼，但他也不在乎，全心享受身在此處的快樂，不敢相信自己的眼睛、自己的耳朵。

報告員沒碰自己那盞茶，終於站起身來，在小小的房裡繞圈子，雙手結在背後，表情嚴肅，獨眼陰鬱，心事重重。

「自從大夫出逃，許多小報告每天呈送到我這裡。我說『呈送』，還錯用了這個字呢。這些紙條要嘛擠進我門縫，要嘛塞進我信箱，或乾脆直接扔上人行道。您可以想像，大部分都是匿名的。有些帶有特徵，明顯看得出來自所謂的『千張耳』祕密組織，您當然知道了？大多數箋條行文滿是低級錯誤，表示寫的人是文盲中的文盲嘛。哪種祕密組織，要是真的存在，會招募無知到這種程度的人嗎，我請教您！但這不是重點。重點是，這些小報告或多或少都講了一樣的事：夸許密爾逃走是一種招供。供認了他要嘛殺了佩尼業葛，要嘛最少是共犯。這些紙條指出，他離開表示他涉及此案。我想跟隊長談的就是這個，那就直白請教了：您怎麼看？」

「我怎麼看不重要，報告員先生，重要的是您想要我怎麼看。」

「說得漂亮！不過是什麼意思？」報告員又坐回沙發中，正了正遮住盲眼的皮罩。

「我深深思考過，」警察繼續說，「這幾天都在思考。我想上面付我薪水就是要我思考，雖然那點錢少得可笑。您我兩人都身在同一部機器中。當然了，您居高位而我卑微，人生嘛，不過重要的是，您我兩人各在其位，在同一部偉大機器裡戮力從公，這機器嘛，乃是由千千萬萬顆齒輪組成，萬分複雜又井井有條，天衣無縫又無懈可擊，確保了秩序與永恆。這部非同凡響的機器有個名字：帝國。」

他覺得報告員連連點頭是代表認同，大受激勵，繼續暢談。

「我記起了您的高論，就是宰豬案後您我兩人與鎮長先生共同參詳時您說的話，您談了少數與多數，談了我們小鎮的族群分布，順帶一提，本鎮的人口組成完全能代表全帝國的人口組成，您還談了真相的金科玉律。我於是有了結論：多數人所要求、能接受的，就是真的。如果傾向少數，就算實際的真相站在少數那邊，也只會導致失序、帶來混亂。過去幾個世紀，許多人以為實際的真相是根基、是指明無可爭議之路的羅盤。依據您的論述與我的思索，比起這個實際的真相，我更偏愛『有效的真相』這個概念，它考慮了更多現實的因素，依我所見，也保證了一種需要的、想要的、期望的社會穩定。」

警察停了言語。心跳如同戰鼓。將茶盞湊到唇邊，抿了一口。

「妙論啊，隊長，真是妙論。我沒看錯您。您是聰明人。『有效的真相』，您是這樣說的吧？我非常喜歡這個想法。太喜歡了！」

努利歐紅了臉。他從來沒有感到自己如此重要。他馬上開始熱烈喜歡報告員，看見了報告員擁有世上一切的優點，這些優點，不久前他還一個都不承認呢。

報告員再次起身，又開始繞圈踱步。他思索著。努利歐崇拜起了報告員強而有力的專注，報告員的額頭忽然似乎又更寬了，獨眼好像也更加遼闊無邊、炯炯有神。

就這樣，漫長的好幾分鐘過去了。報告員每走一步，都讓深淵圖案的地毯下的木地板像折斷小骨頭那樣嘎吱作響。報告員大聲吸氣，再用鼻孔吐氣，發出了蒸氣火車拉了煞車同時鍋爐全開產生的聲音。

他終於停步，背向警察。

「『有效的真相』。沒話說。沒話說啊隊長，不過你打開天窗說亮話，在我們這個案子，『有效的真相』意謂著什麼？」

努利歐凝視面前的長禮服罩著的寬肩膀，又看著報告員交纏在一起、打著節拍的手指。他已經了解到，自己的整個職業生涯就取決於自己怎麼回答、接下來幾小時及幾天之中又做出什麼決定。史侯指揮官不年輕了。很快就會退休。他努利歐不就能自然而然成為理想接班人？有報告員的支持，他不就能合情合理盼望這場升遷？一切都歷歷在目，清晰到驚人的地步。沒什麼好猶豫的了。他手中握有一副決定自己命運的完美的牌。

「報告員先生，我想我能這樣斷言：我們的群體要什麼，就該給它什麼。如果群體的常識與渴望都指認大夫為殺害佩尼業葛神父的直接或間接凶手，又何必跟他們作對？如果我們的群體贊同這個真相，我們就有義務把真相往這個方向鞏固：這麼做的好處是小鎮恢復安寧、鎮民更加團結。我在此補充，這麼做絲毫不會改變大夫一家的命運。沒人知道他們現在在哪。大概在國界另一邊吧，而且我們不必怕說錯：他們永遠不會回來這裡了。所以，我們判斷出來該怎麼說、怎麼做，都不會傷害到他們的生命與名譽。」

報告員遽然轉身。臉上璀璨著一個大大的笑容。

「隊長這番卓見，實在沒得挑剔。現在開始，我就指望您往這個方向努力，我們的鎮民同胞期待什麼，就給他們什麼。請您把消息傳開，不是正式去講，這當然啦，但要快又有效。把一兩個字輕輕吹進合適的耳朵裡，就搞定啦，是不是這樣？」

「報告員先生，謝謝您信任我。」

他認為自己得低下頭表達敬意，然後倒退到了門邊。

一出報告員公館，他就重陷刺骨寒冷中，頭腦像被鞭子抽。步伐堅定，他前往魏羅克客棧。他看見客棧裡滿滿是醉鬼老主顧，寒冬讓他們酒癮更是大大發作。他注意到木鞋匠在他的專屬保留席呼呼大睡。兩個空瓶在一旁站崗，站了個心酸。

努利歐沒入座，就在櫃檯前站著，魏羅克感到意外。他渾似塗了硃砂的大凸鼻好像又更大了。警察點了碗孜然肉湯，老闆端來時附了片黑麵包。努利歐撕碎麵包灑入湯，碎麵包馬上吸飽又油又香的湯汁，膨脹起來。魏羅克目不轉睛看著，好像在等什麼。

「隊長，一切都好？」他終於開口問。

努利歐舔了兩口肉湯，答道：

「知道了邪惡逃之夭夭，一切就都很好。」

接著，他留魏羅克像拆開一件珍貴的禮物那樣，獨自領會這句話。又一次，他將雙唇浸入滾燙的湯中。

21

客棧無一不是非同小可的回聲室。而在沒有新聞、沒有日報、沒有刊物的偏遠地區，客棧以同等的效力取代了所有能寫下來、印刷出來、讀起來的東西。

隔天中午都還沒到，眾人就大肆破壞起大夫的房子，砸爛家具，燒掉大夫一家沒帶走的衣物，在牆上與地下抹屎放尿，把床墊全都割破。之所以沒放火，只有一個原因：房子是連棟透天。不過人群還是在房屋立面畫了下流塗鴉，所有辱罵文字中又以「凶手」和「瀆神」最為顯眼，還有些拙劣的圖畫，畫中的先知穆罕默德被歪曲成了一頭驢。

蹂躪大夫家的都是普通人，連喝醉這個藉口也沒有，活到現在從未投身暴力過，男人、女人、小孩子，不分老幼全都陶醉在破壞的快感裡，在他們創造的廢墟中神氣活現等人看，嬉笑歡鬧，罵來罵去，在人傳人的瘋狂裡彼此慫恿著去摧毀還能摧毀的。

警察來了，假裝想阻止暴行，這才讓他們慵懶逃開。努利歐進到屋內，穿行每個房間，走上樓去。慘烈如同戰爭。什麼都沒能倖免。他內心深處感覺到一種從未有過的滿足，誕生於他自己決定並引導事態發展的能力。

為了慶祝，他從彈袋抽出一根克魯默雪茄點燃。

他回到街上，發現對面的人行道聚集了十幾個男人，他一眼就認出了他們。全都是穆斯林。臉容時而驚懼，時而憤怒。古德吉伊瑪目也在其中，一見警察就走了過來。他們在沉默中打了招呼，努利歐看見伊瑪目的眼中充滿淚水。

「我們要去哪，隊長？我們要去哪？昨天弄髒我們的門。今天毀掉我們一棟屋子，明天呢？明天呢？」

警察端詳伊瑪目，伊瑪目似乎更形銷骨立了。隱沒在骯髒大袍裡的身體細瘦得跟八歲小孩一樣，白鬍子像是假的。他思忖，要是風吹得有點大，恐怕就能把他吹上天。

「您很清楚夸許密爾大夫跟佩尼業葛神父被殺一點關係都沒有！」伊瑪目的聲音悲痛。

努利歐挑了挑眉毛，故意挑得很誇張。

「伊瑪目先生啊，我又怎麼知道？您說說看呀？我要怎麼確定呢？」

警察的回話看來讓古德吉義憤填膺。警察望著伊瑪目，一臉譏嘲。

「您內心深處清楚得很。夸許密爾不是殺人犯。他根本沒理由攻擊佩尼業葛神父。隊長，您非常清楚！」

努利歐輕輕拍了拍手，宛如放低音量鼓著掌，本已極薄的嘴唇扭曲起來，像兩條被戳弄的蚯蚓。

「我謝謝您光臨我的腦，感恩您了解它勝過我自己，」他低聲嘶嘶說道，「人類的靈魂比您想得複雜。我幹這行開始，我的職業就讓我接觸到我們天性中最陰暗的各種面向。就算是大家以為的那些最溫和、最正直的人，他們井井有條的頭殼深處也有房間藏著最卑鄙的渴望。只消一點變化，一時的軟弱，命運的偶然，短短一句話，就能轉開鎖著這些骯髒房間的鎖，釋放出不必懷疑絕對充滿暴力的能量。您是宗教中人，伊瑪目先生，換個方式說，您充滿盼望，懷抱信仰。這歪曲了您對人類的觀點，您相信不了您面前的羊可能隨時間與情勢變化現出真身：嗜血的鬣狗。您這樣看世界、看人類，我不怪您，我就只簡單跟您說，您的信仰盲目了您，同時撫慰了您。」

警察長長吸了三口雪茄。他既火大古德吉講的話，又很滿意自己這番長篇大論。伊瑪目沒有回應。他用溼潤的悲哀眼眸看著努利歐。不知是冷還是怕，他渾身顫抖。終於，他垂下眼睛，整個身體也隨著他淒涼的厚眼皮垂了下來，又顯得更枯槁了。他再也止不住淚，淚水流過他枯瘦的臉。

「我憐憫您，隊長。我憐憫您。您正在自陷迷誤。我會為您祈禱。」

「別浪費您的時間了。我一點都不需要您的祈禱，您的忠告，您最後的審判。忙您的吧，伊瑪目先生，也讓我忙我的吧。問候您順心安康！」

到了派出所，助手同時也從T城回來了。他放助手慢慢把老馬牽進馬廄，刷淨了馬，餵好了乾淨的草料與一份燕麥。隔著牆板，他聽見巴喇杰對駑馬說話，彷彿牠是個人，他話音這麼溫柔，讓人不敢相信這生著笨拙臉孔、用字遣詞貧乏的大肉塊，竟能如此言語。

這還是第一次，警察思忖，他的助手可不可能其實沒他眼中看來那麼白痴。他聳聳肩。他等不及要捧讀史侯指揮官的指示，助手的智慧水準對他來說無關宏旨。因為，認為自己周圍都是白痴能讓人品賞自己的聰明才智，這聰明才智呢，完全不是絕對值，而徹底是相對的。

雖說如此，他也不催巴喇杰，就讓助手慢慢照顧好他的坐騎。我們都知道，等待是很猛的辣椒，非同凡響激奮著生命的空無時分。努利歐享受著等待，享受這前一刻，這事情來臨前的一刻，這齒輪系統啟動前的一刻，他心想，那該是無比的巨大有力。

助手終於忙完前來會合了，他為助手沏了盞茶，懇請他就坐火邊。主人畢恭畢敬，巴喇杰好不習慣，覺得事有蹊蹺。

「來。你總算要把指揮官的信給我了吧？」

「沒有信。」

「沒有信？」

「主人，沒有。」

「拜託啊，怎麼可能！」

努利歐與報告員晤談以來那飄飄然又醺醺然的好心情瞬間煙消雲散。嘴裡開始嘗出走味的香菸，困在小小身軀中又覺得自己更渺小了。助手感覺風雲忽然變色，竭力縮進椅子裡，有氣無力地說：

「沒有信，可是指揮官叫我背誦一段口信。」

「笨蛋，你他媽不能早點說？」警察破口大罵，「你等個屁？等你忘光光？快點講！我聽你講！」

巴喇杰擱下茶盞，站了起來，閉上眼睛，全神貫注讀出指揮官命他背的話。他整趟回程都不斷念誦，深恐在路上落下了哪怕小小一個字。

「隊長，您的信如同泉水清晰。兩件事互有關係，我毫不懷疑。今後您須得就此方向努力。帝國注視著您，指望您打擊其敵，使之灰飛煙滅。」

警察叫助手放慢速度重複兩遍。兩遍之後又再一遍，這一遍要更慢，讓他能將指揮官的訊息謄在紙上。抄錄完了，他打發助手離開，助手二話不說趕緊走人，非常欣慰能回家與他交代看了三天家的「我的帥小子們」團圓。

努利歐呢，則久久與史侯的來訊大眼瞪小眼，讀了不知無數次，想萃取表義與隱義。

最後兩句最玄：「就此方向努力」到底是什麼意思？以定罪逃亡大夫來破佩尼業葛遇害之謎，指揮官讓他放手去幹了，但「就此方向努力」會不會還指示了更多東西？來到了最後一句，問題瞬間就不再是偏遠省分某個天涯海角有個神父被殺了，而是帝國本身的命運，帝國遭群敵所擾，指揮官沒有點名敵人是誰，但警察應該知道，畢竟他上司都提點了嘛，他可以、他必須，擊潰他們。

神父的死、大夫的罪、帝國的命運，就這樣繫連一線。佩尼業葛借代成為了帝國的象徵，一如大夫因為身屬穆斯林社群而彰顯了穆斯林社群在企圖破壞帝國秩序上有份。

龍捲風襲來。

努利歐的腦子澎湃沸騰。種種奇異情態混融攪拌輪轉不停，興奮、焦慮、自滿、自大、自傲、恐慌是否走錯了路、恐慌是否誤會了自己所受的期望。

他打開櫥櫃，裡頭沉睡著一瓶「黑沛滋」。他為自己倒了兩杯，一飲而盡，燒灼感從喉嚨一路滾燙入胃，進了血液，上達靈魂，靈魂乍然點亮，像遊樂場華燈初上。

他笑了起來。

笑得像小朋友。

笑得像個白痴。

他之前一直覺得命運虧待了自己，被不公不義排除在世界的運作與他原本能有的發揮以外。此刻開始，他睹見自己一肩挑起了不可思議的大任。他是被需要的！帝國需要他的能力，他的英明，他的護佑！小鎮一眨眼成了雲集各方勢力的實驗場，成了研缽，不同的人類成分從試管裡傾倒進來，雜蹂，爭鬥，而如今呢，他努利歐，領命監控、領導這場實驗，加進消弭大爆炸的成分，根除有害的物質。

何其豐繁的美麗啊，他頭暈目眩，何況他平常不喝酒。但他還是倒了第三杯，慢慢抿著喝，醉中升起幻象，幻象中不請自來乍現了蕾米亞的容顏與身軀，不是實際上的樣子，反倒梳妝打扮，披上了薄紗，色彩暴烈鮮豔，衣裝透明精緻。

至此他完全醉了，忍不住了，警察忽然變得非常不警察了，他離開派出所，踉蹌跌撞行入夜。夜已開始在小鎮的街巷鋪開它冰凍的黑暗。他錯亂迷狂，往木鞋匠家走去，笑得像個白痴。

22

翌日，警察從自己床上醒來，半身埋在重重墊褥與鴨絨被底。他打著哆嗦，可憐的頭感覺像夾進了虎鉗裡。他努力想要起來，但才剛勉強起身，就感到沒了任何一點力氣。身體像用煮過的棉布與小牛的胸腺做的。更糟的是，他渾身滾燙，喉嚨腫脹發炎，痛得簡直要了他的命。外面，肆無忌憚的陽光灑灑窗玻璃，到處都是積雪，反射刺眼的光芒，令陽光無情得變本加厲。所以現在可能是幾點？他怎麼會變成這樣？

通往臥室的樓梯嘎吱作響，過了一會，他的髮妻一臉憂容走進來。

「是發生什麼事？」他虛弱地問。

「別說話。喝水。你燒得很高。一個小時多以前，神智還很混亂呢。昨天夜裡有人發現你被打昏在路上，衣服脫到一半。再多待幾個小時，恐怕就凍死了。什麼都不記得了嗎？」

他把手湊上頭來，在蓋著的布底下摸到雞蛋大的腫塊。他正要問妻子，大夫有沒有來幫他看診，就想起夸許密爾已經離開小鎮。他更恨夸許密爾了。

忽然，樓下傳來了嬰兒嚶嚶嗚咽，小朋友也跟著啼哭起來，兩個孩子簡直在全力比賽誰哭得最淒厲。彷彿有人努力把一根長長的螺絲釘旋進警察的頭顱。他癱回床裡，呻吟著鑽進重重被褥中。

他試著拼湊昨天的記憶。其實，他只有寥寥幾幅不完整的畫面，輪廓線模糊不清、顫抖不停，沒有井井有條平順連續，卻結成了某種由空白、無底的黑、短暫燦爛的閃光連綴出的敘事，從頭到尾伴有踏雪擦出的腳步聲、胡言亂語的咕噥、低吟淺唱的旋律、嘔吐、對著星星的嚎叫，以及粗俗的唾罵。

警察記得，從不喝酒的自己喝了酒，所有跡象都顯示，他離開派出所時已經醉了。然後他幹了什麼？對啊，所以他到底可能幹了什麼？天啊，他可能為遇到他的人帶來怎樣的大戲？

他看見自己走在路上，一棟棟房子的立面把他擲來擲去像在玩彈跳，牆的材料忽然不再是石頭與灰泥，而是某種又彈又軟類似橡膠的東西。忽然他人又仆地，四肢著地，跟豬狗沒兩樣，他為此發笑，被這姿勢逗樂了，他吽吽叫，汪汪叫，尖聲叫，漫不在乎有人可能會看到他、斥責他，然後，然後，教堂的不遠處，他向天嗚嚎，辱罵群星，學公雞聲聲啼叫，雙臂夾著胳肢窩模仿公雞。接著，接著……他走起路來，暈頭轉向，沿著路燈一絲不苟的隊列直直向前行，前往木鞋匠家，這是他唯一的念頭，他的執著，前往木鞋匠家，他停步，尿尿，跌倒，起身，繼續，對，繼續，抵達木鞋匠家，看見蕾米亞，看著蕾米亞，從窗戶偷窺她，初識她打扮的模樣，撞見她一件一件褪去衣衫，瞥見她乳色的肌膚，她小巧的乳房。

他忽然很確定。

他到達了那棟房。

靠近了窗戶。

裡頭，油燭火光微微，爐火奄奄一息。

警察高燒的靈魂噴湧出一幕幕場景，彼此排列組合。他看見自己跪在雪中，臉貼窗邊。屋裡陰暗，只有燭火勉強的光，或許柴火也稍微幫忙照亮。木鞋匠不見人影，那麼弟弟呢，對，弟弟在，在睡覺。之後另一個時刻，幾分鐘後，一兩個小時後，蕾米亞走在家裡唯一的空間裡，為壁爐放入一塊新木柴。火星，火苗，火燄，金噴泉，紅通通的臉。又再更晚，蕾米亞站著，重獲新生的火溫暖著她，她讓衣服一件件滑落。他呢，警察，跪在外面，寒霜啃噬的夜色中，脫下了長褲與羊毛內褲，直起身來，面對窗戶，面對星群，面對月亮，面對上帝，立在離蕾米亞很近的地方，黑暗讓他能消失在她的視線，兩人隔著深深的夜，還有簡簡單單一層窗玻璃。忽然一聲凶險可怖的爆裂聲響讓他抬頭仰視。他無能為力，眼睜睜看著屋簷如斷頭台手起刀落：一塊堅冰向他斬來。

然後就什麼也不知道了。

燒得太厲害了。這些景象，努利歐在病得厲害的可憐腦袋裡反覆回想，努力排列。流汗。顫抖。呻吟。現實與幻夢，都已分不清。他努利歐，那個對自身狀態、職務、存在有清晰覺知的警察，有可能就這樣在大冬天的夜裡街頭脫褲自摸嗎？還是這是不是某位沙考教授[39]在法國醫院教出來的某些精神科大夫開始用「妄想」稱呼的症頭，局部心智掙脫了束縛，不曉得出於何種目的，在睡眠與塞滿睡眠的夢境裡大鳴大放一路搬演的某種小喜劇？如此一來，看來真實的東西並不真實，存在又不存在！

那他怎麼腫成這副德性？這腫包是怎樣？不必懷疑，它完全真實！該死地真實！是被冰柱砸到，還是有人趁他喝醉、夜又暗，打暈了他，寄望寒冷幫忙搞定這骯髒差事，把他努利歐推進死亡之門？

他天殺地痛！他天殺地苦啊！要變回前一天早上、甚至大前天的他，那個在那間怪奇地圖室與報告員一起品茗、聆聽報告員溫柔膏藥也似言談的他，恐怕要付上不少代價了。

心念電閃，嚇到發抖：他是怎麼從木鞋匠家移到自己床上的？所以是誰揹他回家？誰目擊了他可悲的模樣？他從沒如此羞恥過，想著要過很久，自己才能再拋頭露面了。他這趟荒腔走板萬一被人知道，就絕對不必指望升遷了。他幹嘛去喝這該死的酒！

他想叫喚太太，可是喉頭只能發出小石頭撞來撞去的聲音，讓他痛不欲生。他掄起虛弱的拳頭，敲床頭櫃敲個不休，太太終於心急如焚大步上樓，閃現臥房。樓下，孩子們脾氣發得更凶了。

「我怎麼回來的？」他呻吟著問。

單單要竭力說出這句話，就讓他付出重重代價。喉嚨有火在燒，一群小生物拿鋼絲絨在裡面刷刷刷，另一群小生物則揮舞鍾子帶著節奏敲打他的腫包。他閉上眼睛聽髮妻解釋，他助手把他揹進了臥房。她知道的是他助手接獲通知，說有人在木鞋匠家旁發現他上司衣衫不整、毫無生氣。所以助手趕了過去，發現他受了傷又昏迷不醒，就把他揹在背上，揹回了家。就這樣。她只知道這些。她不曉得去通知助手的是誰。助手沒跟她說。他把仍然不省人事的努利歐放在床上，然後就回自己家了，一如往常不知所措、害羞尷尬。

助手。

所以是助手。原本還怕會更糟呢。

知道了承擔這件差使的是巴喇杰這個大老粗，警察鬆了口氣。他下屬有責任感，懂得保密。他敢肯定，如果是巴喇杰，只要沒其他人目擊，這場災禍就會緊緊關在他那顆大頭裡面不跑出來。讚

39 尚—馬丹・沙考（Jean-Martin Charcot，一八二五年—一八九三年），法國神經學家、解剖病理學教授，被譽為「現代神經病學之父」。西格蒙德・佛洛伊德為其學生。其人其事可參呂克・培悉諾著，林佑軒譯，《零號病人：塑造現代醫學史的真正英雄》（大塊文化，二〇二二）。

讚讚！

努利歐深呼吸，蜷縮在床的溫暖裡。他感覺舒服一些了，沒燒那麼高了。但一個念頭馬上來敲他腦門：發現他在寒夜中半死不活，內褲和長褲還都脫了，然後跑去敦請巴喇杰的，是誰？

下午過了一半，巴喇杰來探病，他知道了答案。警察夫人感恩地接待了助手，助手站在臥房裡侷促又尷尬，毛茸茸的大頭差點碰到天花板。巴喇杰用巨大的手指擰揉自己的鼴鼠皮帽來保持鎮定。他不敢盯著警察看，他從沒看過警察這麼屈辱的模樣，也就是說，穿著內衣出現在自家最私密的地方。

髮妻給努利歐喝了幾杯蜂蜜加滿的茶，他喉嚨就比較不痛了，恢復了一點氣力與清明。他跟助手一樣很不自在。弱不禁風半裸躺著，只有包紮了的可憐頭顱露出層層墊褥、皮襖、羽絨被，以這樣的姿態現身下屬眼前，看來勢必會損壞他一部分的聲望，甚至權威。

「我絕對是被攻擊了！有人打算殺我搶我！」

他開口扔出了這第一番話充當誘餌，觀察助手怎麼反應。

巴喇杰望著眼前微不足道又神經兮兮的小東西。他了解人性夠深，尤其是努利歐的個性，清楚他上司愛面子，除了他正在暗示給他的這種說法，其他版本他上司都忍受不了。然而，巴喇杰心中積澱著古老的恐懼與迷信，讓他對一切謊言都避之惟恐不及，視謊言為朝地獄大大敞開的門，童騃以來他就慣於滴水不漏追求真實。這就是為什麼，要順著警察期望的方向說，他憑著良心做不到：木鞋匠家旁路燈的光讓他看見，主人失去知覺的身軀周遭散落著碎冰，有些被努利歐腦殼的血染紅了，他抬頭一看，發現無數冰柱垂掛屋簷，最大的那根齊根而斷。不必通靈也能了解發生了什麼事。

不過他倒是無法解釋他上司怎麼會在冷死人不償命的深夜時分出現在那個地方。至於他救他的時候他慘白的屁股黏在雪上，霜中的生殖器變得跟雞母蟲一樣小到不能再小還開始發青，上司為什麼寬衣解帶呢，他只想得到一種解釋：當時天氣冷，讓警察內急到忍無可忍。活過了四十三個年頭，助手的身心靈卻都還未經人事，無法猜想到汙穢的念頭支配了警察的理智，驅策警察解開了褲襠。

「這攻擊好卑鄙！」警察端詳助手，一邊說著。助手沉默不語，完全沒有表示認同，讓他漸感不安。「巴喇杰，你說對不對？」他扔出這句話，希望在老粗身上產生一點反應。

退無可退，巴喇杰搖了搖身子。不自在的時候他習慣這樣。他終於低聲順從說道：

「主人，我不如您了解。」

他久久思考了這句話，心忖這樣講不是謊話，又能讓上司覺得他沒頂撞他。

「那當然！那當然……」警察連聲說道，放下心來。他摸摸自己布料下的腫包。「你有沒有想到，我差一點就跟佩尼業葛神父一樣下場。我沒被打死，也會被冷死。我歷劫歸來！歷了非常大一劫！該相信上帝大大慈悲眷顧我。」

聽見上帝之名，助手畫了十字聖號，幾句詩流過心田：玷汙至高者弄髒伊聖容將伊變作他誓言的玩物，剖開天腹讓血與火墜落。詩句與之前所有詩句一樣滑入無何有之鄉，雖說巴喇杰的良知仍殘留了奇特的不安，令他凝望警察一如凝望迷失的人。

「是說，你告訴我，」警察繼續講，「所以誰去通知你的？」

「木鞋匠他女兒。」

警察忽感渾身冷汗淋漓。

「你說，木鞋匠他女兒？她有……看到我當時的樣子嗎？」

他花了好大力氣才艱難吐出這些話，說完了就等助手回答。他又開始顫抖了。

「她只聽到一聲大叫，出來看的時候認出您的臉，但不敢靠近您。她就跑來我家。」

「很好，很好，」警察如釋重負，「好孩子，我這人情欠她欠得可大了。」

「是啊。」巴喇杰也認同。

「所以，你跟我說她沒看到我……沒看到我被打昏之後的樣子……就我那樣的……好啦，你懂我的意思！」

「她只看到您的臉，還有您的頭流的血。這樣而已。」

努利歐嘆了口氣，望著天花板。閉上了眼睛。他想，最壞的他躲過了。他閉著眼睛繼續說：

「那鎮裡呢，大家有沒有在講我被人用野蠻手法攻擊了？」

「冷成這樣，鎮上都沒人了。大家都在家烤火。小朋友連學校都不去了。路上散步的只有風。遠遠的地方有狼在叫。」

「狼……」警察說，「尊貴的狼。」他喃喃自語，若有所思。

助手望著警察失陷大床裡，全身幾乎消失在溫暖的被褥中，暖乎乎的，卻仍不由自主打著哆嗦。是怎麼可以這樣讚美狼啊？

巴喇杰一想到狼，印象就只是那些瘦骨嶙峋的獸，渾身腐臭，眸子碩大悲傷，一靠近就轉瞬逃走，小跑步彎來拐去，骯髒尾巴夾在腿間，發出好像連牠們自己都沒當真的低吼。兩年前的冬天，他鉛彈連發殺了隻狼，想說為自己做件狼皮襖，結果只得到一具蟲蟎啃食的腐爛屍體，瘦得像皮靴綁帶，胃裡空空如也。他連剝皮都懶，直接踢出不屑的一腳，把狼屍踢進了山毛櫸的老樹樁底。

他上司睡著了。微微打鼾，時而輕聲喊叫。百無聊賴的貓拖長老鼠的垂死掙扎，用爪子和懶洋洋的獠牙逗弄老鼠時，老鼠就是發出這樣的叫喊。助手努力輕手輕腳，邁開闊足足尖點地出了房門，鬆了口氣終於可以離開，但同時也憂心，想著主人是不是已朝通向瘋狂的陡坡踏出了第一腳。

23

真可惜，我們永遠無法遍覽那些書寫我們所處時代的史冊。不可能的，因為要寫史，歷史須要人先進棺，才能論定其興衰悲歡。其實，若我們化為骷髏與骨灰之後，能夠再次享有生命與意識，從而得以知曉我們的時代與我們一代人的面貌，我不知道我們會大笑、會流淚，還是會氣惱。

記憶是易碎品，自然而然會走樣，構造如此脆弱，一旦企圖彎曲它、將它塑成五花八門的形狀，它就隨人擺布，抵抗都不抵抗。記憶因此不是別的，正是我們選擇的樣子。記憶隨時間與年代變化萬端，精確與真實對它來說最是陌生，因為離開了召喚它、塑造它的，也就是人，它就不復存在，而人有個大目的：讓記憶盡可能虧欠於他、有利於他，愈不沉重愈好。

聖安德肋日前一天出了大事：馬赫姆與布拉亨這對庫葉許家年方十六的雙胞胎兄弟在室內市集附近看見他們小兩歲的妹妹法蒂婭驚慌失措狂奔，面紗下若隱若現的眼睛流露出驚恐神情。兄弟倆問她怎麼了，得知她在波茲尼也巷遇到了廢督爾．巴茲戚，這個白痴啞巴當時提著兩大桶牛奶。

他看到少女朝他走來，就用身體與奶桶擋住她的路，大吼大叫，嚇壞了法蒂婭。她想要往回走，廢督爾攫住她的頭巾拉住她。他對自己的力氣懵然無知，就這樣扯掉了頭巾，少女烏黑的捲髮披散上了長袍與羊皮。她試圖重新蒙面，但白痴不准她這麼做，扯開了歪斜嘴巴，裡頭滿口爛牙，哈哈大笑起來，也沒忘了老習慣，從長褲掏出了巨大的陰莖甩來甩去，在巷裡手舞足蹈，野蠻歡樂叫喊著。

他弄蛇被蛇咬，絆到其中一個奶桶，牛奶灑了滿地，他馬上就對女孩失去興趣，捶打起自己的頭殼與胸脯，用他那礫石與碎玻璃做的難解語言哀嘆牛奶沒了。

法蒂婭趁機搶回了頭巾，拔腿就逃。

青春是沉睡的火。只要灑上一點火藥，就能雄雄燃燒。有好幾個星期了，小鎮風雨欲來，大夫出走後更是變本加厲。穆斯林社群以外的所有人如今都已認定，大夫不管以何種方式涉入，都在佩尼業葛之死上有份。伊瑪目儘管屢次呼籲冷靜，穆罕默德的信徒裡有許多人愈來愈忍受不了各種猜疑、奚落、譏嘲、推搡與辱罵，他們日復一日遭受這些痛苦，當局卻絲毫沒有介入阻止或施以懲罰。

在小鎮刻正籠罩的惡毒氣氛裡，馬赫姆．庫葉許與布拉亨．庫葉許並非群情激憤的年輕人裡最報復心切的，但看見妹妹這樣，驚恐得令人難忘，又聽到她訴說的不幸遭遇，還有他們預見她永遠無法擺脫的恥辱——因為，看見一個不信真主的人的醜惡陰莖，還被他掀掉頭巾，就等於是她自己在他面前赤身裸體，並炫示她自己的性器官——就夠讓他們行動了。

他們帶她回家，把她交給他們的母親，沒有多做解釋，馬上拿了幾把料理用刀出了家門。

他們直奔波茲尼也巷，希望還能在那找到白痴，但巷裡只有一大灘牛奶見證了剛才發生的一切。寒霜已凍硬了這灘奶，奶面映照著下弦月那帶著譏嘲的瞇瞇眼。

雙胞胎決定前往巴茲戚農場。他們在農場的牛棚發現廢督爾忙著用軟杖推搡一頭不肯返回乾草堆的肥碩母牛。

啞巴看見他們，敞開了畸病的嘴巴向他們漾出笑意，打了個手勢請他們幫幫他。這個天真無知的人就是這樣，早忘了剛剛自己讓他們的妹妹遭受了什麼，而活在永遠的當下，缺陷的心智從來記不住幾分鐘前的任何事。就這樣，他毫無戒心讓他們靠近，直到兩兄弟抓住他的手，用釘子上扯下的麻繩把他的手綁在背後，拗折他的胳膊把他吊上橫梁，讓他嘶吼出像似大笑的怪異痛喊，他才似乎猛然醒覺這兩個人打算傷害他。

於是，他第一次嚎叫。像豬被割喉。放血。受虐。知道死亡近了。然而就算農場裡有人聽見他在叫，親人們也實在太習慣了他畜牲般各種亂喊，而且他們所有人都對他如此輕視，把他看得遠比人類低賤，只比貓狗高一點點，要上帝的手指碰觸這個家族，其中一員才會有所反應。

但上帝大概在睡。

或者身在他方。

跟很多時候一樣。

雙胞胎中的馬赫姆朝這可憐傢伙的臉龐吐了口痰，另一位則抽出料理刀，開始用刀尖戳刺可憐啞巴的這裡那裡，但不敢把刀刃插入超過一吋，這讓白痴扭絞起了身體。血依舊是冒了出來，染上衣服，烙下了細長的石榴紅血痕，緩緩流淌，一如溽暑時分的高原湧泉潺潺，柔弱迷茫。

讓我們把話說清楚：巷裡那件事發生以前，庫葉許家的雙胞胎是成長中的小羔羊。愛玩愛鬧，不知分寸，活潑淘氣，神經兮兮，快樂溫馴，沒有惡意，也不懷恨，總之就是一對孩子，即將不是孩子了，迫不及待而興奮躁動、滿懷盼望又嫩耳軟心，邁上那其實充滿幻滅的成人之路。

但就在這個聖安德肋日，聖安德肋是河湖漁人與繩索商匠的主保聖人，也庇護著求姻緣與求子的女人，同時還是蘇格蘭、俄羅斯、烏克蘭、希臘、羅馬尼亞和西西里的主保聖人，他是聖伯多祿的哥哥，行遍彼提尼雅、厄弗所、色雷斯、拜占庭、阿哈雅，西元六十年在阿哈雅的巴達斯城被瀆神者尼祿釘上了十字架，而就在這個週二的一日將終之時，天空又變了模樣，厭倦了自己無邊的藍，披上了一層鉛白，用自己羊毛般的雲層攪擾了氣喘吁吁的太陽和弱不禁風的月亮。就在這天，庫葉許家的雙胞胎，願他們與他們的祖宗十八代永受咒詛，露出了真面目。

所以，是布拉亨還是馬赫姆，割斷了衫褲的繫繩？

是布拉亨還是馬赫姆，剝光了白痴的衣服？

是布拉亨還是馬赫姆，充耳不聞呆子哀求的叫喊，而刀尖愛上了啞巴的蒼白皮膚，隨意戳刺，逐漸深入臟腑？

是布拉亨還是馬赫姆，在啞巴周身跳完了刀刀瘋狂之舞，決定了要對哪個部位施辣手？牛棚裡擠滿了無動於衷的牲口，臥好了牠們溫熱的軀體，咩咩叫，反芻著，即將鼾眠，牠們的牛倌每天為牠們供應食水、更換草褥，擠奶、梳洗，經常親吻牠們溼潤的唇鼻，風和日麗的日子裡帶牠們去青草豐美、花朵芬芳的高山牧場，有時也責之切，但那是愛之深，牠們卻決意不在乎他的命運。

是布拉亨還是馬赫姆，整隻手掌攫住了廢督爾軟軟驢屌下的陰囊，擰絞，扭擠，用鋼鐵般的手指搓揉，一邊縱聲大笑，一邊捏得更緊？啞巴喘不過氣了，吼出了世界末日的聲音，掙扎扭動，腳不斷踩空，努力掙脫綁著手腕的繩索，任清澈的眼淚大顆大顆流過醜陋的雙頰，抽泣，打嗝，流出口水，那張可憐的嘴先天畸形、何其不幸，努力想嘔出苦難的唾液，呼喊著哀求與祈禱，而與此同時，他那群漂亮肥壯的母牛逐漸闔攏漂亮的眼皮，閉起溫柔祥和的漂亮眼睛，與牠們的祖先扮演著漂亮角色的所有聖誕神話背道而馳，打起了疲憊的哈欠，這些賤貨啊，睡出了滿足、作起了美夢，漫不在乎身旁受苦受難的主人，何等輝煌豪奢的漠然。

而忽然，是布拉亨還是馬赫姆，攫緊了蔬菜刀，另一手握著悲慘傢伙的卵蛋，誦念了提到真主名號、宣告真主至大的一句話，彷彿真主也有參與似的，瞬間劃破了蛋皮，鮮血噴濺如湧泉忽現？那兩顆分離了的，蠢笨、無用、怪誕、沉重，摘太早的綠色果實，白痴的可憐睪丸，被丟在地上，扔進了牛棚走道黑暗的泥濘中，母牛的糞堆裡，永永，遠遠。而他，白痴，受虐者，瘋子，啞巴，或許是聖人，淚水沉重、緩慢，不停淌過那何其醜陋的容顏，與所有淚水一樣崇高。太痛了，他逐漸失去意識。

24

垂死的廢督爾沒有那麼快死。

或在猶豫，是要帶他走，還是讓他在人間再待一會。他的家族與整座小鎮向來放他自生自滅，認為他是下賤的造物，如今呢，整整幾個小時，鎮民絡繹不絕紛紛前來探視。沒有人缺席未到，除了苟利耶·埃爾賈依克，他天生殘廢，恣意妄為的脊椎讓他淪為一沱軟趴趴的東西，還有畢爾摳·馬奴葉斯枯，一頭心情不好的驢子廢掉了他的手腳。

死神在玩。

廢督爾以前只睡過牛棚的乾草，如今呢，他被安置在農場最漂亮的房間裡。大家為此把誕生於前一個帝國治下，名喚愛福珍妮婭的年逾九旬老族長請了出去。

床上鋪著繡有巴茲戚家族姓名起首字母的亞麻床單，枕頭是細緻的密織棉布，還有張柔軟龐大的熊皮當作被子。熊嘴巴垂在床下，兩條後腿圍繞著身體遭殘的可憐傢伙那不忍卒睹的容顏。床裡用炭火燒旺的長柄暖床爐來回加熱過了，又安放了一個銅製熱水暖床壺。

總之，死在這裡真是太好了。

房裡燃燒著三十根蠟燭。一座祭台擺起來了，上面供奉著幾幅聖母像，還有幾具黑檀木十字架，上頭的耶穌是象牙雕的。空氣中瀰漫著薰香，另外，未雨綢繆總好過猝不及防，聖水盆與雪松木聖水灑也備好了。床兩邊放了幾把座椅，訪客累了就能休息休息。

床中間，可憐的廢督爾呻吟著。沒了大夫，人人都依著自己的見解、揣著自己的膏藥輪番上場，然而這慘遭閹割的男人痛得死去活來，已經縛了止血帶又包紮了，血還是一直慢慢在流。油膏抹上了新鮮傷口，沒有帶來舒緩，反而瘋狂灼燒他，灼燒得變本加厲，嘴巴畸形的他卻無法訴說，也無法喊疼。他從小就無法說話，大家連教他寫字都懶。看他這樣扭絞身體、痛苦至極，卻一點都無法幫上忙，他自己也什麼都無法說，就連折磨他的劊子手的名字也講不出口，真的是殘忍。

哭了一夜，呻吟了一夜，也祈禱了一夜。破曉時分，廢督爾死了。終於，他的苦難結束了，而隨著他的死亡，庫葉許家的雙胞胎成為了殺人犯。

巴喇杰把這一切呈報警察。警察還在康復，但已經覺得好多了，不再臥床休養。

這是啞巴死後幾小時的事。助手講述了這些事件，裡頭當然缺了襲擊廢督爾的人的名字。警察看來並不在意。他更著迷於降臨小鎮的非常事態的進展，這麼多事件性質各異、接連發生，就只有時間相近，彼此並無法兜在一起。

當然，廢督爾被人野蠻閹割，看來毫無道理：他精神不正常眾所皆知，暴露陰莖的癖好大家早就見怪不怪。警察不由得想起那個醉酒的夜晚，他也曾自己脫光光。一細想他就不寒而慄，那個閹割啞巴的虐待狂如果與他擦身而過，很可能也會讓他遭受同樣的命運。

牛倌之死讓警察加速康復，很諷刺，但真的是真的。第二天，他一大早就進了派出所，連助手都沒他勤。他點燃了火，泡了茶，聽見巴喇杰在外面的擦鞋口踢掉靴子的雪，就把兩盞茶都沏好。

「主人早，這麼快就回來上班真的好嗎？」

「坐，喝。」

警察看來神采飛揚，頭上的腫包成了模糊的回憶，只剩邊緣泛黃的淤青。巴喇杰懷念以前自己能獨處的日子。他嘆了口氣，表示前晚他聽到一件怪事。蒸氣浴場路的裁縫柯喇登斯來跟他報告，說兩個學徒整天都沒到班。這兩個男孩素來認真勤奮，又對裁縫這行非常有天賦。他們是庫葉許兄弟，十六歲的雙胞胎。他去敲庫葉許家的門問兄弟倆怎麼了，他們的父親回答他，兩人當天早上就出發去了T城，那邊有位叔叔提供機會讓他們在自己的五金雜貨鋪當店員，庫葉許爸爸答完也不多聊，當著他的面關上了門。這個回答、這種態度，柯喇登斯驚訝到一定要來把這事報給助手知。

「隊長，不曉得您怎麼想。您覺得有理由調查嗎？」

警察一臉鄙夷瞧了瞧助手。他怎麼可以白痴成這樣？

「講這什麼屁話！當然有理由調查！總是有理由調查。總是。不管什麼事都是。哪怕人再怎麼透明、再怎麼值得尊敬，哪怕事再怎麼清楚、再怎麼平平無奇，都有理由調查。如果我們主動去挖，動用全部的聰明才智真的去找，就一定能發現某些東西，因為每個人心裡最深的地方都埋了個什麼，一具摸不到但真的在發臭的屍體，人人都努力藏起來，調查者的職責就是發現它，挖它出來。我講屍體當然是個比喻。你懂了吧。拿你來說，巴喇杰，你這麼個單純又正直的人，如果我以警察的身分針對你，我很確定到最後一定能發現一些只有你自己心知肚明的羞恥事情！我有沒有講對？」

助手艱難地吞了口水。他想起那頭豬，人家叫他找個洞丟掉，結果卻在他家活出了新生命，化作落葉松柴煙霧氤氳中的火腿與香腸。

「我逗你玩的啦，巴喇杰！別那副死樣子！簡單回答你的問題：雙胞胎匆匆離開，看來當然奇怪。然而問題是在：我們應不應該關心這個？你覺得呢？」

結果他現在必須動腦！以前的日子，巴喇杰有時候還真懷念，粗粗糙糙、簡簡單單，在當地農場打零工，或在小鎮要修路鋪路的時候當一陣子道路工。那時沒人叫他回答任何問題。神父死掉以後，小鎮一點一點變成了一口大釜，一架地獄來的機器，人們有時厭倦了君王，就把這種機器偷偷塞進皇家車隊下面。還沒提他上司呢，他上司眼裡閃爍令人不安的光，現在一點小事就激奮得要命。助手想著，真想換個時代生活啊。他可完全沒有野心要活在歷史的大時代、劇變的時刻。他最堅定的渴望是隱姓埋名、受人遺忘，一天又一天活得規律又相同，單調而不起波瀾。哪裡需要去談這對雙胞胎啊？

「主人，我不知道。您是我上司，比我聰明得多。您怎麼樣決定都會是好的。這個我完全不懷疑。」

「說得好，巴喇杰。說得真好。」

警察從口袋裡掏出一支克魯默雪茄點燃。這是他遭災受禍後第一支雪茄。他津津有味吸了第一口，對自己漾出微笑。不久前，他還在這個天寒地凍的老鼠窩裡悶得要死咧。

他把椅子拉近壁爐，雙腳擱上長凳，就這樣待了很久，助手則去了馬廄照顧馬。他看著自己呼出的團團煙雲，時而鼻孔吐，時而嘴巴出，嘴巴玩出十全十美的煙圈，在房裡飄浮幾秒，然後撞上窗玻璃消散無跡。

他在思索。

思索這雙胞胎。

思索他們離開。不管怎樣，啞巴遭殘，與雙胞胎有關。沒什麼好懷疑的。時間點太近了，不可能沒有牽連。但是為了什麼？又是怎麼發生的？警察對此不太關心，至少目前如此。另外，他們沒去T城是顯而易見的。暴風雪與冰霜斷了路。小鎮與T城間沒有任何車在跑。庫葉許家沒馬，也租不起馬，就算真的租了馬，兩兄弟沒跑幾公里就會凍死。所以他們還留在鎮上。鎮裡某個地方。可能躲自己家，也可能他們的社群有人出手窩藏。他覺得後面這個猜想最有可能。說不定藏在清真寺？

不過警察真正在想的問題，是他可以怎麼利用這起新事件。他憶起史侯指揮官的指示——「帝國注視著您，指望您打擊其敵，使之灰飛煙滅」，還有他與報告員的磋商。啞巴死了，雙胞胎消失無蹤，都是天上掉下來的禮物，推著機器又更向前運轉。時間一到，他一下決定，機器就會瞬間釋放所有累積的力量。

巴喇杰回到所裡，頭低低的，渾身不自在，任眼睛垂向地板，怕跟警察對到目光。人人都有某處品行不端，只要好好探查就能發現，這想法讓他心神紊亂。他坐立難安的倒不是他那些偷雞摸狗的香腸，而是惡竟然可以到處存在、落腳所有人身上，甚至棲身於看來遠離邪惡的人。這粉碎了他最堅定的種種信念。

「我要去鎮上忙。你看著派出所。我中午以前回來。」

「好的，主人。雙胞胎呢？」

「我還在想。我還在想。」

說著這些話，警察站起身來，把沒抽完的雪茄扔進爐膛，正了正衫褲，裹上大衣，衣擺幾乎要觸到靴底。他出了門，先踏一腳再踏一腳，小心翼翼走著厚厚結冰的人行道，前往帝國政府報告員辦公室所在的古老府邸。

25

他來到兼作報告員辦公室與會客處的宏偉廳堂，找到了報告員。壁爐古色古香，大得連全牛都烤得起，卻燒不暖這間房。

為了營造莊嚴宏偉的氣氛、震撼來賓，長長的橡木辦公桌擺滿了書籍、帳冊、登記簿、卷軸、印信、墨水瓶、羽毛筆和鋼筆、算盤和各種文件，層層疊疊高到不可思議，某幾處都快碰到天花板了。天花板呢，一列列的木製藻井是幾世紀前畫的，筆觸稚拙描繪了四季與相關的農牧大事。

但如果仔細端詳這滿桌狼藉，就會發現無處不積滿厚厚的灰塵，反映出報告員從來沒去動過。順此一提，如果請報告員敘明其職掌範圍，他自己恐怕也說不出來；他占這個缺已經快十年了，卻還沒有完全搞懂這職位是在幹嘛。

他心知肚明，自己能獲得任命，是因為他躋身低等貴族。帝國政權為了千秋萬代，就必須拿特權諂媚各個世家貴胄，一路阿諛到他們的最底層，哪怕是最微不足道、最百無一用的貴族也不漏掉。

每天，他都要勉強來這巨廳待上幾個小時，夏天熱到悶死，冬天冷到發抖，厭倦地看看大家又打了什麼小報告，這些紙條言之沒料、不斷重彈老調，他很快就看累了。他也接待幾名來賓，其實他們前車馬稀，傾聽完訪客訴求，千篇一律承諾會即刻向有關當局敬陳台端祈請，接著就打發他們走人。

書記官通報警察來訪，報告員興奮得不得了，忽然覺得沒那麼冷了。他坐進壁爐旁高聳的扶手椅，請努利歐坐上他身旁一張類似雙層凳的東西，報告員想必偶爾拿這家私放腳，在上面要坐得舒服那是難如登天。

「隊長蒞臨，大概是要跟我聊聊可憐白痴遭遇到的不幸吧。太殘忍啦！人性不斷讓我驚訝，這沒話講。人類總是能惡上加惡。您怎麼打算？」

警察沒馬上回答。他伸出雙手，努力從爐膛抓出一點火的溫暖。

「當然，我可以展開搜索，和我助手一棟棟訪查穆罕默德信徒的房子，這可能有點搞頭，不過嘛……」

警察舉高雙臂，亮出手掌，表示無奈。

「大夫逃跑給了我們鎮民同胞一點飼料，之後就什麼都沒有了。他們餓的話恐怕會沒力。枉費了這麼出色的開局啊。可能要再丟給他們一點小麥？群眾對事件與狀況自有單獨一人無法參透的智慧。群眾隨的波、逐的流嚇壞我們，大多數的時候卻都把他們引向正確地方。還有，您想想，神父沒了，可憐的啞巴連個葬禮都不會有。就要發生的事恰好能當作……『儀式』。這儀式一定特別，怎麼進行很難預料，不過好處是能平撫暴力，這暴力啊，我們感覺到它四面八方到處升溫，湧向哪個方向都有可能。」

他停頓片刻，讓報告員掂量這個威脅，然後換回了平靜的語氣繼續說：

「而我深信，如此這般引導事態發展，就能讓對我們寄予厚望的帝國滿意。」

鴉雀良久無聲。忽然，報告員拍了拍手。

「隊長說服我了！您就忙到這裡，接著換我進場。」

眼見努利歐臉色一垮，報告員漾起微笑。

「我這麼說只是要保護隊長。您就繼續忙，怎樣把這機會發揮到最棒，就讓我思量思量。要為帝國著想！」

警察跟著說：「對，要為帝國著想！」這樣講報告員就高興了，他明顯有感覺到。接著他打了招呼告退，不太曉得聽了報告員這番話，他是該失望還是該喜悅。

揮別了報告員，他不想回派出所，也不想回家看到他髮妻疲憊不堪的臉容與身軀，聽到小孩子哭鬧，剛出生的這個好像是為了搞爆他耳朵才專門呱呱墜地。

他漫步大街小徑。人行道嚴嚴實實變成了溜冰場，他只能步步為營。遇上的人屈指可數，瞥見的身影每個都裹了好多衣服，他根本無法認出裡頭藏了誰。薄霧為這一切蒙上奇幻的氣息，白日夢的沃土。

26

派出所裡，助手等上司回來。他惦記起了「我的帥小子們」。他的清閒光陰裡，或者偶爾襲上心房、他卻不明就裡為何自己靈魂會纏陷沉悶漁網的悲傷時分，只要用心想像，讓兩隻雜種大狗美麗的金色眼睛浮現，牠們啊，有點像是布拉克犬、格林芬犬與獒犬，態度也不遑多讓，總是軒昂尊貴，溫柔有愛，散發溫暖體味，只要想像牠們，時間感覺就不那麼漫長，悲傷也緩緩消弭。

他看顧火不熄滅，照料了兩匹馬，和牠們聊聊天，一邊幫牠們換上新褥草，餵了摻著乾燥花朵的上好草料。接著，他劈了半個立方公尺的木材，讓身體與肌肉醒一醒，感受冰凍的空氣進入肺部，然後像主婦一樣一絲不苟把小塊木柴在爐膛旁擺起來。接著他燒熱茶炊，煮了濃濃的茶，他喝燙的，小口小口啜飲，還在茶盞裡加入一小撮杜松子來提味。這杜松子，他總有一小包放在某個口袋裡。再來，他應該是開始打瞌睡了，微微遊入夢鄉，他的夢土一向簡單安靜，滿是熟悉的動物、鹹肉與濃湯。他醒轉時，所裡逐漸昏暗，外面已經沒有光，雪花飄向窗戶，用沒有瞳仁的眼睛觀察他。他重新燃起了火，用冷水抹抹臉頰，點亮了油燈。

油燈才剛以新鮮的光明照亮房間，三下毫不客氣的敲門聲傳了過來。巴喇杰驚跳起來，他不喜歡有人來訪，尤其是警察不在時。他心如死灰走向門口，擺弄他必定鎖緊的門閂，開了門。眼前是個年紀顯然與他相仿、卻比他矮一個頭不只的男人。男人頭髮剃個精光，中間有道手掌長的疤痕狀似月牙，身穿歐知樂邊境伯爵府綠金相間的號衣，外頭披上一件深色羊毛斗篷。他肩膀窄得令人想問為什麼，上頭的白雪閃閃發光。那雙狼灰色的眼睛笑出團團惡意，嘴唇後褪，露出成排小小的牙齒，銳利得像銼刀磨出來的。

「好了啦，巴喇杰，不讓老同學進來是不是？」

說著話，他手就蠻橫一揮，推開了助手直闖進來，打量房間，彷彿是想檢查這裡夠大夠乾淨。然後他走向壁爐，脫下手套，朝火伸出雙手搓了搓。

「不敬我茶是不是？我一路走了很久，鬼天氣凍死我啦。」

助手一個字都還沒說，關上了門。寬大胸膛裡的心開始怦怦猛跳。

這人剛剛現身，他就認出了這人是馬忒甲·馬鷹壬，心中古老的恐懼、兒時的大畏怖，跟十歲那年一樣猛烈襲來。他一瞬間變回了弱者、受氣包、代罪羊，承受著供他吃住的人與學校老師的憤懣，還有其他小朋友的怒火，他們用刻薄的言語不停傷害他，還用石頭丟他、用棍棒揍他。

他比所有人都高大強壯，卻一點用也沒有，正相反：所有這些慣常傷害他的劊子手啊，只要能殘虐一個本可簡單一拳擊倒他們在地、卻從沒想過還手的生靈，那快感是十倍增加。他們欺凌巴喇杰時，他就已是他一向是的溫柔巨獸。這些幾乎每天針對他的人之中，馬忒甲．馬鷹壬無庸置疑是最惡毒的，他普通人的身體裡集中了惡的最高境界。

巴喇杰再怎麼避免跟他狹路相逢，他還是會處處竄出，用小型食肉動物的冰冷眼神挑釁巴喇杰，開始連番辱罵他，丟出傷人的言語，接著就出手打他，拳打腳踢，巴喇杰被打倒在地，痛得快受不了，他就會隔著褲子攥住巴喇杰的小卵蛋，開始捏緊、捏緊，同時命令巴喇杰用口哨吹兒歌，曲目永遠不變，「就在那樺樹林中，我碰見我的夥伴，夥伴給我水一盅，我對她笑容燦爛」，一首歌頌春天、愛情、新生的草、嬌嫩肌膚的兒歌。

可是，實在太痛苦、太痛苦，小巴喇杰連寥寥幾個音符都吹不出，從他嘴裡吐出的氣像臨終之人的呼吸，馬鷹壬於是愈擰愈緊，淚水隨著酷刑汩汩湧出，咬緊的牙關擠出兒歌，小猛獸哈哈大笑，使出吃奶力氣揉碎他虐待的人的卵蛋。

巴喇杰沒說請坐，馬鷹壬逕自落座，還坐在警察的座位上。助手在他面前放上一盞茶。

「巴喇杰，你在發抖！還會冷啊，大箍呆？」

馬鷹壬為自己的玩笑哈哈大笑，清楚感到年月流逝並沒有泯除他對巴喇杰的支配，就算時光過去，巴喇杰長大成人、甚至成了巨人，如今力大無窮，在他面前仍然是害怕得手足無措的孩子，他呢，想對巴喇杰幹什麼都可以。

於是，為了讓助手更不自在，他喝了兩口，大讚好茶，然後若無其事、一臉微笑，一笑嘴唇就退到小小的獠牙後面，吹起了以前那首兒歌，金屬般冰冷的目光死死釘進巴喇杰的眼睛。巴喇杰呢，口乾舌燥像石膏，垂下目光表示屈服。

受害者是天生的嗎？劊子手是天生的嗎？是不是有個誰，不知姓字、不知手法，在我們每個人裡面放了酵母，讓我們以後成為這樣那樣的人？還是說，生命的軌跡推著我們成為我們所成為的人，把人類分成截然不同的兩群：受虐者與施虐者？

馬忒甲·馬鷹壬兒時如果沒有遇到小巴喇杰，還會是這個殘忍無情、喪心病狂，做得到直視一隻昆蟲、一頭驢子、一個人之死，做得到踢上一腳、補上一道刺刀，積極促成、加速這個死亡，就像大家在講的，投身過各種軍隊、甚至還幫土耳其人打過仗的他，屢次征戰時做過的那些事？

又如果巴喇杰當初沒有任憑馬鷹壬肆意欺凌而從未嘗試阻止，他還會成為這個無法有邪思劣行，心甘情願承受生活加諸他的所有打擊，滿心善念、惡意全無的大東西嗎？

我們大概生來無所謂好壞，只為了一個蛻變等待？人也許就只是個空殼，某天會澆入石膏，展現出確切的本性、真實的樣態？

馬鷹壬把派出所當自己家，吸啜他那盞茶。他臉皮甚至厚到叫巴喇杰為他上杯小酒，巴喇杰默默把酒倒了來。他回到故鄉、受雇於邊境伯爵以來，大家都不知道他真正的職責為何，如果真的有個職責的話啦。他君臨下等雜役與馬伕大軍，以斥罵他們、甚至用軟杖抽打他們為樂，卻完全管不著獵場管理人、獵犬隊隊長、秘書、家廚、總務人員，以及唯一有權進入邊境伯爵私人寓所的高級家僕群。順帶一提，上述這些人遇到他是連打招呼都懶，也不回應他的招呼。這些人眼中，他的存在與蒼蠅或風沒兩樣。他是個透明人。這讓他滿心苦澀烈怒。

他的一千零一個故事，大家都在講，漸漸就針對他這個人塑造出了一部黑暗傳奇，傳奇裡的篇章數不勝數，全都展現了他的殘酷。舉個例子，為了對不認識他的人刻畫出他的形象，大家會引用幾年前斯魯波・蘇雷克下士動身為帝國參軍七個年頭的前夕，前來看望他兄弟馬具皮件商戈爾甲・蘇雷克時，帶回來的可怕故事。故事講的是馬鷹壬帶隊一次次屠殺平民，這幫人不是正規軍卻得到上級默許，聽馬鷹壬號令肆虐聶斯特河沿岸。斯魯波特別講了馬鷹壬率眾毀滅村莊後的一大樂趣：他會叫手下呈上一個大桶，桶中裝滿了所有屍體剜出的眼珠，而他呢，面對烈燄，抽著菸斗，把眼球一顆一顆擲進火堆裡，眼球在火中像小小炸彈一樣砰然爆裂，這時他就大笑。

斯魯波是信得過的人，什麼都驚不倒他，這麼多年以來縱橫無數沙場，遊走生死邊緣，沒讓他心如鐵石、喪失所有感情，正相反，還賦予了他仁慈與同情。得知馬忒甲・馬鷹壬回了老家，歐知樂邊境伯爵還雇用了他，斯魯波深深嘆了口氣，滿是傷痕的士官容顏臉色一暗，只簡單講了：

「魔鬼為什麼總以重返人間為樂？」

27

派出所的壁爐散發的熱力可比鐵匠鋪，把馬忒甲．馬鷹壬的臉燒出了肉紅。光頭紅通通，頭上那道疤染成了一抹濃烈的紫紅，好像還分泌著油膩膩的黃膿。

「大畜牲，作夢啊！你不講話一百年了！」

巴喇杰回過神來。馬鷹壬還在吹那首兒歌，不過也吹膩了，於是快手快腳解開號衣鈕扣，從內袋掏出一個蠟緘的信封，正面蓋著大大的浮水印，描繪出三隻熊的嘴巴，正是歐知樂邊境伯爵的紋章。

浮水印下，一位頂真的秘書蘸著藍墨水揮毫出花團錦簇的兩行字：

此致

努利歐警備隊長

「我本來打算親手交給你上司，但我要趕路，天也快黑了。就給你負責了。你是個白痴，但這個你做得到，是吧？」

巴喇杰不發一語。他感到身側緊握的雙拳產生了一股詭異的力量，心念電閃：他不費吹灰之力，就能讓兒時的劊子手命喪黃泉，沒人會為這傢伙可惜。但他馬上就被自己的念頭嚇壞，握緊的拳頭放鬆開來。

馬鷹壬把信封放在桌中央，扣好衣扣，用寬大的斗篷緊緊裹好自己。他走到門邊，打開了門，跨出去的時候轉回身子，面對巴喇杰，想來是要對他噴灑最後一波毒汁。三四秒過去了，他卻什麼都沒說，就只笑了一聲，聽起來像在吐痰，然後就消失在暮色裡。

助手關上門，癱坐椅子裡。渾身顫抖。幾分鐘過去了，猛烈跳動的心逐漸緩了下來。不曉得為什麼，蕾米亞美麗純潔的臉龐顯現腦海，他有比較好了，受到撫慰了。一顆心重獲安詳，一如兒時誦讀完《聖母經》的時刻。

眼前的桌上擺著邊境伯爵的來信。他不敢碰。裡面一定有重要訊息。邊境伯爵本人幹嘛寫信給隊長？跟佩尼業葛神父遇害、大夫逃亡、廢督爾．巴茲戚被折磨致死是不是有關係？

沒等到上司回來，巴喇杰是不敢回家的，他賦予了自己看管邊境伯爵來函的任務。最後他還是打起了瞌睡，警察進所的時候，他驚跳起來，離開了夢境。他的夢平凡得很，給了他安慰，讓他感覺置身自己的小狗窩中，木板床的凹窩裡，依偎著沉沉入睡的「我的帥小子們」。玩忽職守恐怕是被逮到了，他臉紅，但努利歐沒注意到助手睡眼惺忪。不過他馬上就看見了桌上的信，心頭一震。

「主人，這不到一小時前人家帶來給您的。」

「所以是誰？」

「馬鷹壬，幫邊境伯爵工作的。」

努利歐對這名字沒有印象，想不出長啥模樣。家僕吧，或秘書。邊境伯爵府有近百個人，大多都足不出伯爵莊園，他可說一個都不認識。

他抓起信封，手指緩緩撫過歐知樂家族紋章的浮水印，讀到了自己的名字與頭銜，心跳得愈來愈快。這字跡遒勁又浮誇，用紙也不同凡響，一般的紙太薄了、紋理又粗糙，這紙是仿小牛皮的高級紙，厚實溫潤如奶油，顆粒細緻，是美麗的米色。

上任以來，他還是頭一遭收到邊境伯爵來函。是說他只看見過他兩次，第一次是有個樵夫來申訴說剛砍伐、劈好的木材在姆洛維奇山毛櫸林附近整堆被偷了。他來事發地點勘驗案情，結束了就沿著覆雪的路返回鎮裡，此時，邊境伯爵的雪橇由四名騎手前導從他身邊駛過，快得不可思議，沙沙聲、鈴鐺聲柔柔作響。他只來得及瞥見一個矮壯的身影蜷縮在車廂裡，渾身裹著皮草，留著小鬍子的大腦袋瓜有四分之三消失在西伯利亞狼毛帽底。

第二次就是在佩尼業葛神父的葬禮上了，當時光腳瘋子正在瀰漫的薰香中高聲咆哮。邊境伯爵坐在第一排他的御用長椅上，椅面數百年來都刻著他們家族的紋章。伯爵正對著流著口水、搖著雙腳、玩著紅鞋的老朽主教，還是戴著那頂狼毛帽，但向後拉了一點，微微露出又寬又禿的額頭。他沒努利歐想的那麼老。可能跟他差不多大喔。那臉蛋流露出無盡的厭倦，小巧鮮豔的紅唇散發著不自然的女人味，濃密的烏黑小鬍子又橫加抹煞了如此的女性氣質。

儀式結束後，伯爵沒有參與遊行。他親吻了主教的戒指，主教渾然不覺。接著他坐回雪橇，歸返他的城堡。

警察盡可能拖著不拆信。巴喇杰大眼圓睜望著他，稍微一點動作都不敢。努利歐愛撫信紙，想像力飛天又遁地，來函究竟內容如何，他掂量了一百種假設。

終於，他牙一咬，從口袋抽出公羊角柄刀，掰出刀刃，小心翼翼割開信封上緣。他發現了一張軟紙卡，上面有邊境伯爵大大的彩色紋章。卡片背面的字與信封的收信人名銜是同一隻手用同樣的墨水、如出一轍的精美筆跡寫就的，他讀了起來：

「十七世歐知樂邊境伯爵，二十二世貝撒伯爵，十一世摩爾多胥親王，蒙福十字勳章騎士，帝國指揮官，法蘭克兄弟會銀筆，威多得・佛拉德・兜米基安・歐知樂邊境伯爵閣下，敬邀努利歐警備隊長於月底週五蒞臨領地指導獵熊，若蒙光降，不勝榮幸。」

警察不敢相信自己眼睛。他把請柬從頭到尾讀了四遍，才信了真是如此。為了說服自己沒在作夢，也為了讓助手共同見證，他讀了第五次，朗讀，用政府執達員的莊嚴聲調朗讀。

鬱卒瞬間煙消雲散，他像是一隻爽歪歪的小公雞，在所裡來回踱步，拿著請柬揮舞，時不時把請柬甩上另一隻手的手背，把幾個字歡快重複：「『摩爾多胥親王』、『獵熊』、『不勝榮幸』，我努利歐隊長，邊境伯爵佳賓，『蒞臨領地』！」他呀放聲笑，舞步跳啊跳，哼哼小口哨，翩飛似小鳥。甚至還親吻了請柬。然後，他在巴喇杰面前坐定，大口吁氣。

「怎樣，你的高見？嚇到你了吧？別說不是！同意吧，這可不得了啊！」

助手搖搖頭，這搖頭恐怕是被看作同意了。努利歐往椅裡一癱，腳擱桌上，雙手枕在腦後，凝望天花板，滿臉漾笑，浮想聯翩。

「主人有打過獵嗎？」助手鼓起勇氣問道。

「完全沒有，但有差嗎？每個男人都是天生獵手。我們體內都有這種能力潛伏在深深的記憶裡。自有男人以來男人就是獵手。為了生存出擊。文明了幾個世紀以後，這本能沉睡了，但要叫醒它，簡單啦。巴喇杰，你看我啊，跟你講著講著，感覺已經準備好要幹掉地球上所有的熊了！」

他瘋狂大笑。

助手望著他上司。就算是邊境伯爵寫來的吧，簡簡單單一封信就能把人改變到如此德性？是升遷、送禮或繼承遺產的話，他能懂。可是獵熊！萬一有天他衰尾到被人邀去參加這種荒謬娛樂，他會藉口發燒或腰痛或什麼鬼都好，裝破病逃之夭夭。

他請上司准他告退，警察剛點好一根雪茄，大手一揮表示准了，這手揮得威風八面，警察甚至還跟巴喇杰說晚安，這可是從來沒有的事。巴喇杰謝過警察，走出派出所，但外面雪太大，門關好以後他就留步門前，扣好他寬厚的羊毛大衣。雪花又肥又軟，為夜晚蒙上豐潤的乳白，小徑開始積滿蒼白的雪。

他邁步準備離開，卻聽見了上司的聲音，他以為上司有所指示因此喊他。他湊耳近門，確定自己沒在作夢。沒有，真的是警察的聲音，但完全不是在叫他，是在鏗鏘有力朗讀請柬的文字，只為自己朗讀，讀完了馬上再來一次，換個聲嗓，抑揚有致，斷句停頓，各種做作。

巴喇杰將眼睛湊上小窗，小心不被看見。警察站著，不斷鞠躬哈腰，對某個想像的對象說話，還背誦著請柬的內容：

「十七世歐知樂邊境伯爵，二十二世貝撒伯爵，十一世摩爾多胥親王，蒙福十字勳章騎士，帝國指揮官，法蘭克兄弟會銀筆，威多得．佛拉德．兜米基安．歐知樂邊境伯爵閣下，敬邀努利歐警備隊長於月底週五蒞臨領地指導獵熊，若蒙光降，不勝榮幸。」

說完最後一字，他行了莊嚴大禮，接著鼓掌，旋轉跳躍。至今掛心的事，他早已忘光光：神父遇害、小鎮風聲鶴唳喘不過氣、大夫落跑、可憐啞巴被謀殺、蕾米亞的美麗、他的苦痛、他的折磨、他在偏遠省分過著的悲慘人生，帝國大部分人還沒聽過這裡、不知道這裡存在呢。全都一掃而空。邊境伯爵的邀請在他腦裡風捲殘雲，塞滿全部腦細胞，其餘念頭再無一席之地，他的腦退化為剛獲贈嬰兒搖鈴的白痴寶寶的腦，世界只剩鈴鐺嘩嘩響，寶寶搖鈴搖個不休也不膩。

巴喇杰停止觀察瘋子，想著人性真奇妙。他動身上路。幾句詩流星般穿過他的神思——夜晚是肩膀，睡吧細細睫毛溫柔小人兒，明天會是我手掌——只有美好的流星尾巴留下在心中。然後，巴喇杰迅速消失在雪夜裡。

28

將近一週，警察滿腦子只有一件事：獵熊。

首先問題來了：怎麼穿？確實，他不能在如此特別的場合穿他日常的衣服晉見邊境伯爵。他很久沒在管自己平常穿什麼了，現在他忽然覺得自己那些衣服真正寒酸。小鎮商事不興，但有開一間雜貨鋪，他聽說那裡能找到幾樣獵人用的東西。

這裡獵人不多，因為只有邊境伯爵有權狩獵，他很少允許別人打獵，除了某些為他服務的森林工人，偶爾也開放給想對狐狸或狍子開上幾槍的貴族。除此之外，主要就是他自己、還有他的賓客，一年裡獵個幾次。雖不知職責究竟為何，他在帝國可是身負重任，皇帝常要他留在宮中，完全有錢有閒能在慕尼黑、維也納、布爾諾或布達佩斯的作坊選購最上乘的軍火及與之匹配的精緻服裝，什麼都不需要在本地商鋪採買。

努利歐推開雜貨鋪的門時，被五花八門堆積如山的貨物嚇到了：肥皂盒、鋅盆、水桶、園藝工具、捕黃鼠狼、鼴鼠和蛇的陷阱、捕鼠器、繩捲、小桶柏油、釘子收納盒、塗層帆布、各種木樁、煙火、木製玩具、漆布捲、窗玻璃、彩陶盤碟、氣壓計、一包包種子、掃帚、鉛錘、各種鋸子、錘子、一袋袋石膏與石灰、紙做的花、畫框、裝滿黃色或綠色汁液的瓶罐、瑞士咕咕鐘、草褥椅、聖像、養蜂用噴煙器、糖果、捕蝶網，全都疊在一起，錯綜複雜，搖搖欲墜，從地板直達天花板，中間的走道比肩膀還窄，只能微微側身通行。

聽見了門口鈴聲響，店老闆，這塞滿雜貨的空間中他究竟在哪還真難知道，不停說：「來了、來了……」警察答道「在這！在這！」，努力向前與老闆會合，卻迷失在迷宮裡，連自己到底在哪、怎麼往回走都不知道了。

終於，他舉步維艱繞過搖搖欲墜疊著各色各樣鑄鐵鍋的兔籠與鳥籠，差點與一個駝背的生物撞個滿懷：雖然瘦小，胳膊卻頗長，手像兩隻大蜘蛛，三角臉稜稜突突，稀疏的頭髮向後齊梳，瘦長彎曲的鼻子威風凜凜端坐臉中央，小眼睛像睡鼠，耳朵卻大得不同凡俗，還尖尖的，耳上叢生著直直短短的黑毛。

店老闆桑穆爾是也。

「我的隊長啊，能如何為您效勞？」他邊說邊擠出微笑，露出一口多得驚人的牙，形狀大小各異，全都白得不自然。

努利歐說他準備要去參加邊境伯爵舉辦的獵熊宴。他故作自然說明來由，彷彿這事平常得很，他也沒多重視。問題是，他銜命來此赴任時沒能帶上所有家私行囊，只好把它們留在大城的倉庫，而所有這些輜重之中——他刻意強調「輜重」這個假鬼假怪的詞，老闆報之以崇拜又好奇的眼神——就有他全套狩獵用品。

「了解……了解……」老闆搓著手下了結論，「不是啦，隊長別擔心，您來對地方了：隊長大概不相信，小店備有您一定滿意的上等貨。請跟我來。」

兩人九彎十八拐，終於來到了一個像是巖洞的地方，小得要命，粗木板大箱層層疊疊不見牆。桑穆爾走向角落一個高大金屬櫃，腳鐐似的大鍊與三塊巨型掛鎖封死了把手。桑穆爾從長褲口袋掏出一串鑰匙，試了十幾次徒勞無功，最後終於轉開鎖頭，抽掉鐵鍊，隆重開櫃，對警察說：

「請看，隊長，什麼是天下無雙的武器，您來講評！」

努利歐走上前去，端詳這些珍藏。他對軍火一竅不通，只在服役時對沙包射擊過三四次。櫃裡擺著十幾支滿布塵埃的老舊槍械。最小的一把槍管像喇叭一樣張開，像件樂器。有古早的擊銃，火槍，裝飾了槍托的花式喇叭槍，這是為了平和的遊行打造的，還有幾支卡賓槍的老祖宗，有的缺扳機，有的缺護弓，有的連槍膛都消失了一部分。警察的目光落在最大那支上面。那是一把單管槍，槍管又大又長相當誇張，看來沉重無比。老闆沒讓他有空細想：

「隊長，您火眼金睛，我完全不意外。在您面前的是一把無與倫比的槍，英國製造，鳳毛麟角，為印度副王的親戚，一位擅長獵殺老虎與大象的英國大貴族量身打造。這把槍上凝聚了倫敦軍火工匠幾百年來代代積累的智慧。槍托的刻痕代表它主人用他斃掉的動物數量。隊長算算看，總共三十八，一個都不少。三十八隻畜牲就這樣一命嗚呼，連自己死了都沒發現，因為這稀世之寶火力實在太大又太準了，死亡成了溫柔的一瞬間。很遺憾，它不賣。」

「為什麼？」警察吃了一驚。

「我對它太有感情囉。」

「您打獵？」

「完全不。但我是有感情的呀。這把槍，我從我哥哥那邊得到的，他在柯芬園[40]附近開了家絲綢鋪，唉，已經逝世囉。家兄其中一個知交就是這位英國領主，領主把槍送給了他。」

「拜託，不能商量一下嗎？」警察堅持。忽然在他眼中，這鏽跡斑斑的陳年古董似乎煥發出所有的優點。

桑穆爾嘆了口氣，閉上那對老鼠眼，眼睛重新睜開，悲切地望著努利歐。真彷彿他心中流過了一幕幕憂傷的回憶。接著，他輕撫槍管，宛如是在輕撫病榻上臨終的虛構哥哥的胳臂。他又嘆了口

---

40 Covent Garden，英國倫敦一處知名地區，以繁華的市場、劇場和娛樂聞名。

氣。

「隊長啊，我心是碎了啊，但因為是您，不是隨便一個誰，這把槍對我來說可不只是武器，我曉得您配得上它。」

警官鬆了口氣。但當老闆報上這個「心碎價」，他不能呼吸了。天價，他三個月的薪水！

「沒辦法再商量一下嗎？」他試探。

「悲傷與回憶是可以商量的嗎？」老闆立刻回嘴，老闆什麼都有話接。接著老闆補充：「不過這個價格，隊長，子彈免費贈送！」

於是努利歐就感覺賺到了。他握了握桑穆爾伸出的手，那手瘦瘦長長，像蛇一樣冰涼，他碰了直打寒顫。

成交。

再來要置備衣裝。

老闆原來話這麼多，呱噪到讓警察頭昏眼花，連一秒都不留給警察思考。他用一句句話絞緊警察，聽得警察頭都痛了。一邊說著，一邊就從木箱取出大量衣物：皮馬褲、絨織踩腳褲、皮長褲、毛氈背心、羊毛背心、麂皮背心、水獺毛背心、貝雷帽、有護耳的帽子、有羽飾的帽子、粗羊毛衫、編織內褲、高筒襪、領巾、領帶、絲巾、圍巾、釘靴、防水帆布長靴和綁腿、海豹皮鞋。

這樣的大開箱，努利歐目眩神迷又喘不過氣。老闆嗅到了不可多得的肥羊味，可不讓他有空喘息，一股腦毫不計較掀起各大木箱，貨物像從豐饒之角[41]流湧出來，堆滿了這個窄小洞穴。

開始試穿。試了不知多久，調整了不知多少次，努利歐站在鏽跡斑斑的大鏡子前，穿著鹿皮燈籠褲，紅藍條紋相間、奶油色荷葉邊的花稍襯衫，狐毛襯裡的明黃橡膠外套，扎得他兩隻腳又痛又癢的灰羊毛提洛襪[42]，長及足踝的木底皮鞋，幾年前馬特洪峰首批登山客穿的就是同款鞋。不只這些，還有一雙綠羅登布[43]連指手套，一副能抵禦最強烈陽光、最冰冷寒風的雪地墨鏡，一頂插了根鴯鶓羽毛、掛了條金色飾帶的黑氈高筒軍帽，帽子的老主人是拿破崙旗下軍官，他追隨狩獵女神黛安娜，還是個風流情場浪蕩子。桑穆爾特別要說明，這頂帽子「本鋪敬贈」。

努利歐從各個角度欣賞自己，欣賞了漫長的好幾秒。

他滑稽怪異，面目全非。

---

41 Corne d'abondance，亦稱「聚寶盆」，希臘神話之物，是一支湧出取之不盡、用之不竭之物的羊角，象徵豐收與繁榮。藝術形象為一支羊角形器皿，盛滿花卉果蔬。

42 源於奧地利提洛邦，以其獨特的設計和針織風格而聞名，常見於傳統服飾中。

43 Loden，一種源於奧地利和德國阿爾卑斯山區的傳統織品，多為深綠色或灰色，柔軟、保暖、防風、防水，常用來製作大衣、夾克和其他戶外服裝。

他覺得自己卓爾不群。

桑穆爾向他哈了一千次腰，他離開雜貨鋪，帶著放在老鼠啃過的破爛皮槍套裡的龐然大槍，好幾公斤重的兩百發子彈彈匣，衣服呢，則包在一條綁好的毯子裡，毯子散發綿羊油的臭味，他是世界上最幸福的人，同時欠了六個月的債。

接著幾天，助手完全不見上司身影。每天早上，警察都待在家，不停試穿這金裝，細緻保養那巨槍。老婆小孩他不聞不問，也不再惦念蕾米亞，成日關在臥房樓上的儲藏室裡，所有人都不准進去。

下午，哪管大雪紛飛，他都包好了槍出發，大衣口袋塞滿子彈，直奔森林練習射擊。第一發轟出去，震耳欲聾的槍聲，尤其是這把槍恐怖的後座力殺得他措手不及，差點就永遠聾了、缺掉一邊肩膀。他右耳裡的汽笛聲整整響了兩天，上臂留下了盤子大小的瘀青，起初是普魯士藍，後來漸漸淡成分布著微血管的濁黃。

他從中吸取了教訓，之後練習時，他雙耳塞蠟球，肩膀裹起填了馬鬃的靠墊。

槍聲驚人無比，迴響林中，在樹與樹間撞來撞去，彷彿永無止盡。他慢慢有掌握住後座力了，但說到準不準，那又是另一回事。

一開始，他興高采烈、滿懷希望，對自己與生俱來的能力充滿信心，在枯樺樹的枝椏上掛了一口老破鍋，接著後退了一百公尺。砰砰砰砰砰砰，六發子彈不知所蹤，他心想大概是站太遠了。他走近了十幾步快二十步。然後捲土重來。又是六發子彈。什麼屁都沒轟到。都塞了蠟球了，他雙耳依舊嗡嗡作響，手臂快腫成兩倍大了。他繼續往前走。靠近再靠近。一個又一個下午，他不停射擊，對漸漸癱瘓右臂的疼痛與進駐耳裡來個喬遷之喜、白天夜裡都無意告辭的尖銳單調噪音無動於衷。鍋子仍然一個洞也沒有。

終於，努力不懈偶爾也會有所回報，獵熊宴前兩天，快要失去希望的他打出了一顆準得不可思議的子彈，響起了一聲金屬被炸爛的驚天轟鳴，打出了個好厲害的破洞，大如牛眼。

他終於成功了。

他好幸福。

熊最好小心一點。

他離靶五公尺遠。

整個禮拜，他想的就是練習練習再練習，還有把他在魏羅克客棧窗邊架上整疊舊紙堆裡找到的一本狩獵須知來回讀個三遍。這些天他沒一刻想到正事。順帶一提，他也沒進派出所，助手起初相當意外，跑去他家探問消息。他打發助手走人，說獵熊目前才要緊，他一定可以透過獵熊建立對之後辦案非常有用的人脈，還說派出所跟庶務就交給你啦，接著就對準助手的鼻子關上了門，急著要再試穿一次這獵裝、拿油再抹一次那把槍。

助手久久無法回神，但一想到能獨自一人在所上度過漫漫長日，還能比平常提早回家，他其實也不討厭呢。

29

約七點在城堡。時間寫在警察從不離身的請柬底部。星期五終於來了。前一天，他又一次檢查那身行頭，早早就睡了。他連一分鐘都沒睡到。躺不住啦，午夜時分他就起床了。他緩緩穿戴衣裝，像我們生命中偶爾為了重大場合做的那樣：自己的婚禮，親友的葬儀，夾道歡迎君王。

他走出家門，發現他身穿這金裝，足蹬了不起啊這雙鞋，大腿卡著鹿皮燈籠褲，外套又是襯裡又是橡膠壓迫肺部，這樣子連正常走路都很難。還更慘：槍重得要命，槍帶割著他肩膀，背袋裡彈藥裝到滿滿滿——他估得很寬，帶了一百發上路。不過呢，這都是些枝微末節罷了，他興奮到全然無感。

雪停了，冷到石頭都凍裂。他吐息，對黑夜的空氣吹送歡愉可人的朵朵小霧。星星織就了天空。鎮裡鴉雀無聲。夜晚完美無缺。

過了一會，他走進所裡的馬廄，為其中一匹駑馬套上鞍轡。母馬一臉像是在想怎麼了，牠們姊妹倆習慣了波瀾不興的居家生活，日日夜夜大把時光都沉溺在深深的眠夢裡。牠相當不願任人套轡披鞍，豆大汗珠滾落警察的金裝裡，這才終於搞定。都弄好了，他想著要不要立刻上路。他猶豫不決，最後覺得沒道理馬上出發：他恐怕會非常早到，要在邊境伯爵的城堡附近吹冷風等時辰來臨。

他想說來點茶、烤點火也不錯啊。他把全副武裝的老母馬留在廄裡，走向茶炊燒熱水。

他解開鞋帶，讓腳輕鬆一點，一邊思量自己的境況。這場狩獵難道不是命運之兆？歐知樂邊境伯爵與全歐洲的王室都常來往，蒙皇帝青眼眷顧，還是沙皇的親戚，因為伯爵夫人是沙皇之后之父之小姑之姪孫女，這樣顯赫的貴族、這樣上流的人物，忽然對警察這樣的人感興趣，還親自邀他前往領地狩獵，這沒別的可能，一定昭示了某些掩藏的企圖，他努利歐的命運將因此脫胎換骨。

他啜飲著茶，思來想去，就這樣度過了將近兩個小時，念頭愈想愈輝煌，他漸漸肯定獵熊宴只是託詞，邊境伯爵邀他共襄盛舉，乃是因為佩尼業葛神父遇害以來，伯爵在他努利歐身上看見了一個有能力在小鎮、全省、甚至帝國當今昏亂混沌的局勢裡承擔一等重任的人，而本鎮恰恰是帝國最重要的前線。

然而，是時候啟程了。他重新繫好鞋帶、端正衣裝，在馬臀綁上彈袋與龐然巨槍，戴上高筒軍帽、套好連指手套，拎起轠繩，牽著馬走出門外，走進了無垠的冰霜之夜，老母馬望著眼前情景，目瞪口呆。

他好久沒騎這匹應該有超過二十五歲的古董母馬了。他發現，無論他怎麼努力，踢馬腹、揮軟棍、鼓勵、威脅、諂媚、愛撫、拍打、擰扭、甜言蜜語，老馬前進卻好像沒有前進，遲緩到受不了，慢到馬背上的警察似乎在這片紋絲不動、或就只稍稍變化的景致裡僵住不動了，慢到他深深感覺自己在原地踏步。

原本以為會大大提早，漸漸變成有可能遲到，惱怒隨而轉為擔心。他望著口袋裡的大懷表，發現時間飛快流逝，駑馬卻半夢半醒，每一步都艱辛。他使盡全力鞭打，接著又苦苦哀求，但兩種方法都不奏效。他即將崩潰、汗流浹背，屁股疼痛難當，被鹿皮燈籠褲在太薄的內褲上激烈摩擦到破皮，騎進了城堡庭園，就在這一刻，附近的小教堂敲下最後一聲七點的鐘。

兩名僕人趕忙上前扶他下馬。另兩名僕人解下他的裝備帶走。第五名僕人攥起轡繩，牽著老母馬前往馬廄。想必是懂了會有怎樣的招待，牠輕快小跑起來，努利歐目瞪口呆。

夜色漸漸褪去。

城堡庭園呈四邊形，三面圍繞著雙排黑杉，無數火把插落地，園子流瀲火光中。火光搖曳下，木造城堡的立面看來比實際還更巍峨，中世紀風格的突榫、瞭望塔、過道和主塔像忽然活了起來，動來動去。傳來了一眾馴犬師努力平撫手下犬群的粗礪叫喊；犬舍裡，狗兒們了解出獵在即，興奮嗚嚎。

第六名僕人請警察跟他走，警察於是跟著他走，神情肅穆、架勢十足。就這樣，他與在城堡大門前高聲談笑的一群十幾個人會合了。所有人圍成了圈，中央站著的那位又矮又胖，不是別人，邊境伯爵是也。伯爵正聊起一件軼事，弄得大伙笑呵呵，不過當他瞥見僕人領來了警察又馬上退下，就中斷了故事，好迎接他的貴賓：

「太好啦，隊長終於光降，我們還怕您迷了路！」

努利歐走近伯爵，一瞬間手足無措，想不起該怎麼向他的東道主這個層級的貴族打招呼才合乎禮法。伯爵向他遞出手，要跟他交流一個姿勢，英國人稱為「握手」，這奇怪的習俗從貴族開始漸漸傳遍歐陸，但警察對這種新風流不甚了了，於是現場發明了一個：他抓住伯爵的手，折彎了腰，輕吻邊境伯爵的手，畢恭畢敬直起身子，用極致謙卑的聲音說道：「殿下，供您差遣！」

邊境伯爵看來嚇了一跳。他挑起眉毛，烏黑的髭鬚微微顫抖，努力抿住女人味十足的纖唇。「也是啦，為什麼不！」終於他說了。與此同時，一陣輕笑，低調得像冷顫，傳遍全場。警察渾然不覺其中蘊有譏嘲。

一名僕人走上前來，端上數盞銀杯，飲品氤氳芬芳。先進呈邊境伯爵，伯爵拿了一盞，然後輪到警察，接著所有人都拿了一盞。

「各位親愛的朋友，」伯爵舉起銀杯開了場，「感謝大家響應我卑微的邀請，蒞臨我的土地狩獵那我的先祖害怕激怒、害怕到不願直呼的，那不同凡響的『舔舐者』，那『兩足或四足的奔馳者』，那『爪子尖利的強者』，我的祖宗寧可這樣叫牠。各位跟我一樣了然於心，狩獵牠是各種狩獵裡數一數二美好的。這種狩獵古老得無以追溯，同時也困難無比。牠凶猛到我們不能講說獵人高牠一等，因此也不能說狩獵牠勝之不武很可恥。書裡滿是悲慘的故事，牠占了上風，留下了肚破腸流的狗，還有淪為不成樣子的整堆碎肉的獵手。因此我奉勸大家萬分小心，這『食蜜者』要是進入諸位武器的射程，還請盡可能完美擊發。您要是錯過牠，牠就不會錯過您了。今天開局很圓滿，但如果以悲傷痛苦告終，我會非常難過。現在我舉杯，祝我們長命百歲，祝『吞鮭魚的偉大左撇子』長命百歲，祝我們的狩獵非同凡響！乾杯！[44]」

「乾杯！」眾家獵人齊聲應和，將銀杯湊上嘴唇。

飲料真美味。是非常甜的熱葡萄酒，泡了草藥與香料，還加了好些胡椒。努利歐小口啜飲。這讓他熱血翻江倒海，忽然覺得非常自在。

邊境伯爵不見了人影，警察這才頭一遭細細端詳今天的同伴。他吃了一驚，頗感失望，大部分人他都認識，第一個就是鎮長，然後是公證人、檔案管理員、稅務員、那三個小學老師、政府報告

44 原文為「Norok zdravlie !」，源於斯拉夫語。「Norok」意為「祝你好運」，「zdravlie」意為「健康」。在摩爾多瓦、羅馬尼亞等地，這句話用於舉杯慶祝。

員，報告員在努利歐看著他時，朝努利歐舉起酒杯點點頭。他也認出了森林工人阿雷柯西斯・戈如楠與他兩個兒子；最後是兩名家道中落的日耳曼血統貴族，賈斯帕・馮・李希特紳士，以及謝羅尼穆斯・克魯格—迪芬巴哈騎士[45]，他們寒酸產業裡的城堡年久失修，漏水又透風，隔鄰就是邊境伯爵遼闊又豪奢的莊園。

所以，邊境伯爵的座上賓，就這樣？努利歐感覺這就只是把省裡不事農牧亦非工匠、職位只比最低微還高一點點的人用大耙子耙在一起。一群可悲的公務員小市民，再附送從桶底刮出來的兩沱殘渣：兩個沒落貴族。他原本想像自己會與王子、公爵、侯爵，以及面容肅穆、職掌烜赫的帝國高官共度一日。幻想破滅了。

還沒完。他發現事有蹊蹺：那些竊竊私語似乎於他有損，一眾今日夥伴喉裡發出笑聲，以手捂嘴竭力壓抑。有些人從頭到腳打量他，肘子彼此推搡，耳邊交換悄悄話，得聞妙語就噗哧一笑。他忽然不舒服了起來，身體、衣裝都不自在，他觀察別的獵人怎麼打扮，於是變本加厲更不安：所有人都穿得差不多，綠或灰色的羅登大衣，油皮長褲，褲管塞進看來襯了裡的高筒厚靴中，獾或野豬毛為翎的氈帽，抑是羚羊或松雞圖樣的胸針，再配上樸素的厚羊毛手套。邊境伯爵呢，穿得也沒兩樣，他才剛再度現身，與一名身披歐知樂邊境伯爵府綠金號衣、斜揹獵角的男人說著話。

警察渾身狂歡節的金裝，覺得自己荒謬又可笑，恨死了賣他這身行頭的騙子，還賣那麼貴。

然而，宏亮深沉的獵角聲把他從苦悶拉了出來，竊竊私語也都停了。男人吹奏的旋律淒楚，幾乎沒有抑揚起伏，努利歐感覺角聲直達自己的肚腹，共鳴著五臟六腑。樂音休止，伯爵發話。

「各位朋友，請圍一圈。」

僕人又一次端著大托盤穿梭獵手間，大家擺回銀杯，隨後圍成一個直徑十多公尺的大圈。人人都脫帽，帽子輕輕捏在兩指間，只有努利歐呈立正之姿，將他那高筒軍帽夾在身側，用胳膊莊嚴地圈著。公證人迪米蔡・豐赫跟警察剛好面對面，警察笨手笨腳、帽子格格不入，他一分一毫都看在眼裡，他對努利歐漾以一笑，努努嘴唇，假裝景仰，實則譏嘲。警察佯作不知，怒火中燒。

吹角手走到圓心站定。

「我為大家介紹我忠心耿耿的博鶴瓦客，他對我的森林和裡頭的飛禽走獸了解之深，無人能出其右。我對他信任沒有底線。他將擔任我們的狩獵總指揮。請大家無條件服從他：各位的安危與狩獵的成敗全繫於此。請博鶴瓦客講話。」

他高過伯爵一個頭，神情嚴肅，一雙大眼透出了憂鬱。

---

45 此處的「紳士」與「騎士」原文各為「Edler」與「Ritter」，是德國貴族制度中的兩個頭銜。「Edler」是德國低級貴族的稱號，相當於「紳士」或「鄉紳」；「Ritter」則是騎士的稱號，位階略高於 Edler。

「正如我主人所提點的，我們要狩獵的動物，可不是什麼隨便的獵物。牠的鼻子舉世無雙，耳朵敏銳無比。眼睛是不怎麼樣，但各位如果沒射中，牠還是能對你來個衝鋒。如果看見母的帶小的，或只看見小的，千萬別開槍，這關係各位的命。我們只獵公的。別發出聲音。盡可能躲好。除了我們的『咆哮者』，各位今天各種鹿想打都可以打，成年的公鹿、角還沒長好的小公鹿、母鹿、小鹿、公狍子、母狍子、小狍子。數量不限。別打野豬、狐狸與狼。注意狗，注意追捕。每次圍捕結束，我會吹三聲角。這個信號以後，哪怕最漂亮的獵物忽然經過身邊，全都不准開槍。今天會有兩輪圍捕。每次我會一一把各位帶到定點，請各位無論如何都不要離開自己的位置。我會走一圈蹲點接回各位。完畢。現在，讓我們向狗兒、向追捕致敬！」

狗的嗚嚎吠叫在開場至今一直隱隱約約傳入耳際，彷彿就等此刻信號一響，激烈了起來。黎明讓城堡庭園浸染了各色乳白，火把風燭殘年，大家看見六十多頭巨犬出場，四五成隊，齜牙咧嘴，爭先恐後猛吠。

巨犬都戴著鐵蒺藜項圈，讓人牽著。一開始努利歐以為牽狗的是虎背熊腰的男人，結果其實是女人，十二個女巨人，年輕力壯，大腿粗闊，胸脯擠進皮胸甲，臀部不輸母種馬。全都一頭豐厚如瀑的金髮，隨意束成髮髻。嘴巴寬闊，雙頰豔紅，顴骨高聳。眼睛呢，閃爍著不可一世的輝光。她們以鐵腕牽著她們的布拉克犬、獒犬、格里芬犬、坎高犬、德國剛毛指示犬。她們散發萬夫莫敵的自豪。腰帶呢，則掛著收在鞘中、獸角為柄的大匕首。還以為是原始崇拜的女神呢。眼見如此的人物帶著她們咆哮的獸從夜裡走了出來，努利歐自慚形穢、心蕩神馳。

她們在獵手的圈子前一字排開，操著粗礪的嗓音，用只有她們和牠們心有靈犀的話語，鼓勵狗夥伴更加不遺餘力咆哮。就這樣過了一分多鐘，狗叫喧天，狗騷與皮革氣味混著冬日早晨鄰近樹木的吐息瀰漫鼻尖，還有樹脂與苔蘚的芬芳，她們在中央漠然自若，何等輝煌。博鶴瓦客手勢一下，她們退了下去。吠叫漸漸減弱。

大家懂了，她們要前往森林。

僕傭隨後奉上每位貴賓的武器，請佳賓入座由一名馬車夫統率四駕閹馬拉動的兩輛長凳雪橇，前往各自的據點。

狩獵總指揮身騎一匹伐木用馬帶頭開路。這馬肌肉遒勁得異乎尋常，一身珍珠色的毛皮，宛如閒步庭除，脖子與屁股晃來蕩去。

警察左邊坐鎮長，看來已有點醉了。較遠處坐著公證人，哈欠打個不停。警察右邊則蜷縮著森林工人的兩個兒子。警察對面則有年邁的小學老師歐黑茲．姆拉非、吹著口哨樂無窮的檔案管理員，還有那兩個小貴族。最後這兩位在他們一去不返的榮耀與他們的困厄裡萎靡不振，像兩個失智的農家老處男。

他們之中的克魯格－迪芬巴哈騎士目不轉睛望著努利歐夾在大腿間、槍管超過努利歐兩個頭的驚世巨槍。警察注意到他的目光，其實警察也已先瞥見了他今天這群夥伴的兵器，那可是與他們的裝束如出一轍，款式雷同，都很樸素：全是簡單的門鎖步槍，輕巧靈便，尺寸與重量恐怕都只有他那巨槍的一半。

騎士目不斜視定定看著警察的荒唐家私，嗓音尖酸刻薄開了口：

「您夾在大腿間這把，我看過類似的。差不多十五年前，維也納普拉特遊樂園，嘉年華辦在春天，有個吉普賽人一半正常、一半瘋癲，做一齣滑稽表演。他勉勉強強努力瞄準氣球，結果手上的傢伙實在太難用，頂不住肩窩、扣不下扳機，還笨重到讓他不斷摔跤，往前跌倒，往後跌倒，往兩邊跌倒，每次他屁股著地，都會重複三次『我卡到陰！我卡到陰！我卡到陰！[46]』眼珠亂轉，鼻孔噴氣。看他各種胡搞瞎搞，觀眾都笑破肚皮。最後他終於瞄準了個氣球然後開火，結果槍管打出零顆子彈，卻衝出一團又濃又黑的煙，小丑本人徹底成了黑鬼！真的笑死人！隊長啊，希望您不會跟他一樣慘！」

雪橇裡笑聲爆響。警察大大受傷。

「是沒錯，我們今天打獵，這支不是最適合，」他覺得這樣講妥當，「但這是我祖父傳承給家父，家父再傳承給我的。我這個人啊，無可救藥珍惜情分，大過打得準不準。還請各位多包涵，至少我今天不會拖累您們。」

練痟話看來是奏效了。騎士瞬間心虛，囁嚅了幾句父慈子孝、家風可佩之類的話，博得了全場認同。接著，再也沒人膽敢提起嘉年華的巨槍；這個那個其他種種，也全都諱莫如深了。

46 原文為“Teufel ! Teufel ! Teufel !”，為德文嘆詞，直譯為「魔鬼！魔鬼！魔鬼！」

30

車隊慢慢深入森林。雪橇的行進單調無波，眾獵手開始浮想聯翩。一點聲音都不放過。細察樹形與樹影。因為太想逮住一千隻飛禽走獸，有時彷彿就看見了逃之夭夭或反而鑽進雪中的形影。

因為，積雪處處，有些地方平整無光，有些地方則吹成了泡沫的山脊，或劃出了小人國的峽谷，在袖珍的天地中勾勒細微的地理。

日出了，但地平線低垂的陽光攀不上杉林樹梢。雪橇繼續前進，冷杉大權獨攬，樺樹與橡樹群落很早就都消失無蹤。

這條路最近沒有人走，博鶴瓦客騎著馬開道，雪幾乎深及馬腹，牠的步伐卻穩健如常。兩輛雪橇憑著寬得異乎尋常的底板與車伕高超的技巧緊隨其後。

警察心情終於平復了，覺得自己不是在真實的景色、而是在童話的風光中前行，自己則成了其中一個角色。

車隊在寂靜與寒冷裡前進了一個小時，美麗的深綠枝葉在頭頂掩護，最後抵達了一塊林中空地。大家在這裡下了雪橇，用走的繼續。

博鶴瓦客比畫幾下，大家懂了要走成單獨一列。他領頭開路。此處枝椏實在茂密，地面的雪因此比路面稀薄。人人步履穩健，警察除外。他得扛住十餘公斤的巨槍，再加上那些彈藥。更別忘了那雙鞋，是登山鞋沒錯，卻拖慢了他腳步，還讓他愈來愈痛。

就這樣，狩獵總指揮領軍進伐了將近半小時，開始讓獵手一個接一個留步，大概每三百公尺擺一個人蹲點。真慘，努利歐也不曉得為什麼，他是最後一個就位的，搞得必須走得比別人還久，終於走到了博鶴瓦客指定給他的位置——一塊岩石，石邊倚著老樹樁，此處能俯瞰谷坡，坡上冷杉較為稀疏，杉腳下難分難解交織著金雀花與落葉樹的新芽。

「隊長這位置可遇不可求啊，」博鶴瓦客悄聲對他呢喃，「兩年前，這裡宰了一頭『利爪者』，將近一千三百磅重。牙齒是我手掌兩倍大，利得跟劊子手的斧頭一樣。小心了，不要猶豫！我會在這山丘過去再遠一點的地方。隊長不會看到我。追捕要開始了。牠從西邊往我們這裡來，然後會在你面前的谷底掉頭。我祝隊長好運。」

語畢，博鶴瓦客走遠。

努利歐盡力把崗位布置妥當，子彈裝填好，槍倚著樹樁，開始等待。

等了很久。

又等。

又再等。

等著等著，渴望並相信一定會看見熊或閃現其他一切飛禽走獸的心也消磨了。起初他有條不紊，從右邊掃視到左邊，再從左邊掃視到右邊，把他所在之處視野能及的森林一塊塊都檢查遍了，眼睛累到不行。

接著，倦怠襲上心頭：什麼都沒看見。什麼動物都沒。連一隻小小鳥也沒個影。射擊練習後無休無止的噪音仍然迴響耳中，所以也什麼都沒聽見。舉目唯有白與白，枝椏與枝椏，起初他覺得美麗又震撼，如今在他眼中只剩單調，一片狗屁不通的大自然。

他快睡著了，霜凍早晨遺世獨立的安寧忽然被一聲巨響劃破。很快又傳來另一聲、再一聲，十幾二十聲槍響衝擊森林，地貌又放大了這鞭炮喧天。

其中也聽得見，愈來愈宏亮，那被子彈轟鳴與獵物蹤影刺激得無以復加的狗之怒狂，還有追獵女的恐怖嘶吼，她們暴烈如火，用警察認不出的語言咆哮，激勵她們的獸。之後他才知道那是保加利亞親王國境內塞爾維亞社群的方言，這群女巨人就是其中成員，邊境伯爵特別請她們移駕前來，因為在她們的故鄉，狩獵咸認是最高貴的技藝，以此為業的人才華無與倫比。

這一切的喧囂朝他來勢洶洶。他認出了所謂的「滾動獵場」，他在魏羅克店裡的狩獵須知讀到過，指的是獵犬追捕試圖逃出生天的負傷動物，不時停在定點迎擊牠們。努利歐也了解到，動物負了傷，非但不會虛弱，反而會力大無窮，不管誰置身逃逸路徑上，狗和人都一樣，都會遭受牠的烈怒。有時候，負傷的動物瞥見跟自己逃亡路線離得很遠的獵人，徹底暴狂的牠會拐彎直撲這倒楣人，猛攻他、撕碎他。

「滾動獵場」朝著警察過來了。他感覺身體每條肌肉逐漸浸滿了恐懼，全都癱瘓。他抓起槍，努力瞄準前方，瞄準左方，瞄準右方，但什麼都沒出現。獵犬、追獵女的喧囂，還有負傷動物淒厲凶猛的嚎叫，卻無疑漸漸逼近了。警察陷入恐慌，把槍一扔，躲進岩石底部容得下一個人的凹槽裡，然後使盡吃奶力氣把樹椿拉到面前擋著。他總算安全無虞。高枕無憂。隱身起來。他心臟都快跳垮胸膛了。

他就這樣躲著，直到角聲三響，第一輪圍捕結束。他離開了藏身窩，癱瘓又凍僵，勉強除掉儘管穿了防水衣物、卻仍滲入內衣的雪，然後等狩獵總指揮過來。

總指揮大步到來。總指揮過慣了用力努力各種盡力的露天生活。

「怎樣？」總指揮問，「隊長有看到嗎，那頭漂亮得不得了的十六杈角雄鹿？」

「實在輝煌！牠離我二十公尺，」警察邊打哆嗦邊說謊，「但我開不了槍，狗靠太近。」

「我也是，」博鶴瓦客說，「不影響。多麼了起不起的動物！還有這森林，多麼有力量！」

「對。我活到現在還沒見過。」警察接話，努力跟上總指揮的腳步。

獵手一個接一個被接回隊裡。小隊興奮得窸窸窣窣，這與藏在衣裡暖和著的小酒瓶也不無關係。他們回到雪橇，評論射擊的成敗得失，津津有味不停回味各個行動、動物竄現、瞄準、扳機扣歪，還有那顆完美擊倒獵物的子彈。

他們已經殺了三頭母鹿、兩隻幼鹿、兩隻角還沒長好的小公鹿，還有四頭狍子。牠們的屍身還留在林子裡，狩獵全部結束才會由守衛拾回。這開局開得好之又好，獵人裡誰最高超，要屬那年邁的小學老師，一個人就宰了四頭。

林中空地的雪橇旁，六張鋪著白桌巾的小桌擺了起來。上頭排好酒杯、餐刀、餐盤，還有各色菜餚，有餡餅、香腸、調味組合豬肉、帶餡小牛腳、豬頭肉凍、肉卷、一塊塊大圓黑麵包；玻璃瓶裡則裝著酸甜醃小黃瓜與醋漬甜椒。

幾瓶萊茵葡萄酒與香檳直接冰鎮雪中。大火熊燃準備送暖一眾獵手，另外還有一叢微微燃燒的火，用來烤出漂亮的大塊豬五花、辣味香腸、醃豬排。

如此奇蹟能夠實現，要歸功於乘第三輛雪橇帶來了食物與餐具的四名家僕。四人已開始在高腳水晶杯裡斟入名聞遐邇的法國凱歌半乾[47]香檳。

警察還是頭一遭品嚐這襲捲歐洲所有宮廷的酒。他覺得這酒靈性高妙、又俏又嬌。其中一名侍者像抱小嬰兒一樣小心翼翼捧著大容量宴會酒瓶，每當他要為努利歐再斟一杯，努利歐從不拒絕。

他們吃吃喝喝，喝喝又吃吃，小隊重獲生氣，開始大聲講話、粗聲縱笑，狩獵總指揮不得不制止眾人，說只要一點點風吹草動，就會讓「大家知道的那位」心生警覺。

而且也快兩點了，是時候重返雪橇，前往死湖之谷，那裡會展開第二輪圍捕。邊境伯爵沒個影，努利歐相當意外。馮・李希特紳士像好幾天沒吃飯一樣狼吞虎嚥，現正用發灰的一嘴牙啃排骨，他告訴努利歐，他們的東道主對狩獵興致缺缺，從不參加自己邀集的會獵。

「我這鄰居真奇怪！從來沒聽說他有什麼淫習惡癖，不打獵，不賭博，不喝酒，女人也不玩，宗教也不迷！但什麼淫習惡癖都沒有，本身不就是最淫最惡的習癖嗎？」他大笑著總結，一邊對著警察鼻尖揮舞啃得清潔溜溜的骨頭。

大家再次入座長凳雪橇，彼此微笑，葡萄酒與櫻桃白蘭地讓人汩湧血潮，肚子圓滾滾的，裝滿黑麥麵包芯與各種豬肉佳肴。聊的全是打獵。世界、時代悲劇、帝國遍地動盪、鎮上好些時日以來陷入的苦難，全都不復存在。一夥人暢談口徑、野味、蹲點盯梢、專打腹部的子彈、戰利品、燉鹿

---

47 原文為 demi-sec，乃法文品酒術語，意指「半乾」或「半甜」，通常用來描述葡萄酒、香檳、啤酒的甜度。對於香檳來說，「demi-sec」表示其甜度介於「sec」（乾型）和「doux」（甜型）之間，含糖量居中，適合喜歡微甜酒品的人。凱歌（Veuve Clicquot）是法國知名香檳品牌。

肉、松雞餡餅、松露野乳豬。大家交換食譜，彼此建議，意思意思爭論。忽然全成了超級好朋友。

警察現學現賣他之前反覆研讀的魏羅克那本須知，編排幾個讀到的段落，每次都把自己變成其中主角。如此這般，他解釋道，自己以前是怎麼在另外一個地方憑藉大量耐心、詭計、還有對現場的了解，在寒夜裡蹲了二十次點，終於擊斃了一匹「跟公野豬一樣大又一樣重」的狼，這傢伙幾個月來蹂躪當地羊群，還漸漸有點太過靠近村莊。

眾人專心聽講。香檳讓警察成了天縱英明的說書郎。他享受這樣的成功，實則這輩子只在他長大城市的自然史博物館裡見過一匹塞了乾草做成標本，還得了鬼剃頭的可憐狼。

雪橇停了下來。

到了。

真陰森。

森林在此棄械投降。遼闊的岩石坑底昔日應有湖水煩悶至死，最後終於蒸發，森林在這裡只長得出雜亂骯髒的低矮灌木植被，混生著荊棘、矮小的樌木、一些能拿來當柴燒的矮樹。凍死的蕨類在稀稀糊糊的雪中攤平了屍骨。阿爾泰山五葉松渾身瘤突，星星點點灑布貌似冰磧的溝谷。盡頭的一叢山楊樹為谷地披上了淫穢的灰橘毛髮。仔細觀察就會覺得，這裡不是地球，而是某顆死星沒有生命居住的表面，不然也可能是月球或更遠的星球。

在博鶴瓦客指揮下，眾獵手你來我往的就位之舞重新跳了起來。他為貴賓加油打氣，說別看這地方長這樣，可充滿了獵物啊，而且這裡既是「狠嘴大棕毛」喜歡經過的地方，更因為窩藏了許多窪穴凹窟，「狠嘴大棕毛」也精選此處冬眠。

狩獵總指揮也警告，這谷地形如此特殊，開槍要特別小心：岩石、碎石與巨岩到處都是，子彈打上去會肆意反彈，飛往出乎意料的方向，射向另一位槍手、或甚至擊向射手自己，都是有發生過的。這就是為什麼射準獵物非常要緊。

警告可沒嚇倒努利歐，他覺得自己筋骨活動、信心十足。他很篤定，這第二輪圍捕他一定能把獵物送上天。他沒醉，但被香檳關進了香檳的氣泡裡，變得莽撞愛發笑，不再覺得這身衣裝真侷促，也感受不到依舊刺骨的寒冷。

博鶴瓦客把他布置在一塊花崗岩板上，這塊花崗石微微突出，俯瞰谷地其中一個坡面。他在此坐擁寬廣的視野，目光盡處是黑暗的森林邊緣。岩板的邊邊懸峙於一片密不透風的黑刺李矮林上。再過去，是軋碎的岩石形成的石瀑布，偶爾有快要變作化石的枯枝打斷這陰沉的石流。

努利歐舒舒服服就定位，背靠松樹幹坐了下來，雙腿在岩板上伸展。他盡量裹暖自己，調整他那雙大手套，龐然巨槍擱在大腿上。他想保持警覺，疲倦與吃食的消化卻讓他滑進一種悄悄襲來的昏沉，很快就睡成了最深最深。

然後他作了個夢。

但真的是夢嗎？

他再次睜眼。景色變了。山谷深處湧升一陣霧氣，昔日幽居空谷的溼氣的回憶，霧漸漸漫過岩壁，稜角、突起全都消失在陰沉的綿軟中。寒冷挾帶了水氣，他滿臉滲出小水珠，隨手一揮抹掉了。他簡直無法相信自己真的是在博鶴瓦客早前留下他的地方，而霧氣還在湧升，很快就來到他這，把他裹進了雲裡。

幾公尺外就看不太到了。一切是如此不真實，他覺得自己彷彿困在成不了形、也無法化為實體的不透明思緒裡。

不過，他雖然有些失聰，還是聽見了遠方那被層層霧氣緩和了、窒息了的狗吠與追獵女的雄性聲嗓，不時還夾雜槍響，軟弱無力，倒像是小朋友的發火玩具槍的咔嗒聲。

不再是猛烈的衝鋒、驚天動地的齊聲吼叫，他早上感知到的那種連發槍響。不，這些聲音彷彿來自另一個世界，透過小小的開口從一個異空間洩露出來，傳入他的耳：咆哮聲、子彈聲、狗的悲鳴，聲音被窒息了，回音不再迴響。或不然，他思忖，就彷彿有人把他關進玻璃籠裡，然後灌滿沒有味道的煙霧，把他從行動紛紛發生、氣味與聲響交織的人間割裂開來。

他對此毫不擔心。他只感到一絲剛剛好的侷促，一種悲傷，想著他被排除在遊戲外了，事件發生的時候不會有他，他在其中一點角色也沒有。

但他正這麼想，就聽見了離他很近的荊棘叢裡傳來一陣窸窣，愈來愈響。同時，一種奇異的呼吸聲，強猛的喘息交織著嘶啞的低吼，看來正接近他。

這一切太過離奇，他來不及吃驚。他沒做任何反應。槍擱在大腿上。他感到它的重量。右方伸手可及之處，他放了十顆子彈，排得整整齊齊，像士兵乖乖待命。他眼角餘光瞥見它們那霧也熄不滅的銅色鋈光。但他尤其看見了，將灰撲撲的荊棘叢粗暴撕碎、從中走出的，是「牠」，那不可直呼名諱的，「毛皮帝王」、「幼蟲饕客」、「低嗥者」，挺著狂野的鼻嘴前行，急促吐息，向警察噴發爛牙、黑土與腐肉的濃烈氣味。

這驚人的畜牲四足前行。當牠的鼻嘴撞上努利歐所在岩板的邊緣，卻似乎措不及防，停了下來，猶豫著，然後恢復呼吸，最後終於以戲劇性的緩慢，站了起來。

好一個龐然巨物。夜幕忽然垂落。獸的夜晚降臨，瀰漫令人作嘔的氣味：腥臭的脂肪，尿與雪浸溼的毛髮，橡實與輾過的沼澤，沾染腐植土與糞便的毛皮。

警察並沒想著這就是自己的最後時刻：他相信那一刻已經過了。無論他目光投向何處，映入眼簾的都只有熊龐然直立的身影，他感覺到牠腹部的火熱。牠不成比例的陰莖像隻筆，窩在骯髒的墨黑粗毛裡，還有那兩顆巨大的睪丸，繃在覆了層泥巴的龜裂皮膚中，他伸手就摸得到。不可思議的畜牲遮蔽了天空，遮蔽了大地，遮蔽了霧氣，遮蔽了生命。牠就這樣原地站立，幾乎動也不動，無數荊棘刺進了牠紊亂的毛皮，牠也無動於衷。

怎麼可能，熊沒聞到努利歐？怎麼可能，牠沒看到他？怎麼可能，牠沒聽到他的呼吸，他的心跳，那顆彷彿跳出了胸腔，在空氣中活成了狂暴戰鼓的心臟？

一場夢。

這是一場夢。

一場夢罷了。

警察被逗樂了，差點拍拍這動物的肚子，最終還是忍住了。但既然是夢，夢消散以前，他能夠盡情享受這場夢，看這怪獸，仔細端詳，欣賞這張壓倒他的巨大嘴臉。

努利歐抬眼上瞧。如此仰視，牠高大得像希臘神廟的柱子。牠站在他面前，不時擺動前掌維持平衡，爪子已經出鞘，又長又彎，像一支支匕首。這畜牲似乎等著什麼，發出微弱的低吼。

狗叫聲之前還感覺很遠，此刻以怪異的速度逼近。牠們嗅到了熊散發的氣味。熊沒有逃走，反而猛然轉身，上身重重著地，朝狗群發出了一聲震動岩石的恐怖嚎叫。狗兒們應之以更猛烈的咆哮，朝牠而來。牠又一次嚎叫，叫聲悠長，然後像隻矯捷的兔子，鑽入荊棘叢中。

霧隨即吞沒了牠。

警察正好奇夢會怎麼結束，就聽見近處傳來緊湊的兩聲槍響，槍聲撞擊山谷，回音不絕。然後傳來了另一聲嚎叫，比之前的更悠長、更撕心裂肺，隨而逐漸變弱，化為一縷微弱的哀鳴。此刻唯餘狂暴的成群狗吠，聽來像因疲憊與血腥而迷醉，什麼都無法讓牠們稍安勿躁。

努利歐睜開雙眼。他不住顫抖，渾身痠痛。夢的最後他聽見的狗吠還在繼續。然而，此刻起也傳來了追獵女努力讓手下畜牲冷靜或對牠們發號施令的聲音。這一切發生在最遠應該也就一百多公尺的地方。

警察站了起來，動動身體舒展筋骨。一陣冷風挾著細雪撲在他臉上，吹散了霧。死湖之谷再度映入眼簾，暮色將至，山谷染上了熔鉛般的陰森色彩。人聲讓他轉過身去：博鶴瓦客到了，同行的還有森林工人、紳士與政府報告員。

「怎樣？隊長開的槍？」

警察答說不是。聽了這答案，狩獵總指揮面露不快。

「但真的有人開槍啊，媽的！兩發，不是嗎？是鎮長吧？就只可能是他。」

警察證實他的確聽到兩槍。說著說著，他認為他們一定會覺得他瘋了，畢竟他是在夢裡聽見的啊。

「隊長有聞到嗎？」博鶴瓦客興奮得雙眸發亮，「有聞到嗎隊長？牠就從這裡經過！這是牠的味道！化成灰我都認得出！隊長沒看見牠？」

努利歐感到天旋地轉：狩獵總指揮等著他回答，他卻望向了黑刺李小樹林，樹叢現在被一條溝一分為二：簡直像被犁耙耙過。他渾身發抖。

「沒有，啥都沒看到，」他費了好大力氣才答道，「啥都沒有。」牙齒格格打起顫來。頭昏眼花。不曉得了。什麼都不確定了。哪些是夢？哪些是真？夢幾時開始？幾時結束？

於是。於是就只在此時此刻，在一切危險都消散，狗叫聲加倍響亮慶祝某隻動物明白無疑的死亡之際，恐懼支配了警察。他動彈不得，一步都邁不出。他們幾乎必須用抬的才把他攙上雪橇。大家以為是他太累又太冷了。他任人擺布，反正他連踩出一隻腳都辦不到，腦海中那頭熊在他頭頂直立的可怕影像推推撞撞，牠是一尊獸形神，從遠古前來找他算帳，最後卻讓他再喘息半晌。

之後的狩獵成果發表會，他們一抵達庭園，一杯火燒潘趣酒隨即奉上。黃湯下肚，努利歐重新抖擻起來，又控制得住自己的心了。

邊境伯爵高踞台階相迎，聆聽眾家獵手講述狩獵大小事。與此同時，追獵女聽從博鶴瓦客指揮，在馬廄小廝襄助下將死去的獵物擺在冷杉枝椏堆成的巨大鋪墊上，這些枝條還是特地為了這次狩獵砍下來的。

一切就緒後，狩獵總指揮吹響了號角。邊境伯爵手勢一揮，所有人都聚了上來：眼前的景象無論是大小、還是構圖，都不啻為一幅巍峨磅礴的靜物畫。飛禽走獸躺臥在牠們由針葉織成的床裡，巨大的火把在周遭雄雄燃燒，火舌舔舐群獸的嘴鼻與眼睛，讓皮毛金燦燦鎏光溢彩。獵物的肚子已經掏空，滴著豔紅的血，淘氣的細小血流穿過冷杉枝椏，墜落到木條下方的覆雪中。

全場靜默。獵手與追獵女面對獵物就定位，莊嚴肅穆立正站好。連關進了狗窩、精疲力盡、正在大嚼狗食的狗兒們，都安靜了下來。

警察凝望這死亡奇觀。總共二十八頭，從最瘦弱的小狍子到最豐滿的母鹿都有。還有幾隻筋骨崚嶒的年輕雄鹿，身體猶然洋溢未完成的青春。三頭老雄鹿胸脯強壯，萎縮的角與威武的身體相比卻稍嫌弱不禁風。兩頭活脫脫雙胞胎的十八杈角雄鹿占了舉足輕重的位置，鹿角基部粗得跟兩顆握緊的拳頭一樣，杈椏繁複伸展，彷彿想擁抱整片天空。下午獵殺的動物稍早才剛掏空內臟，敞開的肚子兀自冒煙，在松脂淌成的黑暗裡瀰漫著溫熱臟腑、發酵青草、大便與熱血的氣味。

警察目光離不開的，卻是那頭如今能直呼名諱、畢竟已經死了的動物：熊。熊，體型、力量、重量，全都超越想像力的盡頭。

與其他側臥的屍體不同，熊擺成了趴姿。四肢平攤擺放，一根長達半公尺多的棍子撐開那恐怖的嘴。這讓牠感覺就要對致牠於死的面前眾人發出最後的怒吼。

殺死這獸的，正是頭臉酷似閹火雞、小手指胖乎乎的鎮長，埃苟。

鎮長久久不能自已。一頭熊。他的第一頭熊。「還不是隨便哪頭。」博鶴瓦客補充。是頭公熊，很難遭遇的公熊，博鶴瓦客追殺牠三年了，懷疑牠把一個樵夫開腸剖肚，吃到剩下一半。這畜牲愛上了人血滋味。很可能再度做案。

狩獵總指揮請大家首先向狗兒與圍獵行動致敬。聽見這話，女巨人們走到獵物與獵手中間，面向一眾獵手，傲狂而疲憊。警察因此得以極近距離嗅聞其中一名女巨人。兩輪耗盡力氣的圍捕讓她們走了好幾小時，呼嚎，穿梭荊棘叢、冷杉密林、碎石坡與沼澤，寒冷與風霜的枝椏棘刺讓她們遍體鱗傷，幾乎散了架，警察瞧她們這副模樣，想著還真像古早某些版畫家在浪漫風情畫裡描繪的那些魚水之歡後乍離床笫的女人。

緊緊挨著努利歐的那名追獵女出力後熱得受不了，解開了皮外套與襯衣。胸脯沒了束縛，彷彿想從衣衫裡迸出來。臉多處劃傷。泥濘淌落脖頸。頭髮散開了一部分，點綴著短枝、地衣、苔蘚、獸毛，從後頸垂落肩頭。剛猛的雙手處處割痕、破皮、撕裂傷，兩手幾乎覆滿了乾涸的血，分不清是她的血、她掏空的獵物的血，還是手下某些傷犬的血。還有，她的味道，努利歐拚命吸滿鼻孔，猛烈的汗騷，帶有孜然與驢馬糞便的風韻，摻雜了森林的味道，金髮女巨人彷彿把森林潮溼的深邃、窒人的嚴寒，全都濃縮在像衣物一樣包裹著她的樹汁殘痕、腐爛樹葉與樹脂中。

掌聲響起，全場就屬努利歐拍得最用力。他心不甘情不願目送這名追獵女走遠，感覺到硬梆梆的燈籠褲裡，他那根也硬梆梆，繃得緊緊的。

接著，邊境伯爵將折枝——擱在獵物上的冷杉短枝，頒發給有福氣的獵手[48]。鎮長一枝獨秀，獲得滿場喝采，他無動於衷領受歡呼，人還恍恍惚惚。哪怕他已重覆講了上百次究竟怎麼射的，巨熊的屍體也擺在那裡了，而他站在旁邊，渺小又深受震撼，他仍然無法相信自己真的做到了。狩獵總指揮得到邊境伯爵允可，一斧斬下了熊的左後爪，致贈給他。

雪花輕飄飄落下，沾上群獸毛皮隨即融化。牠們圓睜的眼什麼都不望著了。熊，牠屍體的擺姿讓人覺得牠仍未捨除烈怒，其他所有獵物則散發著溫柔的安詳，一種微笑的悲傷，彷彿全都並不怨恨給牠們致命一擊的人。

儀式完畢。

警察不敢靠近熊。他有種不舒服的感覺，覺得那畜牲特別盯著他。正思量怎麼告退才有禮，城堡門口的家僕高聲宣布，邊境伯爵大人的飲饌業已備妥。

所以還沒完！接下來是晚膳！他疲憊不堪，只想呼呼大睡。而且回去還要走這一整段路！跟那匹累到崩潰又家教差勁的老馬！

48　西方狩獵儀式，以短樹枝蘸獵物血後致贈給打下該獵物的獵人，作為紀念與榮耀。

「白天已經很棒，晚上更絕對難忘！別懷疑啊隊長！」

他思緒茫亂，沒聽見報告員湊近身邊。其他人已經跟上邊境伯爵，正自走進城堡。

「什麼意思？」警察問。

「我只是說，白天真的很棒，隊長同意吧？」

「當然……」

「然後晚上更……絕對難忘！」

「啊……？」

「唉呀，相信我吧，隊長。」

講了這番雲裡霧裡的話，報告員這張快樂綠帽丈夫的圓臉依舊掛著那抹故弄玄虛的微笑，然後他抬抬下巴，邀警察跟上其他人，此時小教堂敲了七聲鐘。

31

這一整天，自己的上司一下是驚弓之鳥、一下又神魂顛倒，助手則暢享自由。他難得有機會隨心所欲行事，因為警察留給他的指示，「維護公共秩序」，含糊到他寬鬆或嚴格解釋都行。

不過，他這人以習慣為準繩，還是在清晨六點就進了派出所。他看出警察很早就必須上路，因為爐裡只剩幾撮灰；茶炊的水因為警察又忘了添柴，已經涼了。

他前往馬廄與母馬聊聊，母馬不懂同伴跑哪去了。他一邊為牠添草添清水、再來一份燕麥，一邊解釋給牠聽。像這樣自知獨處、無人覷聽時，他喜歡與牲畜聊天。他知道警察還有其他很多人都覺得這樣很怪，但他就愛看到「我的帥小子們」、所裡的馬、母牛、綿羊、或者普普通通的雀鳥注意聽他說話，牠們讓他把話說得溫柔有韻。禽獸啊，禽獸不會評判他。哪怕他醜、跛、拙，手不像手倒像大杵，雙腿發僵，一頭亂髮宛如糾結羊毛，牠們都漫不在乎。禽獸聆聽著他，有時輕輕擺頭，從左擺到右，從右擺到左，彷彿努力翻譯他說的話，讓他無比幸福。

夜晚寒風刺骨，白日卻誕生在格外明亮的曙光中。助手先將窗戶全開祛除穢氣，接著把家具都搬出去，幹勁十足掃好地，再拿一盆他事先熱好的水洗地。

從小與豬一起長大，收養他的人放逐他到爛泥裡，讓他很小就開始熱愛打掃、追求整潔。沒什麼比看到派出所拂去一切汙垢塵埃還更讓他心滿意足。他家外觀粗陋，極端風候又讓門牆貯灰積垢，讓人以為裡面無一處不汙臭，其實卻乾淨得媲美實驗室。巴喇杰最少隔一天就拿溼抹布把房裡所有東西拭一拭，家具、餐具、牆壁、天花板、地板，無不擦刷得亮晶晶。大木板鋪成的地面乾淨到在上面用餐都行。內外衣著當然是舊了、磨損了、補過了，被褥也不再青春，但他一有空就把它們洗一洗，再掛在壁爐前烘乾，或者在太短太短的溫和時節裡，曬在小屋前收割過的田野中，直接鋪在刈平了的溫暖草地上，或晾上他在兩個柱頭間拉起的繩索，享受著東風在膨脹如帆的被巾上揮出的鞭聲。

大掃除花了他整整兩小時。他欣賞成果，驕傲得很單純。他惦念著上司，上司一定窩在叢林深處，等獵物經過身邊。他想說他應該傷不太到牠們吧：警察的射擊練習可沒逃過他法眼。他並非有意窺探警察的一舉一動，是這樣的：警察在助手不知情下深入森林的第一天，震耳欲聾的槍聲就驚動了巴喇杰，他卻找不到上司來詢問該怎麼辦，便自作主張前往查看，逮到主人猛攻那花拳繡腿的靶，還連一槍都打不中。

他悄悄循原路走了。

他對野生小動物瞭若指掌，原可成為出色獵手。但在他看來，殺死驚豔他、助他忍受人類醜陋的牠們，實在令人髮指，無異褻瀆。

不受喜愛，遭到毒打、排擠與羞辱，讓他自小就在大自然及其居民身上尋得慰藉，這些安慰是他的同類拒絕給予的。他不只知道高原所有花草樹木岩石的名字，還知道最小的飛蟲爬蟲到幾百種留鳥候鳥怎麼稱呼，他總是觀察著天空中的候鳥行跡，牠們昭告了嚴寒或相反的回暖，他窺探牠們在濃密的灌木叢中築巢。還有他最喜歡的那種最威風、最稀有的哺乳類，不是馴鹿或狼，也不是鹿或猞猁，甚至也不是讓他肅然起敬的熊，而是白鼬，比他的中指胖一點而已，不會比中指長，移動起來迅速到人眼懷疑自己是否真的看到了這之字形的白色虛幻飛箭，奔馳著為牠棲居的木堆鑲邊；在戀愛的時節，牠們活靈活現的把戲讓巴喇杰生硬的臉孔浮現一抹極美的笑容。

到了差不多十一點，巴喇杰賞給自己一段小歇，從口袋掏出一塊熟肥豬肉、麵包還有洋蔥，坐上他兩年前親自打造、固定在派出所南面牆上的長凳。他長坐於此，閉起眼睛，沉浸在陽光裡，津津有味嚼著這在他心中不輸皇家饗宴的口糧。什麼都不想。快樂又舒暢。貼背的石牆還留有冬陽剛剛賦予的一抹餘溫。肥肉是他前天用百里香與牛膝草煮的，他多喜歡這肥油與野生香料草的美味啊。吃完了，他用一杯很濃的茶漱口，從其中一個口袋掏出他的菸葉卷，咬下一塊再久久咀嚼，享受黑色的菸汁，讓汁液在嘴裡汩汩流淌，像品嘗一款細膩的葡萄酒，最後把黑汁吐掉，汁液長長噴出，落上了雪，形成抽象的文字。

揚起了一陣有點太暖和的風。朝西看，雲起初蒼白清淡，很快就厚重如棉，穩穩往前移動。巴喇杰想，又要下雪啦。於是他自己決定，大雪降臨之前，出門在鎮上巡邏一圈。說是巡邏一圈，實際上是好幾圈：其實隊長也從沒下過任何命令，但巴喇杰不知為何，總習慣邁起他沉重的步伐，踩著一圈圈同心圓繞遍小鎮，從邊邊開始，循著處處坍塌的舊日牆垣，再螺旋深入街區，像鑽子鑽進樹心。

今天一片寧靜。他沒遇見什麼人，有人打招呼，他就回禮。真無法相信，鎮上竟遭遇了兩宗凶案，持續攪擾他的心。

他從來沒真正喜歡過佩尼業葛神父，佩尼業葛不僅從未對他伸援，還在教導他們那些他記都記不住的聖經故事入門時，跟其他小朋友一起嘲笑他。可憐的啞巴呢，巴喇杰知道他人畜無害，有時把他當成難兄難弟看待。自然惡待他，上帝卻袖手旁觀；家人在他那場改變一切的死亡以前，對待他跟對待他獨自照顧的乳牛一樣。只有殘忍與復仇衝腦的人才會那樣折磨他。巴喇杰也曾邂逅殺人犯，當兵時也曾目睹許多可憐傢伙在徒勞的戰爭那同樣徒勞的一次次攻擊裡喪生。但啞巴所遭受的，卻是另一回事。

他正想到這裡，就聽見幾步之遙，某間房屋屋牆的另一邊，幾個嗓音說著他不知道的語言。他停步諦聽。嗓音歡快。幾個男的。可能十幾人吧，感覺在開玩笑。這些嗓音裡其中一個，儘管說的也是這陌生的語言，他卻認得：是馬忒甲・馬鷹壬。

好心情瞬間消散。他朝那棟房的房角走去一看，果然是馬鷹壬，身邊圍著八個他從未見過的男人，個個面相凶暴，像是古早時代的士兵或傭兵，誰喊價最高就隨時把自己出賣給誰，昨天還保護著寡婦與孩子，今天就開腸剖肚。這幫人正全部走進魏羅克客棧，一邊嘰哩咕嚕講著那也許是俄語或摩爾多瓦語的遙遠陌生的話。

助手在想要怎麼辦。警察會知道怎麼處理的吧。可是他不在。巴喇杰孤身一人，必須自己作主。不容易。該驗明這些人的身分，要求出示旅行文件嗎？這對他來說多麼天經地義啊，換個場合的話，他會毫不猶豫就做。但馬鷹壬在，讓他動彈不得。本可以一拳打倒公牛的巴喇杰，如今光想到要靠近那群人、對上兒時劊子手的眼神、還要當著他的面對他們說話，就已經渾身顫抖。

巴喇杰繞過街區，改從對面的歐瑪蒠小巷走過來，客棧就在三十公尺之遙。他看見那幫人已經入座，魏羅克侍立一旁，大概在為他們點餐。巴喇杰站在那裡，半小時有吧，望著他們用大杯子喝啤酒，魏羅克一邊擺好餐桌，送上盤子與刀叉。

最初的細雪逐漸變成鋒利爽脆的雪片雨，落上助手雙肩，發出水晶吊燈的流蘇彼此撞擊的細緻聲音。忽然，小蕾米亞的美麗臉容浮現他的心海，魔法般緩解了他的恐懼，他感受到一股奇異的勇氣。他穿越小廣場，進入客棧，努力表現得盡可能自然，問了聲好，走向吧台。魏羅克在吧台後面忙，轉過身來，點了點頭回禮。

巴喇杰聽見背後那幫人高聲說著他們粗野的異邦話，顯然相當愉快。他進門時也瞥見了那些醉鬼老主顧，其中就有木鞋匠，孤零零各據一桌，已經對著酒杯喝茫。

魏羅克在巴喇杰面前擺上一盞肉湯。他總只點這一道。不會搞錯。巴喇杰道了謝。

「一切可好？」他問。

「一切都好……」老闆答道，緊緊盯著巴喇杰背後那幫人，暗示巴喇杰一切都不怎麼好，那邊有個來路不明的怪異團體。不過助手還來不及回答什麼，客棧裡就響起了馬鷹壬的聲音。

「好啊，大畜牲！不跟朋友打招呼啦？」

巴喇杰只能轉身。

「你好，馬鷹壬……我沒認出你來。你講著一嘴怪話。」

「因為我行萬里路嘛，懂不懂，旅行豐富人生，你要是多把屁股從這塊可憐的地方挪開，就懂得了啦！」

巴喇杰一言不答。馬鷹壬目光挑釁打量他。馬鷹壬在等，大概在等助手詢問他夥伴什麼來頭，但巴喇杰完全沒這麼做，就只是定定凝視他們的每張臉。從那些臉上，他認出了與眼前這位老敵人一樣的特徵：某種虛無、空洞，彷彿有人刨去了血肉，泯除一切人性，獨獨讓罪與惡為所欲為。

馬鷹壬看來對巴喇杰沉默不語感到失望。他指著巴喇杰，操那難懂的語言對同夥說了些話。他們的表情又更樂了。對這位表現得毫無爭議就是老大的人所說的一字一句，他們是絲毫都不放過。馬鷹壬語畢，他們全都憐憫地望著助手，轟然大笑。

巴喇杰完全不痛。因為他想起了蕾米亞。他的聖像。保護著他。奇效驚人。他內心升起一種巨大的平靜。溫暖。深邃。他轉向魏羅克，這群新客人看來讓魏羅克頗不自在。巴喇杰從容不迫喝完湯，再留個硬幣，跟老闆打個招呼就走了出去，也不再去看對他失去興趣的那幫子人。不過在此之前，他仍有餘裕觀察他們，發現他們沒帶武器也無行囊。彷彿不知從哪冒出來的，正準備要回去，不會在這多耽擱。

助手往家裡走，卻浮現了個想法：這幫人不可能從天而降，也不會是鑽鼴鼠洞過來的！好幾天了，雪堆讓郵車與所有車輛都走不了，進鎮只能騎馬或坐雪橇。所以他們勢必把坐騎寄存某處。這夥人想來不會是好主人，但冷成這樣，把牠們留在外面是絕無可能，更何況馬還剛出完力。如果只是暫留一陣，唯一能這樣寄放坐騎的只有一個地方：德莒狄的馬廄。只要幾個小錢，馬就能暖暖和和享用乾草、水與穀糧。助手轉了個方向。他有時間。去看看又不花錢。

德莒狄跟他很熟，也很欣賞他，因為德莒狄知道他有多愛派出所那兩匹馬，又是如何照顧牠們。但德莒狄嘴巴大得不得了，萬一問那傢伙幾個問題打聽這夥人，幾小時後所有人一定都知道了，第一批知道的就是那夥人。再說巴喇杰也不敢問。他想做的，是看：看那邊有沒有他們的坐騎與行囊。他到了馬廄大門前，卻繞著馬廄走，他知道後面有條夾壁小徑，通往一個開口，大量馬糞就從那裡倒出去，落在一片傾斜的田野上。這開口沒有上鎖，只簡單用拉繩固定。助手靠近之際，門的另一邊傳來牲畜的喧嚷。很明顯，不只一匹。他輕輕開門，盡量不弄出聲響，走了進去。

馬的呼吸與糞便的芬芳充塞這座巨大的馬廄，帶來了平靜身心的溫暖。陽光透過屋頂的三面天窗垂直照入，為草料灑上大片大片的白。

巴喇杰沒想錯：馬，拴著，十二匹。他立刻認出了馬鷹壬的馬，一匹匈牙利半血馬，或許因為屢屢挨主人鞭打，神經兮兮、瘋了一半，靜不下來，正努力掙脫韁繩。其他馬呢，他從沒見過，近瞧遠望都沒有。這些馬強而有力，性情溫和，身高偏矮，是遠古馬匹的後裔，能夠忍受極端環境與食糧匱乏。

牠們大概長途跋涉過。大部分都沒刷淨毛髮，厚厚的馬毛上能看見白色泡沫的殘跡。助手沾了些湊上嘴邊，嘗出了微微的鹹。

這些馬長時間出力過。大部分都精疲力盡。兩匹漂亮母馬，應該十歲有吧，還側躺在地。其他的馬則低垂著頭。其中幾匹看來連氣都還沒真的喘過來。

巴喇杰穿行其間，一匹接一匹觀察、愛撫，對牠們呢喃加油打氣的話，為一匹閹馬調整好糧袋，牠的糧袋繫得匆匆，牠吃不到裡面的糧。閹馬狼吞虎嚥起來，歡快嘶鳴著感謝助手。

然後他擱下馬兒，細察馬廄各處。可不必久久搜索：在一個角落，層層疊疊堆放著騎士的行囊：皮革包袱，差不多每個都一模一樣，開口用帶子繫上，主人居無定所的生活把它們磨練出了亮光。

巴喇杰抓起其中幾個掂了掂：很輕，應該是衣物之類的。但其他幾個重得很奇怪。助手解開繫帶。裡頭的東西讓他大惑不解：幾把大錘，比蓋屋頂的木匠用的釘子還要更長的長釘，釘頭是詭異的六角形，還有幾塊長如手臂、厚若掌鋒的木板，乾燥堅固，似乎是櫸木。其他包袱裝著幾個瓶子，用好幾層報紙或布料悉心保護。他嘗試拔開一個瓶塞，可是拔不出來。他舉起瓶子對著光線，觀看裡面。液體沒有顏色，呈半透明，可能是聖水或隨便一種水果釀的酒。

在另一個袋子裡，他找到了細繩與幾捲瀰漫樹脂味道的黏稠帶子，就是塗在果樹樹幹防止害蟲攀緣、或塗在為了夏至製作、照亮大篝火歡慶之夜的火把上的那種樹脂。

巴喇杰停止翻找。翻找到現在，他也沒有比較清楚這些人的來歷、他們為什麼來。大概只是路過的外鄉人，是蓋屋頂的木匠或其他木工，馬鷹壬以前幹其他行當時認識的吧，馬鷹壬預先收到他們要在小鎮暫留的消息，如此而已。

他離開了馬廄。

剛剛做的事是違法的。要是上司知道了，他一定吃不完兜著走。

但，最終他卻絲毫不害怕。平常的他，是那麼膽小的人啊。經過了這場小冒險，他還感覺到某種興奮，讓他頗為吃驚。回家時他思量著，自己的個性正在改變，他不完全是原本那個人了，認不出自己了，他卻也不知道為什麼會這樣。

他順著熄雞街開始往下走時，遇見了走出家門的古德吉伊瑪目。伊瑪目把衣服裹了一層又一層，小心翼翼走在結冰的人行道上，人行道的冰殼透著綠色調。他與巴喇杰碰頭時，恭恭敬敬向巴喇杰打了招呼，巴喇杰回了禮。他素來敬重這個低調的人，不明白上司為何如此憎惡對方。

順此一提，他是看到伊瑪目，才想起今天是星期五，是主麻日大禮拜的日子。那麼伊瑪目就是要去清真寺準備儀式。

所以應該下午快五點了。

是說，隊長到底什麼時候回來？這見鬼的打獵！他思忖。他也不怎麼喜歡他上司，但上司不在，他還是頗感缺憾。因為他尊敬上司的學問與權威。隊長在城裡讀過書。用詞他沒聽過。讀一本本書。寫長長的報告從不頭痛。尤其、尤其，他是老大！他等不及隊長回來，好跟他說說客棧那夥人的事。不過，當他報告完情況，隊長大概又會一如往常嗤之以鼻：

「我可憐的巴喇杰，你真的小題大作，老鼠當成山！別胡思亂想了，給我去砍柴，對你有好處！」

家門一開，「我的帥小子們」歡天喜地迎接他。面對這毫無心機的愛，他的心悸動起來。兩條雜種狗搖著尾巴，舔舐他的雙手，直直望著他的眼睛，很肯定能在其中找到信任與愛，那是比任何狗食都更讓牠們津津有味的珍饈。

「『我的帥小子們』，過來，『我的帥小子們』，我來弄吃的！」

狗兒們懂了，蹭他蹭得更親密，把他圍在牠們褐色的大身體裡，烏黑的鼻子推搡他的大腿，淘氣又感激。

巴喇杰準備牠們的餐碗，餵牠們吃他吃的東西。他大概是把牠們與自己擺在同樣的生命尺度上了；所以，對待牠們不如對待自己，他是無法接受的。這可不是說助手每晚都賞自己一頓大餐，而是說，他吃菜頭湯，「我的帥小子們」就吃菜頭湯，他吃白汁豬皮、匈牙利燉兔肉、或像今晚一樣吃白菜燉肥豬肉，「我的帥小子們」都有權同享吃食。

這就是巴喇杰的天地與他的公正感。有些人大概會覺得蠢，還有些人可能佩服又讚嘆。

鐘樓剛剛敲完六聲鐘。

「我的帥小子們」吃飽了，躺在巴喇杰塞飽了柴的壁爐旁。這也是巴喇杰其中一種永不厭膩的單純快樂：美美的一堆火勝過一切對話。看著火燄，把腳伸過去，感受炙熱，再隨著火漸漸死滅，感受溫柔，添幾塊乾柴讓火再綻生機，聆聽火的樂音，欣賞炭火構造坍塌迸放火花，要充實漫漫長夜，這些綽綽有餘。要是再來上一塊口嚼菸，天堂何必外求，更不用等死亡來臨。

他才剛從口袋掏出菸葉捲，準備咬下一塊，就有人敲了門。

他僵成一座石像。

「我的帥小子們」吃得太飽了，依偎交纏躺在壁爐前，只微微睜了隻眼，又讓眼皮像簾子一樣墜落。

又敲門了。他向來很少接待訪客，所以起初大吃一驚，現在回過神來，忽然就想，只可能是隊長。對。隊長！不然還有誰？

他收好菸捲，正了正衣衫，快步走到門口，把門大開。

然而空無一人。

只有已然垂落的夜，對他張開烏黑的大嘴。

但他沒作夢啊！「我的帥小子們」確實沒叫，但有張眼啊！真的有人敲門。隊長生性急躁，是不是覺得助手反應太慢，拂袖而去啦？

巴喇杰往門外走了兩步，要把上司請回來，但還沒來得及喊他名字，就感覺一塊巨大的石頭砸上他的後腦勺。他無能為力，眼睜睜感覺自己渾身癱軟，腳踩不到地。

外頭的夜闖入他的內在。

他跌進黑暗與無盡的遺忘中。

32

現在喝到利口酒了。人人微醺。

就連不愛打獵卻酷嗜冗長晚宴的邊境伯爵，說話也變得吃力，有時講到某個困難的音節、某個有點太長的詞，還結結巴巴。

禮儀摔個稀巴爛了。

單純是男人的交流。

醉男人的交流。

必須說，大家喝的比吞吃的多，雖然大家吞吃的也很多：餡餅、湯、肉醬、紅酒燉野味、白酒燴肉、餡料填鵝、野乳豬肉凍、沙拉、乳酪、奶油蛋糕、蜜餞、巧克力。但大家喝的又更多。潘趣酒、法國美豔寡婦牌香檳[49]——大家從沒見過她，卻拿她開了不少輕浮玩笑、波希米亞白酒、義大利氣泡酒、沃訥—羅馬內與聖埃米利永兩個法國地區的紅酒、匈牙利貴腐酒、西班牙利口酒、奧地利蒸餾白酒、波蘭伏特加、瑞士瓦萊州的杏仁酒。

努利歐不是全場最醉的，正相反。他倒是在假裝喝酒，湊上美麗的水晶杯淺淺沾溼嘴唇；最不勝酒力的要屬公證人，宴會中途就倒在他那份野乳豬肉中，現在還在肉裡打鼾，鼻子耳朵沾滿了波特酒凍。

然而，太早起，一整天情緒起伏，還有這沒完沒了的晚宴，警察身心俱疲，感覺這巨大宴會廳牆上懸著的數以百計的獸首戰利品，開始朝他俯身，跟他說話。所以家僕奉上利口酒時，他寧可喝咖啡。

杯觥交錯之間，大家當然又聊起了今天這場狩獵，鎮長一提再提他那槍，既為了炫耀、也為了自我說服確實是他扣的扳機。不過，澎湃的酒菜推波助瀾下，話題不免游移到其他雋永的主題上，女人啊，金錢啊，土地啊，土耳其啊，沙皇啊，統治世界啊。

聊到女人，人人都有段軼事可談，比拚誰最唬爛、誰最露骨、誰又最辛辣。努利歐對這事執念深重，但又恥於談論到了病態地步，就沒有共襄盛舉，只單純聽別人講。報告員呢，這整段淫猥交流之中，他眼神迷濛、嘴角垂涎，寧可直盯盯瞧著森林工人那兩個臉龐仍不脫青春期稚嫩的兒子。

49 即前文所述之凱歌香檳（Veuve Clicquot），法文直譯為「克里寇遺孀香檳」，指的是創辦人的媳婦 Barbe Nicole Ponsardin。她在身為第二代經營者的丈夫 François Clicquot 猝逝後扛起家業，將品牌改為現名、發揚光大。

高聳的落葉松木四壁掛滿了公鹿、母鹿、野豬、馴鹿、駝鹿、猞猁與熊的標本，牠們高踞在牠們的死亡之上，玻璃眼珠無動於衷凝望這夥男人縱情聲色。這群人在牠們底下，把原本覆著白亞麻桌巾、擺滿精緻餐具的漂亮餐桌，搞成家庭垃圾堆，此刻狼籍著醬汁與酒水倒瀉的汙跡、髒盤子、肉屑麵包屑、揉皺了的餐巾、油膩膩的刀叉還有雪茄灰。

廳中瀰漫著一片雲霧，混雜了黏稠刺鼻的煙氣、腐臭味、濃厚的吐息。稍早侍者端來為每個人分派好的餚食與酒水，原本散發著細膩香氣的一切，變成了一種臟腑吐納的熏天惡臭，混上了黎明即起、幾未梳洗、精疲力盡、被打獵與盛宴弄得無比興奮的一群男人的體味，更是臭到變本加厲。

大家快呼吸不過來了，警察則再也坐不住，站了起來，沒人注意他，除了邊境伯爵。伯爵看來對他這些告辭的徵兆不很滿意。

「唉呦，隊長已經要拋下我們啦？」

邊境伯爵裝腔作勢，讓大家都聽得見。聊天聲漸漸消退。一片寂靜。一塊塊氣力放盡的眼皮底下那些渾濁的目光全都望向努利歐。

「殿下，很晚了，再說我騎的是老馬。」

「拜託、拜託，隊長不准這樣就離開我們。大家在一起笑哈哈不好嗎？我還想獻個寶，給大家看一看這城堡的一大怪事呢，各位對人性這麼著迷，絕對會感興趣。」

這番話講得撲朔迷離，倒感覺邊境伯爵正盡可能努力留住他們。其他佳賓看來都不以為意。這裡頭有些蹊蹺，警察的敏銳頭腦清醒了稍縱即逝的一瞬，但他真的太累，無法清晰思考，疑惑隨即消退。

邊境伯爵站了起來，撣了撣背心，肚皮圓得像球，繃得背心快要爆。座上貴賓勉強效法他，艱辛伸直身子，踉蹌邁個幾步，伸個懶腰，打個哈欠，端起仍然誘人的酒杯一飲而盡。只有公證人一動不動，繼續在菜盤裡呼呼大睡，鼾聲兀自震動著肉凍。

小隊人馬魚貫跟著伯爵走。穿過了無數堂室、過道、門廳、長廊。累倒許多人的一番漫長跋涉後，他們踩著岩盤上直接鑿出的十幾級階梯深入地底，最終來到了一扇看來歷史悠久的門前。

他們抵達了城堡最古老的所在，建造年代遠溯至公元一千年之初。伯爵從沾染了醬汁與葡萄酒的背心口袋中掏出了一把鑰匙，看來簡簡單單，與精雕細琢的門鎖形成強烈對比。伯爵把鑰匙插進鎖孔，最令人吃驚的來了：他接著的動作。往左轉兩遍，再往右轉四遍，然後往左又一遍，還是兩遍？接著再向右轉三遍、或是四遍。都搞不清楚了。光是想了解他在幹嘛就令人頭暈眼花。終於傳來了一聲清脆、近乎愉悅的喀噠聲。邊境伯爵抽出鑰匙放回口袋，然後推開了門。

起初什麼也看不見，最深最深的黑籠罩著這廳室。空氣中瀰漫著一股乾草倉或穀倉的宜人氣息，在城堡臟腑的深處令人頗感意外。

伯爵佇足門檻，左手仔細探察內牆，找著某樣東西。他摸索了幾秒，忽然滿意地發出一聲短促嘆息，拿出了一盞燈籠。說是燈籠，倒更像刑具，像昔日塞進取供對象嘴裡的「恐慌梨」，只要啟動機關，就會膨脹成兩或三倍大，粗暴撐裂這個可憐人的下顎。

燈籠裡有兩根殘燭。邊境伯爵從長褲口袋掏出一個精緻的火絨打火機，是雕花的黃金做的，鑲嵌著各色寶石，蓋子有隻振翅的小小老鷹站在地球上。幾次摩擦以後，火苗迸出，伯爵點燃了燭芯。

「各位朋友，請進……」

伯爵壓低聲嗓，字字浸滿玄機。

眾人依次走過提著燈籠佇留門邊的伯爵眼前，進入黑暗中。沒有人說話。警察漸感不安，思忖著他們這位東道主到底想幹嘛。他討厭驚奇與意外，只想馬上做一件事：上路回家。

伯爵在他們背後關上了門。他燈籠提得極低極低，低到齊平雙腳，燭光唯獨照亮了大木板鋪成的地面。

「諸位即將看見好些奇聞異事。我請求各位不要透露給任何人。今後我們就共同繫在一件祕密上了，若有人口風不緊洩露出去，我會很不愉快。」

伯爵停頓幾秒，確保他的話有好好進入每位賓客的心中。

「我祖上有個邊境伯爵狩獵成痴。據說他婚禮那天，新人領受完了祝福，他馬上就離開教堂，奔去與他那些獵犬隊長會合。他對戰爭不感興趣，上貢一箱又一箱的黃金給皇帝來免除參戰義務，陛下收到金子也就心平氣和，不予追究啦。逐出、圍捕、追趕、包圍，殺戮。打獵是他生命的唯一意義。他生活在十六世紀中葉，那個時代的道德風尚比現在粗獷，法律則由領主自行制定公布。身為邊境伯爵，他兼有高低兩級司法權，換句話說，他尤其有權判處死刑、選擇行刑方式。

「於是他有個主意，讓他的嗜好與他偶爾宣判的死罪和衷共濟。他相信，罪犯可以成為獨一無二的獵物，狩獵他們能獲得特別的快感。就這樣，他給予被判絞刑的那些可憐傢伙兩條路：要嘛吊死，要嘛成為被圍捕的獵物。如果太陽下山了，他們還沒被包圍並殺死，便可獲得赦免。大多數人都接受了這樁買賣，準備冒險，想像自己可以活下來。

「狩獵那天一早，罪犯赤裸的身體會直接縫上一塊鹿皮，鹿是前一天專門為此而殺的，目的是讓他們沾滿鹿皮的氣味，方便狗進行追蹤。這就發生在我今天迎接各位的庭園裡。黎明破曉，染白了天空，罪犯就被鬆綁，有一小時能逃。時間到，放狗。趕狗人與追獵手動身出發，我祖先與各位貴賓紛紛上馬。狩獵正式開始。」

伯爵停了言語。他仍然把燈籠提得非常低。他的臉、賓客的臉，全都一點都看不見，其他人更彷彿全部消失了，因為實在太靜，靜到抹除了呼吸聲與腳步聲。

「我祖先是獵人，更是殘酷之人。他的承諾是場騙局。面對騎士、熟悉森林哪怕是最小最小角落的追獵手、嗅覺無懈可擊的矯捷的狗，一個孤零零的人能怎麼樣？那些以為能這樣逃出生天的可憐人，沒一個成功的。這樣的狩獵發生了十三次。十三個罪犯。十三個成為獵物的人。十三個一旦被獵犬與獵手團團包圍，就被以匕首享用的人。享用他們的人，是我這位祖先，或受他隨心賞賜這榮幸的某位客人。十三件戰利品。」

就在這時，邊境伯爵故意慢慢、慢慢舉高燈籠。兩簇燭苗顫巍巍驅散了黑暗。眾人倏地看清了所在廳室的規模，一間臥房大小的密室，然而，真正映入眼簾的，是從黑暗中竄現的，神情凝固在恐懼與驚詫上的，十三張恐怖的臉。他們彷彿破牆而出，身體仍在牆的另一邊。

大家忍不住尖叫、驚嘆、咒罵、呻吟。齊頸根而切，固定在割工精巧的大木匾上，真的是十三顆頭，十三顆人頭，製成了標本。兩盞微弱又驚慌的燭光中，它們像是在動。

邊境伯爵提著燈籠逐一照向每顆頭顱，移動的燭光誇張了陰影，製造出動作的幻覺，讓這些可怕的戰利品彷彿活了過來，場景變本加厲又更恐怖，簡直像是這些塞了填充物的死亡罪犯頭顱正在俯向參觀者，訴說他們受的苦、他們臨終的時刻，是個什麼景況。

警察平時很難嚇倒，此刻卻久久無言。其他賓客也是如此。某些人，特別是鎮長，還有據說心臟有病的檔案管理員也一樣，感覺情緒激動得快要暈了過去。

「我的上帝、我的上帝……」檔案管理員囁嚅不休，手指一個勁揉捏嘴唇，終於惹火了其中一位小學老師博雷可．克拉笛吉，這位老師彰顯情緒的方式又自不同，他指教了檔案管理員：「別把上帝扯進來，不如這樣說吧，您信祂的話，就問祂怎麼會任人做出這種事！」

只有邊境伯爵對如此恐怖習以為常，看起來已不再受影響。他臉上帶笑，得意他製造的奇效，開心自己持有如此特殊的收藏，世上很少人能炫耀自己擁有這些的啊。看著這間人類獵物展廳在他貴賓的臉孔蒙上的震撼效果，他樂不可支。

像對待隨便的野豬或公鹿一樣，這些頭顱的眼眶被人塞進了玻璃珠，燈籠的火光讓它們彷彿盈滿了淚。每件戰利品底部都遵循狩獵傳統釘上一塊銘文，記錄著每個獵物被殺的日期與地點。

「各位有沒有注意到頭髮？」邊境伯爵愉快又活潑地說，「完好如初，柔柔軟軟，一點也沒有失去原本的顏色！」他手撫額頭繼續說道，「時間與死亡竟然影響不了我們的頭髮，無法相信！皮膚呢，就是另一回事了！」

為了取信聽眾，伯爵把燈湊近其中一個受折磨者的頭顱，這頭顱嘴巴微張，像還想訴說幾句遺言。那皮膚變得看起來像忘記上油的皮革，因為太乾燥了，某幾處已經繃到開裂。顏色也完全不像人的了。就像某些名畫在顏料與氧化的作用中黯淡了，那皮膚成了泥土般深褐近黑的顏色；這可憐人的五官證明了他完全不是野蠻人，但光看如此異樣的膚色，簡直會相信他生於非洲某地。

十三個受刑者互不相像，卻都有同樣的驚恐，這驚恐在死亡之際綳緊了他們的臉孔，填塞他們的工匠又懂得將之保存下來。彷彿這十三個人想讓看見他們的人為他們作證。不是證明他們的清白，畢竟他們實際上全部屬於絞架的獵物這個物種，而是，見證別人給過他們那逃過悽慘命運的希望，見證如此欺瞞他們的那一位是如何背信棄義。

「據說我祖先在自己的小孩不乖時，以關他們進這間房為樂。那年代的教育方法有點太厲害了。至於我，家父初次讓我進入我們稱之為『祕室』的這裡時，我彷彿感受到了強大的『虛無』，對我訴說著我生命的脆弱、我這人的荒謬、我屬於一種與其他住滿森林的動物沒什麼兩樣的物種。最初的情緒使我們覺得這些頭顱擺飾令人髮指、構思這一切的人心靈邪惡至極，但如果能夠克服這樣的情緒，就能獲得某種層面的真正道德教訓！」

稍後，邊境伯爵與一眾賓客來到吸菸室就座。清醒了的公證人已在吸菸室壁爐旁，吮一支大菸斗等待他們。此時的談話失去了晚宴從頭到尾的那種興高采烈。一名不速之客彷彿闖進了他們中間。其實不是一名，而是十三名。又死又啞，卻不減震撼生者、讓生者直面自身的恐懼與歸宿的力量。

警察強忍不耐。他只想馬上做一件事：離開城堡，回到家中，剝掉這身荒唐的衣裝，他悶在裡面快二十小時了。他拒絕了侍者端來呈給所有人的補身酒，前去向主人致意。

「隊長，我知道您趕著回家跟太太團圓，聽說她很有魅力。我了解，所以就不留您了。希望今天有讓您鬆一下，暫時忘記您肩負的重任！祝您歸途平安。」

努利歐的虛榮心被邊境伯爵這番說話的方式捧得飄飄然，一邊鞠躬一邊倒退。但當他直起身子，卻趁隙瞥見了邊境伯爵與鎮長和政府報告員交換了不安的眼神。三人似乎共享著某個對他不利的祕密。

外面雪已停歇。夜晚冷是冷，卻沒有像前些日子那樣寒徹骨髓。他跟在一名扛著他那荒唐巨槍的馬伕身後，前往馬廄接回坐騎。

老母馬用感激的眼神望著他來到，發出一聲低沉而溫柔的嘶鳴。牠任人套上鞍轡、牽出馬廄，沒有噴氣抗議。警察謝過馬伕，繞著一棟棟建築走，準備回到主要大道。

然而正當他跨上駑馬馬背之際，就聽見一棟門剛剛打開的房子裡傳出轟然爆響的話音與大笑。他聽出了追獵女粗野的笑聲與她們不知來歷的語言。他靠近到離房子二十公尺遠，透過一直開著的門認出了那群正自圍著熊熊大火吃吃喝喝的女人。

拜熱火與酒水之賜，她們全都衣衫輕薄，褪去了皮夾克，只穿襯衫，大部分還把扣子開到胸前，解放出強而有力的雙乳，乳房們彷彿在布料下滾動不休。許多女人看來醉了，高聲說話，喧嘩起鬨，彼此推搡，互相叫罵，模擬格鬥廝打，不時還掄起大啤酒杯潑得彼此滿頭滿臉，然後狂笑如雷，渾身滴著啤酒、葡萄酒與口水。

幾個女人吃著厚厚的肉塊，可以說還是生的，她們直接用獵刀在唇邊割開肉塊，細細咀嚼，吮吸血與肉汁，最後把可能是筋腱的東西吐進火中。

這是亞馬遜女戰士暴烈凶殘的奇觀，警察想起了神話記述的野蠻饗宴，眾神吞吃自己的後代，或還有那些餐會，賓客不知道他們吮指回味的烘肉與燒肉，是他們的小孩。因為，他偷偷觀察著的景象煥發著野蠻與古老的色彩，也蘊含某種禁忌的東西，彷彿女巨人狼吞虎嚥的不是別的，正是人肉；至於她們自己，放縱無度、生氣蓬勃，咆哮吼喊著，看來倒不是人類了。

一陣淙淙潺潺的聲響，像豐厚的泉水、像濺落的小溪，讓他轉過頭去。他在黑暗中尋找聲音源頭，瞥見了不遠處的夜色中有一團白白奶奶的東西，水就是從那裡湧出來的。

是其中一名追獵女，走出了屋門的她蹲身在地，半醉半醒，一邊哼哼唱唱，一邊尿在雪裡。警察現在看得清清楚楚，尿液從她巨大的臀部噴薄而出，水汽像從一頭龐然畜牲的鼻孔迸出似的瀰漫周遭。

她小解完畢，站了起來，轉身朝向她還沒望見的警察，再彎腰攏起一把雪，用雪擦拭股間。完事之際，她才發現騎著馬的努利歐。他正望著，痴痴望著，覆蓋她整片下腹、宛如燃燒苔蘚的，遼闊橘紅毛叢。

她低吼一聲，大手一攥，把剛剛擦拭胯下的雪攥成了球，扔向警察，警察急忙俯向馬頸，千鈞一髮躲過了攻擊。

追獵女啐出兩句應該是咒罵的話，接著拉起內褲，大笑著回到夥伴身邊。

33

十八世紀末，比薩拉比亞有個說書人，名叫尤里詩．札羅波夫，靠著當地婚禮結束時習慣吟唱的三首情詩，大名傳頌至今。他構思了一本書，書中記載地球上所有人在同樣且唯一的一天經歷的所有事。

他十八歲開筆寫這本書。活到八十七歲過世，寫了幾萬頁，卻只能為一百個再多一點的人，錄下二十四小時間的經歷。

札羅波夫狂妄的企圖昭示了，文學哪怕懷著說盡世界的巨大野心，也只能照亮非常小的一部分。另外，人的存在又多樣又複雜，文學再怎麼貪婪抓取也捕捉不住。某些人經歷著生命最美的一刻，另有些人同一時間正自苦痛憂傷。有些民族整體繁榮致富，同時又有些民族亡於饑渴。鄰居曉得什麼，我們一無所知。配偶與小孩正在想啥，我們知之甚少。

世界是一座奇怪的牛棚，裡頭有些牛嚼著鮮美的草料，反芻，睡覺，生產，哺乳，而在牠們旁邊，牠們看也不看、漠不關心的，是另外一些奄奄一息的牛，渾身覆滿蒼蠅，伸出黑色舌頭，遭受無數棍棒的鞭笞。所以養牛人幹什麼去了？他為何打造出這種矛盾？這一切意義何在？是說真的有意義嗎？

警察走著返回小鎮的路，速度以馬的年紀來看相當快了，牠似乎迫不及待要與姊妹團圓，重回馬廄，二十年來那是牠唯一的家。他從來不需要像去程一樣出聲鼓勵或揮棍鞭打，牠就迅捷前行。

夜寒無月。幾縷雪花隨風亂飄，疏落而不真實。努利歐筋疲力盡。他的胃習慣了粗茶淡飯，媲美狂歡節的晚宴讓他的胃沉甸甸的。還有個模糊的念頭，一種預感，反覆擾弄他的心：這場邀獵是個藉口，目的不是要殺掉某頭可憐的熊，無論別人怎麼講，這熊想必不太會傷害到任何人，深層原因要從他處找尋。

他穿越黑暗中的森林。林中充斥著無數令人不安的聲音，他猜不出聲響從何而來。

終於，他越過了最後一些樹木，開始爬坡，走上了小鎮千年前建築其上的突起岩盤。此刻他忽然比較不累，還輕鬆了起來。半小時後，他就會擺脫這身滑稽行頭。做回自己。老天啊，他真是又蠢又虛榮！而且還笑掉別人大牙！但其他人也半斤八兩！

正當蕾米亞初熟的身體逐漸浮現他心田，驅散追獵女汁水淋漓的龐大輪廓、淪為標本的受刑人恐怖頭顱、巨熊直立眼前的景象、早晨酸冷的寒氣、沒完沒了晚宴的緩慢消化，警察的好奇心忽然被黑色天空下緣亮起的一抹紅色微光吸引住了。是小鎮的方向。與此同時，風成了報喪使者，吹來燒成炭的木頭味、熱烘烘的灰燼味。

他感到自己的心臟狂跳起來。出事了！他不在的時候出事了！出了他馬上料想極其嚴重的事了！他用雙腳腳跟踢踢母馬腹部，讓牠跑起來。母馬搜索枯腸，挖掘跑步的記憶，盡量努力讓牠的騎士滿意。

與此同時，巴喇杰終於掙脫了束縛。他努力了好幾小時，用被綁的雙腕摩擦他家大門左邊擦鞋口的鋒刃。

他在這冰天雪地裡待多久了？起初還不省人事，之後醒轉過來，心心念念想解開綑綁，而鎮上某個地方火災肆虐，他有聽見最初猛烈的火勢，木材劈啪作響，轟然坍塌，另外，他很確定，在這距離稀釋了的喧囂中，還有絕望的叫喊、人類的呼嚎，然後漸漸地，烈燄的低吼平息了，人的聲音沉寂了，只偶爾傳來燒成焦炭的結構崩塌的巨響，還有狂風吹散的惡臭煙霧。

他伸手摸摸後腦勺。變形了，腫起一個大包，痛啊，中間撕裂一道傷口，摸起來黏黏的，應該是凝固到一半的血。他不舒服，感覺自己又要暈過去了。他咬緊牙關，從口袋掏出刀子。他切斷讓足踝動彈不得的繩索。手指在寒冷中凍僵到不聽使喚，他努力了好幾次才成功。他渾身冰凍。噁心欲嘔。頭暈目眩。

屋子裡，「我的帥小子們」還在吠叫。讓巴喇杰悠悠醒轉的正是牠們的叫聲。牠們關在房中，拚死吠叫，叫得聲嘶力竭，幾個小時後已經啞掉，成了痛徹心扉的哀鳴。

助手試著起身，卻馬上踉踉蹌蹌，癱倒在門框上。他任憑自己慢慢滑落在地，做出爬行姿勢。他盲亂尋找、轉動門把，門一開，他就爬進屋裡，「我的帥小子們」隨即上前摩蹭，快樂得細聲嘶嗚，在他打著哆嗦的巨大身軀上用毛皮與溫溫的口水散播熱量。

巴喇杰大大擁抱牠們，用腳踢關了門。壁爐裡剩下零星燼火，但室內還很溫暖。他閉上眼睛，努力保持清醒，但還是再度昏睡過去。他大大癱倒在木地板上，「我的帥小子們」則非常溫柔地，開始舔舐那大大的傷口。

警察穿過城牆的門時將近午夜。他再無懷疑，某地確實發生了大火，空氣仍處處令人窒息，瀰漫著大片灰煙、木頭燒焦的酸味，還有其他種種甜膩、噁心的臭味。

他料想會碰上大批居民，人群總是老樣子，慘劇一發生就推推擠擠聚攏成群，一邊悲嘆、同情甫遭命運打擊的可憐人，一邊沉醉在讓他們更覺得自己幸福的眼前景象裡。

然而路上空無一人。

沒錯，夜深了，還冷得要命，不過一個人都沒遇上依然奇怪。而且所有他路過的房子都緊閉窗板，裡頭沒有一點光線。

他持續前行，逆著火災的烏煙瘴氣邁進，刺鼻的煙霧逼得他用手帕摀住口鼻。母馬呻吟著，似乎不懂警察為什麼要逼牠闖進這一片片刺激牠鼻子眼睛的煙霧裡。

他步步逼近火場，冬夜的寒冷逐漸消失，取而代之的是人造的高溫，麵包烤爐散發的那種熱力。他還聽見了某種嘈雜聲響，在屋牆間呼嘯不休的低吼，時而被短暫的爆炸、尖銳的嘶聲、噓聲、劈哩啪啦的響動打斷。

這一切，炎熱，轟鳴，爆炸，在他拐過錫匠宣穆爾的工坊轉角、沿赫拉非可街上行時變本加厲。但母馬忽然不願再往前走了，怎樣都不肯回心轉意。牠搖晃著頭，嘴裡咕噥，掀起嘴唇，露出一口搖搖欲墜的黃牙。努利歐下了馬，把牠拴上某間房屋立面砌著的環。然後他用走的繼續，盡可能用手帕包裹住臉。

他已經忘了疲倦與疼痛。他感覺心臟跳得太過猛烈，血衝擊著太陽穴。高熱逐漸令人難耐。四季倒轉，炎夏已然進駐小鎮。

赫拉非可街的盡頭是個急轉彎，過彎以後是一座小小的廣場，中央就是清真寺。一波強過一波的熱浪讓橡膠外套變得軟軟的，努利歐害怕橡膠會黏上他的肌膚，脫掉了外套。他額頭與全身大汗淋漓。某間房屋立面斜斜擱著一塊卸下來準備修理的木蓋板。警察抓起蓋板權充盾牌，持續前進。高熱超越了人類的極限，卻看不到一絲火燄，獨見一片輝煌的紅，消泯了夜的黑，塗紅了幢幢屋宅與天空。

他終於睹見廣場，卻頓感難受，因為又更熱了，也因為他看到，原本坐落著銅製圓頂木造小小清真寺的地方，聳立著小山般熊熊燃燒的燼火，不可思議聚集了鼓動的飛燄，好一座巨大的柴堆，半熔化的銅圓頂罩在上面，化作一顆塌陷的巨梨。

努利歐無法呼吸了。他相信不了自己所目睹的。連他的頭髮、睫毛與眉毛開始燃燒，鼻子燙出了水泡，他都渾然不覺。痛楚總算讓他回過神來。他大叫一聲，扔了臨時湊合的盾牌回頭就跑，清真寺在火中化為虛無的情景揮之不去，他想，地獄，這應該就是了。對。因為那真真切切就是地獄的景象，他想起高掛教堂牆面的某些教誨畫，幾個世紀以來發揮了用驚異與恐懼震撼單純心靈的作用。然而一縷思緒閃過他心海：要是地獄選中了小鎮來展演祂那火之劇場，那麼是誰墮入地獄受罪？

與母馬會合時，他上氣不接下氣。起初他以為是一路奔跑所致，但後來他領悟，滾燙空氣的作用應該一如毒藥。他還覺得渾身虛弱、麻木昏沉。他的頭也在痛。他也意識到臉皮灼燒般疼痛，剛剛太靠近那片火海了。他爬不上馬背，而當他終於上了馬，就好想趴倒在牠背上入睡。他踢了踢老母馬的肚子，老母馬便自動往派出所走。

與火場漸行漸遠，空氣重新變得寒冷純淨。警察因此感覺好多了，尋思自己難不成是夢見了這樁恐怖情景？但渾身揮之不去的毛髮焦味駁倒了如此假設：清真寺確確實實在火中消失了，而且這場大火，如此不得了的大事，竟然沒有讓整群看熱鬧的傢伙與好奇的人醒著不睡，反倒騰空了小鎮街巷，讓鎮民全都足不出自家屋牆，這又更加難以想像。

來到派出所，努利歐恢復了神智。母馬主動走進馬廄。牠用妝點了白毛的淡紫色巨大嘴唇推開門，走了進去。牠的姊妹嘶鳴著迎接牠，不斷發出彷彿在笑的奇怪聲音。剛回來的母馬太累了，不做回應，只是蹭了蹭牠。兩頭牲口看來很高興能團圓。

警察想說會在所裡找到巴喇杰，但裡頭空無一人，還冷得很：助手應該很久以前就離開了。壁爐只剩下灰。他得撥弄許久，才喚醒幾點星星之火。他看見火重新燒紅，頓感反胃，憶起了那黑夜的空氣中顫動著、熊燃著的巨大火堆，像奇異生物吃飽喝足之後沉醉夢鄉，而他就在旁邊，久久僵立，不敢置信，差點就被牠極致的高溫吞噬。

巴喇杰不在，這就怪了。當然，助手確實來過，派出所窗明几淨可以為證。但是，不可能渾然不知清真寺起火的助手，竟然沒有等他回來，也沒有像偶爾會做的那樣用笨拙的筆跡留下字條。這不符合巴喇杰的個性，這傢伙一向大驚小怪，為了通報雞毛蒜皮的屁事，還會來打擾他、或是等他好幾小時！

他決定直搗助手家一探究竟。

路上，他思索了起來。白天的狩獵對他來說彷彿已是遙遠的往昔。他不在的時候，非比尋常的大事發生了。是說，他努力限制思緒，專注當下行動，去巴喇杰家，找到他，質問他，這樣才不會去想這場大火的規模與後果。

尤其，後來他驚訝的是，他從未思量火災可能的受害者。他不知不覺就全神貫注在寺體的毀滅、唯獨寺體的毀滅上，他清晰記得清真寺的建築、規模、高度、牆面灰泥的赭紅顏色、一道道塗成天藍的梁頭從圓頂下穿出，還有圓頂本身，閃閃發亮，幾個世紀以來它的銅從來沒有失去輝光，因為穆斯林社群將它視為他們上帝輝耀的象徵，每年都為它仔細上漆，讓它不會黯淡得發灰發綠。

對，這就是努利歐執著思索的事，為的是不要掉進他預感自己的腳下即將張開的深淵。

他再度看見了佩尼業葛神父被鑿穿的腦袋，僵硬詭譎的身軀臥在雪中，縫補處處、衣襬簡陋的黑聖袍滿是泥濘、不成模樣，還有那在不是寬恕、而是憤怒的最後一刻攥緊了拳頭的右手。神父懸而未破的凶案，在他眼中，忽然顯得無足輕重了。

而他竟然還曾抱怨上任以來他無聊得要命！

數月之間，小鎮出了一連串不得了的大事。他分布帝國各地的同僚大部分工作到退休都絕不會碰上這麼多事！他呢，竟置身天搖地動的這個地方！他幸運極啦！他是被選中的！這讓他激奮不已。

他走向巴喇杰家。究竟這講不出超過四個詞的句子的大東西在搞什麼？從外面看毫無蹊蹺。窗戶沒透出一點微光。有人在裡頭呼呼大睡。這如何可能？

努利歐心頭火起。

但當他近到離門不足五公尺，一陣瘋狂狗吠迎面而來，讓他裹足不前。天殺的狗愈叫愈大聲，大智障竟然管都不管！警察就這樣停步了幾秒鐘，狗吠卻不停歇，而儘管他對狗的學問一竅不通，這些散發溼答答森林底部與舊衣物的味道、大眼睛蠢得要命的動物令他作嘔，他還是逐漸了解，這些急促尖叫全無攻擊意味，而是一聲聲的呼喚。

他賈勇前行，進了屋裡：他發現巴喇杰大大躺臥在地。大腦袋凹凸浮腫，淌出長長的血跡，兩條狗正盯著這道血痕瞧。努利歐以為助手死了。他在助手身旁蹲跪下來，兩指湊上助手喉頭。他感到血管有血鼓動。大畜牲真是身強體健。

警察站了起來。他踉踉蹌蹌，只得用一隻手撐住牆壁。顯然，太多事正在發生。

他開始懷疑：他夠格面對眼前發生的一切嗎？他忽然覺得自己像處男面對生平第一隻乳房一樣白痴。怎麼做？怎麼辦？

巴喇杰呻吟了起來，眼皮依然緊閉。

「聽得見我嗎？」警察重新蹲跪在他身邊。

助手咕噥。

「啥？你說什麼我完全聽不懂！」

「喝……喝……」可憐傢伙閉著眼重複說著。

努利歐起身環顧四周。他還是第一次走進下屬的小屋。他看見石水槽上方掛著幾個金屬杯。他取下一個，裝滿了水，湊到傷者唇邊，巴喇杰貪婪急切狂飲起來。

「好啦！講吧！你怎麼了？」

巴喇杰再度昏睡。真的好痛。他想嘔吐。想睡覺。想永遠睡覺。還有「我的帥小子們」。他的狗！

「『我的帥小子們』……」

「啥？你說什麼？」

「『我的帥小子們』……」

「講啥鬼話！到底是要不要跟我說發生什麼事！」

巴喇杰卻沒有反應，早前稍稍抬起的頭又一次委頓在地。

於是努利歐搧了助手一個又一個、一個又一個巴掌，兩頰打得啪啪響，一邊吼著巴喇杰的名字。同時他感覺自己的心間油然而生一股詭異的情緒，一種他從未有過的嶄新情緒。不是害怕，而是恐怖。對。恐怖。他渾身顫抖著意識到這種情感、叫出了它的名字時，它趁機又更強烈了一點。

34

幾小時前，巴喇杰倒在外面的冰天雪地中不省人事，大身軀僵硬得像根帶皮原木，死神在他周圍緩緩盤旋，嗅聞他，猶豫著，用鐮刀的尖端戳戳他，又後退，將祂骨骼做成的古老雙手擱在他額頭上的時候，巴喇杰作了個夢。

他走在一片陌生的風景中，植被是石楠、野百里香與苔蘚。這裡、那裡，柳葉菜的花穗打破了植被的單調，還有一團團紅得幾近棕色的肉嘟嘟的景天。並不真的有路，但他毫不猶豫就往一座小山圓圓的山頂走，小山似乎累得靠著天空休息。黎明，或是傍晚，不太清楚。太陽不見蹤影。只見它橙色的光芒，在天邊襯出了小山的輪廓。

巴喇杰向前走著。孤身一人。他的狗不在。也不見任何人。或許他是最後一個人類？甚至是最後一隻生物？因為什麼響動都沒有，沒有聲音，沒有鳥鳴。沒有風。不冷也不熱。

他持續前行，覺得必須這樣做，卻不知道自己是在追逐一個目標呢，還是在遵循別人下達的命令。他今生頭一遭心中沒有絲毫憂懼，不再如履薄冰。他享受著這嶄新的狀態，昔日的他啊，把一種馴化了的恐懼當成時時刻刻的夥伴，覺得自己總把這樣的恐懼放在其中一個口袋，帶著到處走。

小山山頂愈來愈近。但老天啊，路好遠！遠，也充滿滋味！巴喇杰沉浸在這滲入他整個身軀的快樂中。他放鬆了下來。他自小只有蜷縮、緊繃、弓背、垂頭、手隨時準備在拳腳襲來時保護自己的臉，如今身體卻全然靈活柔軟。他的身體不再是占空間的笨重東西。一雙長腿步步踩著苔蘚與石楠，他透過這些花草，感到自己腳下土地的那分從容，漸漸充盈心田。

眼中的山頂愈來愈大，他覺得自己煥然一新。重返青春。活潑。敏捷。輕盈。他陶醉於自己愉快又自在的新本質，昔日宿命對他飽以老拳，如今都一掃而空。累，峰坡變得陡峭，光線變得強烈，讓他瞇起眼睛，他卻輕快欲奔。他很快就能踩上緊擁天空的藍色與粉紅色草地，就在那，多麼近，在那躺下來，對，躺在那舒展身軀、重獲力量，讓空氣進入肺中，平息鼓動的心跳。

他踉踉蹌蹌、氣喘吁吁爬完了坡，置身光芒絢爛的山頂，可能是熱烈如火的日落或日出，消泯了一切，舉目盡是黃金融化也似的光，令人疲倦。此時他感受到有東西擦過臉頰，他以為是「我的帥小子們」用粗糙的舌頭輕撫他，但其實是死神用無肉骷髏的指骨尖端不無諷刺意味搔著他，恭喜他走完了這一程，來到了山丘最高的地方，站在另一個世界的門前，這另一邊的世界向他敞開，他要做的就剩下任自己輕柔滑入這世界。完全信任。全然安詳。徹底放下。

但忽然，彷彿企圖打破夢柔軟的障壁，一個熟悉的聲音傳進他耳裡，呼喚著他的名字，溫柔重複了一次又一次，是女孩的聲嗓，幾乎還是孩子，對他聲聲呼喚，語氣滿是懇求，這個迷人又純潔的聲音，他認出來了，是木鞋匠的女兒，蕾米亞。於是，彷彿從覆雪的陡道滾落，他受她吸引，撒手任自己沿著剛剛才爬上來的山坡滾落，小山也忽然直起身子，讓他墜回生命與生命的種種恐懼，那苦澀的生命，他睜開眼睛，猛然回返其中，回到他受苦的身體裡，對上了上司，隊長，那陰冷的眼神，隊長俯向他，五官被某種薄霧抹糊，不斷用刺耳的嗓音呼喚他的名字，一邊對他搧著清脆耳光。

「終於！感覺好點沒？醒來！大蠢貨，我叫你醒來！」

「隊長……」助手咕噥。

「太好啦！你認出我了！」

「隊長……」巴喇杰囁嚅不休，「對不起……對不起……」

蠢貨在道歉！確實是他的作風沒錯，為了芝麻小事不斷道歉。

警察費了些力氣才讓他坐在壁爐前。他翻弄餘燼，扔進一綑細柴，柴隨即燒了起來。「我的帥小子們」湊近主人，尋求愛撫，身側緊貼這巨漢的大腿。努利歐又給他一杯水，他慢慢喝完。

「你沒流血了，但傷口很嚴重啊。誰幹的？」

助手雙眼迷茫望向警察，望向「我的帥小子們」，再望向警察。他什麼話也說不出，因為無話可說。他想睡覺。頭很痛。他還是試著解釋了一番：有人敲門。他出門。外面沒人。他走幾步。一片漆黑。接著有人打倒他。他什麼都沒看見。什麼都沒聽到。然後寒冷試著吃掉他。他醒來。解開綁著他的繩索。爬進屋子裡。重新昏過去。

就這樣。

事情的經過簡單又神祕。

巴喇杰打著哆嗦。臉色蒼白。狗兒們望著努利歐：牠們的眼裡充滿了一堆通常只有人會提出的大哉問。他知不知道巴喇杰會不會死？他又不是醫生！世界對他來說顯然變得太複雜了。他眼睜睜看著世界的運轉飛速失控，卻完全不知如何力挽狂瀾。

努利歐記得派出所某處有急救包。那是個厚豬皮盒，裝了繃帶、麻絮、紗布、藥膏、酒精瓶與一些不知名的藥水。裡頭還有一套縫傷口的工具，有針也有線，但光是想到就讓警察戰慄不適。這些東西他無論如何是操作不了的。

巴喇杰又閉上了眼睛。癱倒在椅子上。傷口不流血了。邊緣皮開肉綻，像一朵淫靡惡臭的熱帶大花枯萎了的花瓣。

當晚，警察上了床，髮妻感到他靠近，就翻了個身，警察花了好長時間才入睡。是說，他真的有睡著嗎？太多他無法釐清邏輯與經過的事件襲捲小鎮，尖刻的直覺告訴他：還沒完。

他去派出所找急救包，之後在助手身邊又多留了一小時。他盡可能好好包紮助手的頭。接著他攙著他在床上躺好，兩條狗也跳上床，依偎在助手身邊。巴喇杰閉著眼睛愛撫牠們良久，接著終於沉沉入睡。警察悄然離開助手的小屋，走過荒涼的大街小巷回家。他繞了好大一圈路，為的就是避免靠近小廣場，清真寺的燼墟還在那裡生育著微弱的火光與煙霧。

破曉前奇異的幾小時裡，外頭還只有靜謐與黑夜，睜開眼皮之際不曉得是醒是夢，努利歐開始想著，什麼都沒發生：他看見自己仍是含辛茹苦的年輕窮學生，靠清湯寡水與他難以參透的各種宏大哲學理論度日，沒錢上咖啡館，所以在城裡走上幾個小時，在大學圖書館破舊又骯髒的長椅上拖到閉館前最後一刻，然後躲開房東太太，悄聲溜進自己的房間，他總是欠她一到兩期租金。

人生那時什麼都還沒真正開始。一切、或說幾乎一切都擁有可能。就像置身深林入口，眼前輻散著路，路全都穿過森林，走法卻琳瑯各異，分別抵達明亮的林間空地、參天老林、環境惡劣的矮樹林、荊棘叢、鮮嫩青草地、落葉滿溢的泥濘沼澤。

每條路書寫著一種人生，我們絕無可能抹去或重寫其中章節。每個人注定要在自己的生命故事裡前行，就算不滿意這故事，也永遠無法撕去紙頁、改寫文字。

到底發生了什麼事，他，昔日那個瘦弱的學生，在書堆、燈光與人群裡隱沒身影，狂熱做著千般夢想，變成了個職能荒誕令人發噱的警察，被放逐到遠得要命的省分，煩悶至死、悔恨至死，忽然卻又被洪水般的險阻與苦難淹沒？

他其中一個小孩，聽來是小女生，哭了起來，中斷他哀傷的遐思。他太太嘆息著起身，揚起了睡眠撫慰過的溫熱體味。努利歐呼吸這股氣息。他又想起了邊境伯爵的追獵女，想起她們強壯的身軀，她們身上骯髒皮革、蕨類、汗水與啤酒的芬芳，她們的嘴唇，她們的牙齒，她們的胸脯，想起被他撞見在雪中尿尿的那個她寬闊的屁股，與她火燄般的毛叢。他感覺陰莖硬了。

警察嘆了口氣。

就這樣，重新占了上風的，是生活。很快就得起床。重新進到生活中。把角色扮演到最後。披上自己角色的衣裝。他思及他那片青春森林，思及許多他當時不懂得去走的路。

他沉重又悲傷。

幾乎想哭。

35

中午時分，在推遲了十次，同時也期待著——這必須說清楚——鎮長、報告員或他們某個僕人來敲他的門找他，卻誰也沒來之後，努利歐終於下定決心走出家門，前往清真寺那片廣場。

這天天氣晴朗，意外溫暖，冰霜節節敗退還是頭一遭。厚厚覆著眾家屋頂的雪在陽光裡漸漸頹軟，任水滲出自己的身軀，從簷溝滴落。

警察弓腰前行，下腹咕嚕翻攪。他難以抑制這緊張的絞痛。街道上，幾個男人，女人，小孩，還有老人，步調不一安靜走著。走了幾百公尺，努利歐意識到，所有人都往同樣的方向移動，那也是他的方向。

他走到赫拉非可街底，整條街滿滿是人，人群緩緩走著，依舊沉默無聲。他在人群之中左右穿行，但人群很快就變得太密，他不得不出肘推搡。唯有他繼續往前。周遭只剩僵立原地、瘖啞無聲、對警察借過的命令無動於衷的一具具身軀，警察毫不留情用力推擠，他們讓開得非常勉強。

他呼吸困難。他推弄一堆死人。他是一堆屍體中間唯一試著移動的活人，這些屍體愈來愈像溫熱、濃稠、黏乎乎的岩漿，時時想固定住他，直到窒息。

愈靠近廣場，阻力愈大。他感覺自己永遠到不了。他的咆哮、他為了殺出重圍而出手的推擠、下達的命令，似乎都徒勞無功。他快窒息。肚痛如絞。他費了如此大的力氣，所有這些人卻彷彿沒看見他、也沒看見彼此。簡直就是一大隊中了咒的夢遊人，咒術讓他們擠在同一個地方，不知在等什麼。

警察現在下手已經毫不留情，但他出的拳肘全都深陷隱形的沙包。這些身軀承受他的推撞，卻幾乎動也不動，被他強行撬動的人也沒有一個抗議。

過了他感覺沒完沒了的一陣子，他總算撬開了最後一層黏連的肉塊，汗流浹背、氣喘吁吁，來到了清真寺廣場。

人群站得離龐大燼墟幾公尺遠，燼墟還在冒煙，瀰漫著暖意，舒服得很恐怖。人潮實在壯觀，警察此前專心致志前進，現在才注意到。鎮上所有人似乎都聚集在這裡和周邊街道了。幾千張臉，幾千雙眼，都看著同一個東西，幾千隻嘴巴緊閉。令人震撼的不僅僅是男女老少人山人海，還有他們的徹底寂靜。因為沒人講話，甚至好像沒人在呼吸。他們的臉沒有任何表情，沒有恐懼，沒有憤怒，沒有驚惶，沒有滿足。他們無動於衷，彷彿生命或意識已離他們遠去。

警察忽然無比恐慌。他感覺自己是唯一還擁有靈魂的人。他整個人被扔進了噩夢裡，這本身已經不舒服了，同時更被告知噩夢不是噩夢，而是現實，他因此更加難受。他不知如何是好。如果可以，他想消失，或是重新鑽入瘖啞的人群，融入他們的繁多、寂靜與無名無姓，但他感覺到，他旁邊的這些身軀形成了緊密的牆，不會再打開讓他通過，他已經不許回頭。就在這時，他聽見背後有個聲音對他說：

「隊長終於來啦！差一點就太晚囉！」

這個嗓音，努利歐馬上就認出來了，但瞬間又同時思忖，不可能，剛剛這樣對他說話的那一位不可能在這裡，對，絕對不可能，因為這音高很高、簡直女人、同時又冰冷刺耳的聲嗓，正是他上司，史侯指揮官的聲音。而就算有人去通知指揮官發生火災，指揮官也不可能這麼快就從T城趕到小鎮。再說，是要怎麼通知呢？

警察顫抖著轉過身來。他轉得很慢，下腹又開始呻吟，他逼自己睜眼，雖說他渴望閉眼，他感覺自己在眼前的情景裡是個任人操縱的木偶，他是如此深信，此情此景只不過是他在睡夢中拼湊堆疊的天方夜譚。

如假包換，赫然映入他眼簾，讓他驚愕萬分的，是鎮長、帝國政府報告員、稅務員、檔案管理員，還有歐黑茲．姆拉非。他們簇擁著的那一位，正是制服完美筆挺，靴子蠟光璀璨，右手戴著淺色羔羊皮手套、揮舞著黑色馬鞭、一顆頭大若小牛、臉頰鬆鬆垮垮、眼睛黃得像尿的史侯指揮官本人。

「好極了！」

指揮官注視隊長，像看著可悲的生物，像看著壞掉的工具。努利歐為了不失態，立正站好，就這樣立正了幾分鐘，因為他上司，不知是心不在焉還是心狠手辣，等了很久才命他稍息。史侯身邊，昨天還是狩獵夥伴的這些人，如今一臉漠然，報告員除外，這場面似乎逗樂了他，他努力壓抑著笑。

努利歐腹中翻江倒海。他感覺裡面有個惡魔以扭絞他的腸子為樂。

指揮官下巴一抬，讓警察禮畢。然後，揹著雙手，戴著手套的手指攥緊馬鞭，指揮官開始走動，一眾地方要員亦步亦趨跟著他。努利歐幾欲暈厥，只想奔向某個地方紓解痛苦，卻不得不跟著他們一起。弓腰哈背，蹣跚前行，渾身肌肉緊繃，臉色蒼白、冷汗直流，努利歐活像個橫越結冰沼澤的老頭。

離依舊動也不動、鴉雀無聲的人群幾公尺遠，他們一小隊人繞著宏偉的燼堆走了兩圈。燼墟高近三公尺，顏色是一成不變的灰，表面輕輕一觸就碎成粉，在外頭仍能聽見燼火在深處低吼。整座建築燒到只剩這輕盈綿軟的物質，在中央，幾千度的火場高溫蹂躪過的清真寺圓頂向內坍縮，如今酷似一滴龐大烏黑的淚。

「很好……很好……很好……」史侯指揮官視察完這場大災難之後，呢喃說道。語氣跟他在閱兵結束時會用的沒有兩樣。接著，指揮官猛然轉向鎮長與他的蝦兵蟹將，輕快說道：「諸位，我們去用個午餐如何？肚子飽飽，才能清晰思考，連上帝都知道，我們需要思考！」

大概是被前一天的盛宴影響，眾人對指揮官的提議興致缺缺。然而，沒人敢提出商榷。努利歐呢，正備受煎熬，盡可能咬緊牙關、夾好屁股，著魔似的扭絞身軀。

「那就起步走！向客棧衝鋒！」

指揮官差點就吹起口哨為行進奏樂，但此前一直忽略現場人群的他，似乎重新意識到群眾在場，還全都莊嚴凝重望著他，於是也就冷靜了下來。

他神情肅穆，走向擁擠人群的第一排，肥臉擺出嚴厲表情，然後只需要像元帥持杖一樣將馬鞭高舉面前，人群就像昔日摩西分紅海那樣分成兩半，為指揮官一行人留出一條窄路。

36

所有人坐定後，聊的就只有烹飪，也只有指揮官一個人說話。指揮官聊起吃的就滔滔不絕，沒人膽敢打斷。席上大部分人像看一頭怪奇動物或甚至一個瘋子那樣看著他。但他是從T城來的，手上還握著他們沒一個人擁有的權力與特權。

努利歐肚裡風暴消停了，坐在桌尾。這裡就他最了解他上司，深知史侯對食物的痴迷與以此為題發表的長篇大論背後藏著的，是一個智慧有限、卻又愚頑不知變通的頭腦，拿妥協不了的命令與毋庸爭論的律則當成帶刺鐵絲網層層防衛。史侯就是那種軍官，假裝跟部屬親近又友善，但情勢若有需要，也隨時可以眉頭皺都不皺就槍斃幾個手下以儆效尤，然後一邊喝烈酒、抽雪茄，一邊揉搓窯子女人的肚皮。

上司口若懸河暢談燉菜、煨肉、罌粟籽小麵包與覆盆子果醬卷是如何之好，警察逐漸回神，試著分析情勢。

如今他眼中呼之欲出了，邊境伯爵邀人打獵是個圈套，而他因為虛榮、因為妄自尊大，就這麼掉了進去。一切都是設計來把他從小鎮引開。他，還有其他憑著職位而握有各種名義或實際權柄的人。他想起了前晚報告員在他倆離開戰利品展示場時，那番雲中霧裡的話，說什麼白天已經很棒，晚上更絕對難忘。

「絕對難忘」！這個老變態難不成知道會發生什麼事？老變態知道，其他人知不知道？

努利歐記得，自己不顧邊境伯爵硬是挽留，堅持告辭的時候，逮到了眼角互望的餘光，看來就像他們全是一夥的，通通都知情。但決定燒掉清真寺的是誰？執行的又是誰？巴喇杰遇襲是否也牽扯其中？史侯指揮官無巧不巧蒞臨小鎮又怎麼說？為什麼他在這？

「無巧不成書嘛！」史侯玩味著下屬剛才斗膽向他提出的疑問，慢慢喝乾了大啤酒杯，把杯放在桌上答道，「是啊，隊長，無巧不成書……我決定來拜訪你，我本人好親自看看你偵辦可憐的佩尼業葛神父遇害一案的進展，或者我必須說，的毫無進展。我在克拉沃第奇的驛站過夜，天沒亮就又上路，到你們鎮上大約早上八點。我直接就去你的派出所，吃了不怎麼愉快的一驚：你徹底沒個影子，連你助手，那個你呼天搶地叫我給你的員額，也不見蹤跡。各位，您們想必已注意到，有時候，事情環環相扣，一件推一件，多像在變魔術啊。當然啦，發生這麼大的事，您們一定會通知我！唉呀，還真巧，太巧啦，我預判了你們的期望，在需要的時刻來到你們中間，親自承擔。」

指揮官講話時，努利歐環顧在座眾人的臉。大家都累壞了，沒怎麼專心聆聽。他們之前喝多了。吃多了。所有人應該都還感受著昨天的疲勞，還有邊境伯爵展現慷慨送上的餚食酒水對身體造成的傷害。

但警察察覺到的，是這種讓席上幾位打著哈欠的倦怠背後，洩露了另外的什麼：一種對指揮官言論的漠不關心，一種好奇心的徹底缺乏，更還有，明明情況尤其應該讓大家憂心忡忡，大家卻明擺著老神在在。

大家正在玩牌，人人知道別人有什麼牌、什麼數字花色，牌局會怎麼走、目標為何，只有他被蒙在鼓裡。自知正遭欺瞞、卻又無能為力的苦澀在努利歐心中油然升起。

指揮官拍了拍手，表示宴席結束。

「各位，現在我得告退來好好想想貴鎮遭逢的這件非同小可的事。今晚我會告知各位我的結論。在此之前，我須要一個人待著。老闆！帶我去我的房間。來點濃濃的紅茶，再來一瓶你們這邊喝的水果酒，那種很生猛的烈酒啊，叫什麼來著，是了，『黑沛滋』，我有印象，名字卻一下子想不起來。好極啦！至於你，隊長，五點我在房間門口等你。我們好好來釐清。準時啊。光陰不等人！好啦，各位再會！」

指揮官褲頭未繫、背心敞開，還忘了扯掉餐巾，就這樣敲響腳跟向大家致意，然後由神情莊嚴、深紅鼻子似乎又變大一倍的魏羅克領著，前往客房區。

好一陣沉默。大夥不太敢彼此互望，遑論交談。率先開口的是報告員，他丟出一句不痛不癢的話：

「真不得了！」

其他人敬表贊同。

鎮長接話：

「是啊……真不得了……」

努利歐端詳這些人。他感覺他們實際上比打算表現出來的還不擔心。

「隊長呢，隊長怎麼看？」姆拉非一雙灰眼睛直直與努利歐對視。

努利歐遲疑了。他能說什麼？所有人抬頭望向他。

「我也非常震驚。事情真的難以相信。不過，是說，能不能請教，各位哪個時候得知這樁慘劇？」

咳嗽。在椅子上扭來扭去。互相張望，決定誰來回答。最後是報告員。

「邊境伯爵破曉時分用他的車送我們回來。我們全都在城堡睡了一覺，睡得很少倒是真的。我們比史侯指揮官早一點進鎮，他剛剛也自己跟隊長說了，他到了鎮公所，鎮長先生在那裡用熱呼呼的湯給我們提神。指揮官跟我們說，他與許多看來要去同一個地方的人錯身而過，我們於是一起發現了這場大災難。」

「你們抵達鎮上、一路去到鎮公所，都沒起一點疑心？什麼都沒看見？沒聞到有火災？」

還是一樣，報告員的所有這些旅伴讓如此熱愛寫作與講話的報告員來回答警察：

「這一夜很短，我們又全都有點喝多了。我們在車裡睡著，車廂裡拉起了厚厚的天鵝絨窗簾。要下車的時候我們才醒來。」

報告員停了下來，等待警察反應。警察想了想，尋思多說無益。他猶豫要不要告訴他們助手遇襲，但最後決定噤口不語。

「我得告辭了。」

「隊長請盡力而為。」鎮長覺得這麼說很好。然後又補充道，「我們完全信任您！」

「對，我們完全信任。」老教師重複這句，冰冷的目光閃爍一絲嘲諷。

努利歐點頭致謝，離開客棧。

37

助手看來像個巨大的保齡球瓶，腦袋包裹著紗布與碎布胡亂纏成的頭巾，是原本的兩倍大。儘管頭痛欲裂，讓他比平常還難以找到合適的詞語，巴喇杰還是向他上司講述了前一天遇見馬忒甲·馬鷹壬與他那些奇怪同夥的事。他盡可能鉅細靡遺、精確無誤。同時他也覺得有必要說一說馬鷹壬是何來歷，名聲又如何。他猶豫過是否要提到自己闖進德莒狄的馬廄，還在裡頭進行了完全非法的搜索，怕的是上司責備。但恰恰相反，警察讚許他的行動，倒讓他大吃一驚。

「幹得好，巴喇杰。情勢如有需要，手段偶爾就須變通。那麼，為邊境伯爵送來請柬的，就是這同一個馬鷹壬了？」

「是的，隊長。」

「你為什麼說他無法無天？」

「他殺得了自己的父親。」

「他這個時候兩度出現在我們的事裡，很特殊。更奇怪的是我們還知道他效力於邊境伯爵。」

警察思索了助手剛剛告訴他的一切。這些人帶的東西沒什麼可疑，起初巴喇杰設想他們是工匠，但馬鷹壬被撞見與他們同行，這些人的模樣、臉孔與行為舉止還全都不像普通的木匠，反而像是傭兵，那就推翻了前一種假設：清真寺的火災證實了，這些人在鎮上出沒無論如何絕非偶然。還得盡快訊問德莒狄才行。

他們找著了德莒狄，他在馬廄裡忙著更換草料墊褥。

「就我所見，有人在你這寄宿過馬？」警察試探。

「我就幹這行的啊，隊長，就我所知不犯法吧。」德莒狄一邊答，一邊目不轉睛盯著巴喇杰與他裹著布的大頭。

「當然不犯。他們幾個人？」

「八個左右。」

「他們哪裡來的？」

「我完全不知道。我又不講他們的語言。他們付我一個晚上的寄宿費，但提前很多先走了。」

「什麼意思？」

「昨晚七點左右，我聽到砰砰磅磅一陣響動。我從窗戶探出頭，看見他們揚長而去。沒有在拖泥帶水。」

「這你不覺得怪？」

德莒狄聳聳肩。努利歐明白再問下去也問不出什麼更多的了。他示意巴喇杰該走了，但巴喇杰用眼神指給他看，馬廄深處一角，有塊發黑的破布從草料上頭露出。警察走過去蹲了下來。是件粗布外套，捲成一團，兩袖袖口燒焦。

「這你的嗎？」他詢問目不轉睛盯著他一舉一動的德莒狄。

「不是。」然後德莒狄背過身去，繼續在夯實的泥土地上鋪新鮮草料。

努利歐嗅了嗅外套：除了汗味，還有新鮮、刺鼻、濃烈的煙燻味。

「這個我帶走。」

德莒狄聳聳肩，表示他無所謂。努利歐與巴喇杰走出馬廄。

鎮上，生活似乎已經恢復正常。路上人來人往，享受著漫長冬季第一天的晴朗。奇怪的是，行人大多都家私滿行囊，攜帶著衣物包袱、椅子、整疊盤子、鍋子，小孩拿著木頭或絨毛玩具與童裝，婦女抱著羽絨被、床罩與大鍋，男人搬著床，有的人還三兩成組，運著櫥櫃或木箱。乍看之下會以為是在搬家，卻有幾十個人又幾十個人參與其中，警察開始覺得可疑。而當他逮到了兩個同夥拎著三座燭台與一盞流蘇大吊燈，從一幢穆斯林的家屋走出來，看見他時一臉驚恐，像犯錯被抓的小男孩，他很快就懂了是在幹什麼。

洗劫剛剛開始。

就算人能有什麼顧慮，也早就扼殺掉了，而人間至惡，正是鄰居。親近僅止地緣，我們如果只看鄰居的笑容，誤會就大了。

鄰居是頭野獸，觀察、嫉妒你這麼多年，就等你暴露弱點，把你生吞活剝。鄰居是不折不扣的偷窺者：他對你的生活瞭若指掌，在他眼中你總是過得比他好太多。因此，隨著時光流轉，他幾乎不由自主，心中油然生恨，若逢天時地利，你幸運的話他只偷搶你，你不幸的話他就殺害你。

沒有好鄰居這種東西。

死了的鄰居才是好鄰居。

警察這人有滿滿的缺點，不過在他靈魂某些人跡罕至的隅室裡，倒還是擺了些粗淺的道德。他帶著厭惡，看著老鼠大軍搬空了所有能搬空的，連他們永遠用不到或已經擁有的也不放過。

助手也不是笨蛋，如果他主人命令他當場拘捕這些小偷，雖說他受傷的地方還是痛得要命，他依舊會樂意之至、奮不顧身去做。

再說，警察跟他講了一番話，讓他覺得隊長看穿了他心思。隊長低聲悲傷說道：

「不必了。他們人太多了。要抓就必須逮捕整座小鎮，我們的牢房太小了。」

於是，他們放任這些混蛋繼續搜刮，走向小廣場。廣場上龐然聳立的燼堆依舊見證著——但還能見證多久呢？——這裡曾有一座建築，矗立了幾個世紀。

兩人條理分明著手調查，或不如這麼說，依的是隊長的條理。努利歐掏出了他那本小筆記本，開始測量並繪製草圖，助手則繞著龐大的燼堆東看西看。灰燼的小山火炭未滅，還是熱的，這火炭大概還要在小山中心紅通通燒上幾天。

大火是如此猛烈，一切都燒成了灰撲撲的塵埃，質地色澤均勻劃一。什麼都分辨不出，除了這裡那裡零星出現的玻璃塊，破碎了，熔化了，如今看來像是一個個清澈的小水滴。

巴喇杰翻找記憶，閉起眼睛，試著讓他素來認識的清真寺浮現心田。

建築規模很小，全木造，唯有圓頂由美麗的銅料錘製而成。建造寺體的櫸木經過了光陰流逝，有些地方泛著金黃、幾乎發白，另外有些地方的木紋則流瀲著漂亮的黃褐與猩紅色彩。離地三公尺處有六扇高大的格子窗，沒有裝飾也沒有彩繪玻璃，光線透過很厚的不規則玻璃窗格灑入。清真寺只有一扇門，兩塊門板是向外開的，由木條鉚接而成，同樣樸素極了，除了以鐵料錘製的門鎖，鎖孔的形狀是一彎精緻的新月。鑰匙很大一把，差不多八吋長，伊瑪目鑰匙從不離身，總是用皮繩繫著掛在脖子上。

火勢凶猛至極，大概還以驚人的速度蔓延，這是清真寺本身的材料導致的：除了支撐建築的石地基外，建築本身與寥寥幾樣家具，全都是木頭做的。而且還是古老的木頭，經過歲月洗禮早已乾燥，著火應該只要幾秒鐘。

巴喇杰思量著火災爆發時所有身處清真寺裡的信徒。至今沒有人敢高聲提起這些人。他自己，他上司，小鎮要人，全都不敢講，遑論史侯指揮官。所有人都假裝他們沒存在過。

助手來到了本是清真寺入口的所在。他四肢著地，開始小心翻弄溫熱的灰燼，用手指輕輕撥開。很快他就挖出一個大鐵件，一支鉚釘，然後又是另一支。接著是新月形的鎖眼蓋，被火燒到兩個尖角變形，如今像是一張被恐怖的笑歪曲了的嘴。

他繼續翻找，卻找不到大鑰匙，不過他想，這倒也正常，畢竟伊瑪目開了門，應該就會把鑰匙掛回脖子上。不過，他才準備起身，手掌就被什麼尖尖的刺了一下。他撥掉灰燼，把那東西湊到眼前，發現是根長釘，還不是隨便哪根釘子，這釘子經歷大火也沒彎曲，錘製的釘帽寬大，呈六角形。

他忽然渾身發冷，又一次覺得天旋地轉。毫無疑問，這跟昨天看見的那群與馬忒甲·馬鷹壬同行的騎手行囊裡的釘子一模一樣。他撲倒在地，繼續挖掘，而當警察走回他身邊，發現他就這樣瘋狂翻找，宛如一條狗急切尋找自己忘了藏在哪裡的骨頭，他就朝著警察直起身子，一言不發遞給警察六根相同的長釘，釘帽全是完美的六角形。

38

五點整，努利歐敲敲史侯指揮官的房門。沒人應門。他重新敲得更用力，但仍徒勞無功。他等了幾秒，猶豫著該怎麼辦。他附耳於門，感覺好像聽到另一邊傳來濃重的鼾聲。他於是下定決心狂敲猛敲。

「來啦！來啦！」一個火大的嗓音回應了敲門聲。

又過了幾分鐘門才打開，指揮官衣衫不整、睡眼惺忪，彷彿一肚子壞水似的，就此現身。

「沒必要砸門，隊長！好用力啊！我有聽到……但我專心在想事情。進來！」

房裡令人窒息。爐火通紅，窗戶緊閉，窗簾拉上。一盞油燈散發昏暗的光。

床鋪亂七八糟。床頭櫃上的酒壺空空如也，酒杯也翻倒了。

史侯趿拉著兩邊的吊帶，重重癱坐進了老扶手椅，一隻厭煩的手指指面前的矮椅，那矮椅坐起來並不舒服，努利歐勉勉強強盡量坐好。

「你講我聽，隊長。跟我講你的結論。接著我再跟你講我的結論。」

然後，他心不在焉，開始扣襯衫扣子。

努利歐對自己剛剛見到的這一切毫不意外。指揮官喝醉了，然後倒下來大大睡了一場。他也料到了他上司會希望他先開口。史侯是個可以預測的生物。

「我想某些好心人一定已經告知您，昨天我應邊境伯爵之邀去參加狩獵了。也不只有我：鎮裡的長官要員也都去了。這一天原本應該平平常常，我把日常勤務交辦給我助手。

「昨天中午，我助手巴喇杰在巡邏時注意到有個人現身本鎮，是邊境伯爵府的人，名叫馬忒甲．馬鷹壬，以前是個兵痞子，殘暴得遠近馳名。這人看來跟一小隊人同行，有八個，講不知道哪裡的話。這夥人在魏羅克的客棧吃午餐。這時候巴喇杰覺得奇怪，想搞懂他們的意圖，於是決定去看看他們的坐騎在哪休息。牠們寄放在某個名叫德莒狄的人那裡。看那些馬的樣子，應該有長途旅行過。我助手主動搜索了這些人的行李，沒注意到任何異常，裡頭只有錘子、木板、釘子，釘子的形狀與長度倒很特別，還有一些瓶子，裡面裝著他不知是什麼的液體，以及麻絮和布料。總之，沒有任何違禁品或值得非議的東西。

「快到傍晚，他回家，路上遇到了要去清真寺主持星期五大禮拜的古德吉伊瑪目。到家以後他照顧他的狗。六點鐘左右有人敲門。他出去。沒有人。他後腦勺的地方被人猛力一擊，於是倒在地上。

「他就這樣不省人事還一邊失血，在冰冷的夜晚裡待了好幾個鐘頭。然後我發現了他，對他進行急救。那時大概晚上十一點了。一小時前我離開邊境伯爵的城堡，其他參加打獵的人則還都待著。到了小鎮附近，濃烈的煙味和泛紅的天空點醒我，一場慘事發生了。進鎮以後，我前往火災現場，真的熱得太恐怖，我推進得非常辛苦。清真寺已經什麼都不剩，路上也一個人都沒有。

「今天，在客棧吃過午餐，我與我助手回到廣場。我們做了些記錄，簡單搜索過。火勢太猛，幾十個不幸罹難的男人女人，遺體已蕩然無存。只能找到幾件金屬，有鐵件、鉚釘，但最有價值的發現要屬這個，這是在清真寺門口的位置發現的。」

警察翻找他帶來的麻布袋。他掏出六根釘子，放上指揮官膝前的小茶几。

「這些釘子跟我助手在馬忒甲．馬鷹壬那夥人的行李裡看到的一模一樣。我們回到德莒狄的馬廄，發現馬廄一角草草藏著一件袖子燒焦的外套。這些人付了過夜的寄宿錢，但晚上七點左右，也沒通知德莒狄，就早早離開了。」

努利歐感覺到聽他說話的人注意力逐漸渙散。指揮官打著哈欠，搔搔肚皮，不時還目光悲悽望向床頭的空酒瓶。

「指揮官，我無意濫用您的耐心，在此做個收尾，跟您報告我們對燒毀了的清真寺鄰近居民幾場不同訊問的結果。所有人回答得都沒兩樣：什麼都沒看見！沒聽到！他們當時已經在睡覺。但那也太早了！是直到很久以後，有幾個人聞到燃燒味，鼓起勇氣把百葉窗稍稍開了縫，才發現有火災，卻也無能為力。

「話雖如此，這同一批居民還有其他跟他們一起的人，今天卻也不落人後，闖進穆斯林社群成員家中，一點羞恥心也沒有，成了最卑鄙的強盜，把裡面洗劫得乾乾淨淨。我職責所在，原本應該要以現行犯逮捕他們並關起來，但這樣幹的人實在太多，我自己一個人無力對抗他們犯罪。我對人性不抱太多幻想，但我們正在經歷的悲慘時刻讓我能夠為我們何其遺憾身屬其中的物種的卑劣之書更添新的一章。」

努利歐停頓半晌，不太知道該如何表達他最後想說的事。

「剩下一個問題：我們掌握了犯嫌、或至少犯嫌首領的身分，卻不知道是誰或哪些人指使的。誰會下令犯這個罪？誰知情？一切都經過安排，為的是把我、還有原本或許可以阻止這等粗殘行徑的各種公權力引出鎮外。邊境伯爵湊巧舉辦了狩獵大會，真的太剛好了，不可能是巧合。不過，組織狩獵只是邊境伯爵一個人的主意嗎？還是有人授意他的？如果是，又是誰？如今發生的一切，背後有多少直接或間接共犯？」

警察閉上了嘴。他努力在小椅子裡坐得舒服一點，但卻辦不到。指揮官看起來在打盹。

「講完了嗎，隊長？」

「報告指揮官，我已經把所有我知道的、我得知的，概述完畢。」

「好……很好……」

指揮官嘆了口氣，雙手手掌撐著大腿，站了起來。他整理好吊帶，繞著警察來回踱步，一邊撓著下巴，兩度佇足用沉思的目光端詳他。努利歐不敢呼吸了，史侯則繼續繞圈。這酒鬼在玩什麼把戲？活像拴在石磨上的驢，指揮官在努利歐身邊繞個不休，就這樣又過了彷彿永無止盡的幾分鐘，接著終於像要結束辯論那樣拍了拍手。他坐回扶手椅，直視警察。他如今看來已完全醒了。

「隊長，我要問你第一個問題。」

「報告指揮官，靜候指示。」

「對你來說我是誰？」

努利歐竭力不顯慌張。

「您是史侯指揮官，我的上司，邊境部東南諸省警政分署副署長。」

「對啊，官方的。但對你呢，隊長，對你來說，我是誰？」

「對我來說？我不曉得除了剛剛跟您報告的以外，我能怎麼說。報告指揮官，您是我上司。」

史侯失望地嘆了口氣，搖了搖頭，看著努利歐。

「不過，」他再度開口，「我相信你想到我的時候，不是這樣定義我。當然不是，你想必描繪了完全不同的形象。史侯指揮官？一個蠢貨，沒屁用的東西，笨手笨腳還渾身肝硬化的顏色，肚皮圓得像懷胎六甲，對帝國所有酒館的菜單比對參謀地圖更瞭若指掌！一張嘴，一個喉嚨，一個洞，一坨肚子，一隻大吃大喝的生物，食欲大得噁心巴拉，腦子小得像蚜蟲！」

警察想插話，指揮官卻揚起了手。

「你大概在等我吃太撐撐到嗝屁，想著哪一天取我而代之，也在首都的燈光和上流咖啡廳瀟灑爽一回，因為你覺得自己有這個資格。隊長啊，我要讓你失望了：永遠不可能的。永遠，聽見沒有！噢，當然啦，我會嗝屁，不用多講，這可悲的地球上每個人都會嗝屁，但你會比我早死。我知道。我有這個預感。我還感覺你會死得突然、死得愚蠢、死得粗殘。人各有命嘛！我跟你承認我的缺點，但我敢打賭，你也有缺點，還齷齪得很，還很會藏，藏在你那張乾淨的標準的被放逐到宇宙直腸裡的小公務員臉皮子後面！

「回到我身上。你喜歡把我想成放諸四海而皆準的白痴。這樣讓你安心。但你錯了，錯得遺憾。你的現實存在，我的現實也存在。兩種現實明明共存於世，卻完全對立。我是酒鬼，還貪吃得要命，我可以堂堂正正講出來，不管發酵的是什麼、蒸餾的又是什麼，我全都可以喝掉。我五十二歲了，以後我也不會改變。有一天我會因為這樣死掉。所以咧？」

指揮官停頓半晌，在口袋裡翻找某樣東西——菸斗？雪茄？——卻找不到。他低低咕噥了一聲，陰陰瞪了努利歐一眼，彷彿他不順是努利歐的錯，然後嘆了口氣，繼續說道：

「但隊長，你給我記住了，喝得醉、吃得好，可從來沒有妨礙我思考。剛好相反。對，剛好相反，聽到沒有！葡萄酒、燕餾酒、苦艾酒與波特酒讓我大醉一場，醃肉、香腸、鵝油烤馬鈴薯、鵪肉派、漬甘藍、鯡魚、釀豬肉、牛肉凍、波蘭餃子、禽肝沙拉、藍莓可麗餅、起司蛋糕、果餡卷、蘭姆酒冰淇淋還有香檳塞滿我肚腸，都讓我明察秋毫。當然啦，大學跟課本教不了這個！你放心，隊長，我快講完了。不過要真正做個了結，我必須問你第二個問題：隊長，在所有這些事裡，你到底找的是什麼？」

指揮官成功讓警察倉皇失措了。這番話連珠炮滔滔不絕，刻畫出的酒徒饕客形象，簡直是從法蘭德斯黃金時代畫作跑出來的，讓警察頭昏腦脹。認識他上司以來這還是頭一遭，努利歐懷疑起自己對他的判斷。自己是不是小瞧了他？

「答話啊？」史侯說。

警察開口：

「指揮官，很簡單：我找真相。就只是真相而已。」

史侯瞪大雙眼，面容逐漸漾笑，笑容變大、變大，化作聲響，驚天狂笑，止不住的大笑，笑得渾身顫抖，笑到清淚湧上眼眸。

笑得沒完沒了。笑得清脆響亮，像洶湧的辱罵。警察受的羞辱隨之等比成長。

一分鐘後，指揮官總算平靜下來。臉皮褪去了油漬甜椒也似的紅，恢復了平靜的表情。他一臉鄙夷睨視警察，搖了搖頭。

「真相！不過隊長，哪個真相？你的嗎？」

「真相只有一個，而且不是我的。真相不是誰的。真相就是真相，簡單明瞭。」

「呸！全是不值幾文錢的哲學屁話！老掉牙，過時啦，跟『地球是平的』還有其他腦袋打鐵的歪論臭味相投！兩千年過去啦，我們經歷了各種戰爭、分配、探索、發現、腐敗、幻滅、通融。清水已經混濁掉了。天空也滿是烏雲。現在我們必須在黑暗裡各憑本事。真相！真相！你覺得你的真相就是我的真相嗎？還有，隊長，我很樂意知道，你的真相是個什麼東西？講啊！大膽講，讓我再好好笑一次！」

「指揮官，我認為這沒什麼好笑的，反而，很遺憾，應該要悲痛。我們討論的是五十多條生命的消逝，男男女女、老人小孩，還有青少年，以如此殘酷的方式葬身火窟，被火燄吞噬，連逃出火場的機會都沒有，如何能笑？他們所有人不是死於意外失火，而是刻意縱火，所以是一宗集體謀殺，如何能笑？作案的人知道，遭人惡待、貶低的穆斯林群體最近每週五都會在清真寺全員集合參加大禮拜。媽媽抱嬰兒，大人牽長輩。他們藉此同舟共濟，團圓相聚，感覺大家團結在一起。凶手等著所有人都進入清真寺。等著大禮拜開始。用木板與釘子封死了門。從破窗扔進燃燒的混合物料。無路可逃。不見生天。沒有其他門。窗戶高得搆不到，沒辦法爬窗逃生。指揮官，這就是真相，如果還需要鞏固這個真相，這些當作證據難道不夠嗎？」

努利歐站起來說完這些話，揮舞著六根被火燒黑的釘子直指指揮官的鼻頭。指揮官推開他咄咄逼人的手。

「請自重，隊長。別忘了你在跟誰講話，我所代表的又是什麼。你因為一頭熱，用了不對的語氣，這是能讓你惹上麻煩的。你把這堆破銅爛鐵還有這件燒燬一半的外套拿來當鐵打的證據炫耀。我差一點以為自己眼前出現了中世紀黑暗時代的那些傢伙，人家講什麼通通相信，能把隨便一塊蟲蛀的木頭當成釘耶穌的十字架的碎片，把一截小母牛的骨頭當成某個聖人的小腿骨，把一塊被時間磨得舊舊爛爛的破布當成基督的裹屍布！

「所以你整套推論的基礎是這些屁釘子……可憐吶！這條路走不通的，我也從來沒有這麼懷疑過你偵破神父凶殺案的能耐，你連神父的死終歸說來對我們太有用了都沒意識到。他的死導致了他死後發生的這一切，其中壓軸的戲碼就是穆斯林社區完全消失，今後你就擁有一座乾淨的城鎮啦，純潔無垢，敗類清潔溜溜，這對帝國即將開展的大計而言，是多麼寶貴的實驗室啊。

「你的智慧太短淺了。還有人跟我誇過你頭腦靈活、通情達理呢。竟然還信誓旦旦跟我說，談到真相，你提出了有個什麼理論……你那時是怎麼講的，『有效的真相』，沒錯吧？怎麼忘了呢？明明這對我們很有用的啊？」

警察發覺上司對自己與報告員過往的談話有清晰的掌握。

「指揮官，您玩我好一陣子了，還一直明裡暗中辱罵我。您的智慧看來高瞻遠矚，如果我對事實的認識真的如此錯誤，這齣慘劇的真相，您能否大發慈悲為我揭露揭露？」

「那可單純極了。單純到你從來沒想過。有火災，對。惡意縱火，無庸置疑。但凶手不是你以為的人。我很願意認同你說的，你助手擅自翻查行李的那幫人屬於絞架的獵物一類貨色，但他們跟本案風馬牛不相及。」

「那凶手是誰？」

「誰？拜託啊，呼之欲出啦！就是穆斯林他們自己！明明是逃跑，還偷天換日裝成集體大屠殺！明明殺害了佩尼業葛，我相信是這樣沒錯，還把可憐的白痴施暴至死，卻想要以受害者的身分留在我們的記憶裡。高明！厲害！明明不斷散播罪惡，卻在歷史裡留下了被野蠻之手犧牲的羔羊這樣的身影！大夫落跑只不過吹響序曲。我們剛剛見證的則是壓軸一幕。我提的這些，你想要證據嗎，隊長，畢竟你好像很執著證據啊？你們在灰燼裡翻找過，有找到人體殘骸嗎？」

警察目瞪口呆。

「但是指……指揮官……火災是大……大概幾千度的烤爐，您怎麼能指望這些可憐人會剩下個什麼？」

「啊！所以你承認啦！什麼都沒有。沒有任何人類在場的跡證。當然啦，有釘子，但是沒有骨頭、衣物、腰帶扣環、珠寶……什麼都沒有。因為從來就什麼都沒有過。幾個信穆罕默德的傢伙縱了火，應該就包括伊瑪目，其他所有人則在夜色與冬天的掩護下悄悄離開家中，跨越了邊界，與他們的同胞會合。」

「什麼都沒帶走？」

「要讓人相信他們從來沒遠走高飛，而是葬身火海，還有什麼策略比什麼都不帶更妙？這些人應該包袱款款只帶走了最低限度的必需品。而且要怎麼知道他們真的跟你講的一樣什麼都沒帶？你有定期清點他們的住家和衣櫃是不是？隊長，夢該醒了。我怎麼講，事情就怎麼發生，更是我們要在一份精美的報告裡寫的。你跟我都要在報告上簽名，高層會閱讀，我敢打包票，還會滿意得不得了。」

努利歐頹喪極了。他不知道自己還能用什麼理性的論證來反對指揮官這些癲狂的說辭。

「好了啦，擺這什麼臉！別忘了幾個月前我叫你助手傳達給你的指示，很清楚啊。帝國，它的團結，它的強大，它的永恆，當然有賴它的力量，但也依靠它製造本身敘事、歌頌自身偉大、以劃定敵人來鞏固自己的能力。危險如果由外人擔當，就能更凝聚一個群體。相信我，我提出的真相比你的有用得多。這是所有真相裡頭最『有效』的，看吧，我在向你致敬，因為我這個真相還能讓你的小鎮恢復入冬以來亂成一團的平靜。你當作強盜小偷的那些人說到底只是一些良善的普通人罷了，因為針對傷害了群體然後逃之夭夭的傢伙，那不是偷，而單純只是拿取合理的補償。我不留你了。你現在可以退下。」

39

三月將盡，春天像遊民一樣到來。毫無徵兆，在柔和的南風裡盛妝登場。短短幾天，雪融化了。一週將終之際，只剩大雪堆這裡那裡零星散布。雪堆聳立紅褐色的草場中，像旅行過後筋疲力盡擱淺了的極圈大魚。

清真寺大火以來，三個多月過去了。廣場上的燼堆已經清乾淨，拿去灑在小鎮四周的田裡，之後就會長出小麥與大麥。

所有穆斯林家庭的房子都清得空空如也。某些家裡太小或不舒適的人不請自來住進了這些空屋，但也沒人反對。不動產權狀上的名字在暗中操作下換了一輪，鎮長與檔案管理員對此樂觀其成，每做成一份文件，他們就收到一筆印花稅再加賄賂。

警察在指揮官督導下，撰寫了一份報告。指揮官為此在魏羅克的客棧留了四天，豐沛吃喝之後就回房間，房間待一待就又去豐沛吃喝，同時用迷茫的眼睛監督努利歐的工作進度，每天傍晚都傳召努利歐來讓他把撰寫進度讀一讀。

報告符合以鎮長為首的眾人都認同的史侯提出的真相。警察沒有再試著反對這瘋狂的論點。某晚在派出所，他向傷口逐漸癒合的巴喇杰說明指揮官的理論，助手驚愕得一個字都吐不出，只發得出一種宛如洞中呻吟的遙遠聲音。

離開小鎮以前，指揮官覺得有必要警告警察，無論如何都不准就火災一事打擾邊境伯爵。再說邊境伯爵剛剛離開了城堡，前往帝國宮廷，會在那裡待到秋天。也不必想要訊問馬忒甲．馬鷹壬了。侯爵府總管捎來的消息指出，馬鷹壬已經消失無蹤，也沒留下去向：這件事因此就解決了，結案了。不用再碰它了。如果警察想考驗自己的聰明才智，那就繼續偵辦神父遇害一案吧，雖然說，這個案子也一樣，凶手也已經指明了。

無人接任佩尼業葛。

帝國各地的神職人員逐漸老去，稀落凋零。願意獻身聖職的年輕人很少了。宗教像個華服盛妝被歲月褪盡顏色的女人，再也無力感召新血投入。小鎮的教堂與許多地方的其他許多教堂一樣，依然空空蕩蕩。隨著年月流逝，大概會成為雜物間、畜廄或羊圈吧。糞便的味道會取代薰香的芬芳，綿羊的咩咩叫會取代祈禱的吟誦聲。

將近二月底時，有件事傳到警察耳裡：有個吟遊詩人來到高原上三座村莊，編織起了一樁關於大火堆與獻祭的傳說。詩人某些晚上在滿是無知粗人的一間間客棧裡，吟誦這樁傳奇，換取一盤湯與熱茶。

努利歐猶豫不決。

他職責所在，本應前去尋找這名吟遊詩人，逮捕他、審問他，然後把他交給助手解送首都，指揮官在首都想必會選擇讓他死在監獄裡，他那些詩句這樣一來才能窒息在喉嚨裡，不會違背指揮官打造的真相。

但警察什麼都沒做。他想，他年輕時如此深愛的詩，與人類的生命與時光不可同日而語，他無力完成的，詩可以用它的奇蹟，向未來一個又一個世紀傳達真正發生過的，唯一無二的真相。

巴喇杰愈來愈常撞見上司陷入深深的沉默，嚼著克魯默雪茄，最後連火都沒點就丟掉。努利歐不再憑窗遠望，而是坐在桌前，雙手拄著太陽穴，直愣愣盯著木頭紋理，彷彿裡頭藏著的答案能回答他從未提出的問題。有時，他會把用來鑿穿佩尼業葛神父腦殼的石頭放在面前，整整凝視一個小時，大概是希望從上面看見謎團的解答浮現。

警察與助手兩人依然在鎮上巡邏，但警察往前走著，卻不看其他人一眼，也不關心各個地方。助手發現他們再也不曾經過清真寺曾經矗立的廣場。

當風漸漸暖和，水仙、長春花、聖誕玫瑰和款冬綻放在高原上，畜廄裡的牲畜也被巨大而洶湧的欲望襲捲，警察的頹靡轉變為一種感官的熱狂。慘案發生以來他身陷其中的麻木不仁忽然一掃而空，取而代之的是一種不分晝夜無時無刻不搔動他的興奮。

這種轉變有個好處：他因此離開了憂鬱思緒的泥淖。有好幾星期了，他不停產生種種悲傷的念頭，覺得自己的生命沒有意義也沒有滋味，種種信念崩毀，家人讓他反胃，以至於少說有兩次，助手在離派出所很遠的地方忙，他差點就在馬廄上吊。

但白天逐漸拉長，光線日趨鮮烈，更還有這醉人的焚風，驅散了他一了百了的打算，如今他滿腦子想的全是交媾、愛撫、受齧咬的肌膚。

他於是重新親近髮妻，雖然她已被孩子們搞得精疲力盡，也因為疏於打理自己，身材更加豐腴，看來老了十歲，昔日鮮嫩的肌膚也失去了乳色的美麗。

那是一個粉紅色的傍晚。溫溫暖暖。小朋友在外面跟其他小孩玩，最小的那個則放在他們旁邊的地上流口水，用一塊硬麵包練習咀嚼。

屋子裡，警察的妻子站在石水槽旁削著蔬菜，準備燉湯。努利歐走進來時，他聽見他靠近她，但她沒有回頭，也沒有說話，只是靜靜等待。他腳步緩慢，呼吸急促，口乾舌燥，淫念汙染了思緒，內褲勒著硬梆梆的陰莖，而當妻子的臀部就在近前，他將右掌掌緣滑入她讓裙子隆起的雙臀縫裡。

她立刻轉身，他什麼都來不及做，她就用刀尖抵住他的喉嚨，那搏動著生命的大動脈。

「永遠不准再碰我了，」她說，「永遠不准再玷汙我。敢再試，我就殺了你，殺了小孩，然後自殺。」

她的眼神他從未見過。沒有憤怒。也沒有恐懼。堅定而空洞。他懂了她不是鬧著玩，也沒什麼好說的了。他後退。她的目光始終緊盯著他。手中的刀仍然舉在空中。刀尖上閃著一滴血珠的光。

讓人獸全都瘋狂的熱風季節，妻子的威脅，再加上沒揪出殺害神父凶手、又任人強逼就清真寺火災寫了份虛假報告的怨恨，更還有鎮長與其他小鎮頭人對他的蔑視，事件發生、又有了官方說法以來，這些人遇到他連招呼都不打了，還對他處處提防，這一切在警察心中發酵，讓他放棄了僅存的分寸與內在的防線。

他的思緒被蕾米亞徹底占據，到了執迷的地步。他沒有一天不以這樣那樣的藉口去看望她或上街跟蹤她，去她窗外偷窺她，在洗衣場逮到她，她的腰彎向洗衣板，溼裙子撩到大腿一半，雙手將衣服擰乾，裸露一半的青春胸脯隨之震顫。

至少有三次，晚上一到，他在客棧瞥見她爸爸倒在酒中，就去敲他們家的門。他等著她弟弟睡了，她也準備上床。這時他就會出現，渾身熱狂，像悄悄潛入羊圈的餓狼，而蕾米亞不敢拒他於門外，只能在牛油燭搖曳的微光中接待他，盡可能用羊毛披肩遮住透明的睡衣，不太懂為什麼警察要她一講再講發現神父屍體的經過，如今重述起來已宛如聖詩詠唱，意義最終丟失了，只剩貧乏的旋律，聽得人頭昏腦脹。

他呢，搓揉著一支熄滅的克魯默雪茄，心不在焉講著話，不去想自己問了什麼問題，也沒在聽她回答。這是一齣沒有劇院也沒有觀眾的戲，台詞爛熟於心，他不假思索脫口而出。他人在語言之外：他呼吸少女的氣味。他飲下她的吐息。他吃下她的雙肩。他吞噬她柔嫩的胸脯。他想像她裸露的大腿，膝蓋，足踝。他在心裡描繪她未受探索的年輕性器。所有這一切，他都沒有碰她，他不敢碰她，因為他勉強還有一絲矜持與羞恥，一種揮之不去的恐懼，害怕審判，人的審判，或許還有上帝的審判，雖說他很久以前就把上帝束之高閣，與舊盆子之類的破銅爛鐵堆在一起。

當欲望達到熔點，這一切再也忍受不了，身體像被冰山咬嚙的船殼瀕臨崩潰，他就逃出木鞋匠的破屋，一跨出門，就衝入最近的門廊陰影那烏黑的乳汁中，用一隻手解放自己，一邊緊咬嘴唇避免叫出聲來。快感噴薄而出後，他就氣喘吁吁、昏昏沉沉、頭腦空空、踉踉蹌蹌回家。

還有另一個男人，蕾米亞對他來說也是一切。巴喇杰。但要談這份情感，就必須離開醜陋，用大量清水洗去自身穢垢，進入詩中，進入騎士抒情詩裡，進入平和的美之語言中。在這激越無聲的感情裡，肉體並不存在。可以說，存在的只有靈魂與眼神。對助手來說，這名少女同時象徵了聖女、姊妹、孩子、母親，彷彿在她初綻的女性特質裡，她匯聚了所有的女性形象與化身，與教堂雕像與聖畫一般優雅而無可觸及。

當巴喇杰看見蕾米亞，他內心深處感受到的並非愛情，而是虔敬、感激、謙卑與欽崇。這種欽崇與在聖經場景裡讀到的相近，好比說，東方三賢士在長途跋涉之後，跪在嬰孩耶穌面前，耶穌當時只是一個裹在母親肌膚氣味裡的新生兒，但身為國王的他們，卻承認他是萬王之王、世界的救主。

巴喇杰凝望蕾米亞一如凝望君王，低垂脖頸，獻出自己的心，將生命交付在她的手中。有一天，她看了他，對他微笑，雙眼超越了他拙陋的外表，看見了他內在的美好、簡單、堅實、純粹。這是第一次有人這樣看他。

她如此的目光落在他身上，滌去了兒時至今的生命中，損壞、傷害、玷汙、凋萎他的一切。她的雙眼有包紮傷口的力量，合攏猶然新鮮的傷，溫柔癒合它們，再輕輕覆上一層純潔的慰撫。

晚上，助手剛在床上躺平，感覺到「我的帥小子們」側腹或鼻嘴依偎著他，他想起了蕾米亞，他是這樣想她的：一顆星星，一尊神靈，這樣的造物簡直不是血肉之軀，也許是位善良的仙女，這樣的她單是存在，就足以在夜幕甫降之際，讓他醜陋的臉孔綻放一絲笑容，撫慰他處處疲憊的身軀。

他決心將一生奉獻給她，讓她的生命，那才剛開始綻放的生命，不會經歷他所經歷的一切，恐懼、艱辛與苦難。

他發了誓願。

從此她就是他的一切，他將全力照看，永遠不會讓灰塵落上她身。

他不會讓任何人傷害她。

某種意義上，他有了信仰。

信仰蕾米亞。

40

就這樣，一切逐漸就位。

就只差劈啪一響，燃起火柴，讓悲劇迎來最後一幕。

人人都分配到了角色，無法跳脫。這大概就是某些人所說的「命運」，他們用這個浮誇的辭彙自我抬舉，或者「宿命」，這講法更能為他們開脫。

無論如何，人物、地點與時機風雲際會的結果以外，未來不會有其他可能。因此，不是命運，不是宿命，甚至不是偶然，不是神意：而是灑一把石子落地，接著觀看石子勾勒出什麼形狀，滑稽或嚴肅。想要的人，之後再自己從其中尋找意義，或決定裡頭沒有任何意義。兩種人都有理。或不如這麼說，人人都有自己的理。生命這場冒險奇異到我們之中有些人為了要能承受它，須要說服自己生命擁有意義。人人盡其所能：身為一坨坨原子的我們，太常自以為是物理學家，卻只不過是物質而已。

火柴劈啪一響。

這就是即將發生的。

點火的是一匹瘋馬。牠的皮毛是不祥的黑。春天與汗水躁動了黑馬，黑馬忽然猛力一踢，衝破了攔阻，逃出了圍籬，隨心所欲奔馳，沉醉在熱風中。

黑馬年輕，厭倦了沒完沒了的冬天囚禁在狹窄的馬廄裡，生命的樂事一下子具體了，化作柔嫩的新草，在焚風的吹襲下如浪起伏，黑馬在草中打滾，吃草，嚼草，沉醉於草的麝香芬芳與青翠的汁液。然後牠就地躺倒，伸展四肢，在疲憊與自由交織成的搖籃曲中入睡，但也只睡了一下下，因為牠周遭的世界是如此充滿可能、處處誘惑。

黑馬猝然拔足狂奔，不為什麼，只為自己，為了感受空氣打開鼻孔，在臉上撕開，用巨大而無形的手指梳理牠飛舞的鬃毛，為了考驗自己在漫漫雪季中發疼的肌肉，舒展它們，鬆開筋腱，讓骨頭喀喀作響，而太陽正看著牠，用陽光給牠溫暖。

巴喇杰正忙著重新粉刷一扇派出所的百葉窗，不時朝所裡瞥上一眼，這可能是第十次了，上司又傳喚了蕾米亞。他與她面對面，小女孩低著頭，溫順地聽警察講話，偶爾也說一兩個詞，用同樣的答案回應同樣的問題。

忽然，助手聽見一聲陌生的嘶鳴。他轉過頭去。看到了黑馬。牠因為幸福，因為疲憊，因為狂熱，因為渴望，渾身蠢蠢欲動。逃亡途中，牠聞到了派出所那對母馬的氣味。牠們蒼老又飽經磨耗，看來也沒有讓牠卻步。牠就在這。用蹄子刨地。用馬的語言傳情達意。

巴喇杰認出了牠。

牠主人歐布列維克是個農人，在離小鎮約幾公里處擁有一座大農場。農場種著小麥與黑麥，養了二十幾匹馬。這匹黑馬是他前一年在聖若翰節市集買的。賣他馬的是個來自瓦拉幾亞的馬販子，馬匹優質大家都知，每年都會前來展售最好的馬。他跟歐布列維克掛保證，說這是匹不可多得的種馬。成交。

巴喇杰放下刷子靠近馬。他看見馬已精疲力盡，但也因空氣與青草而迷醉。牠大汗淋漓，正在顫抖。嘴邊鑲著滿是泡沫的唾液。眼神迷茫。巴喇杰小心翼翼向前走。離牠很近了。

黑髮男孩哼唧，低吼，用蹄刨地，踢著泥土，頭往後甩。巴喇杰不匆不忙慢慢來，不做任何突然的舉動，把手伸向馬脖子，平貼在汗溼的毛髮上，溫柔愛撫。

馬任他撫摸。助手就這樣撫摸了好長一段時間，靠著牠，對牠耳朵訴說安撫的話。馬聽了他的話，任他領向馬廄。巴喇杰推開了門。兩匹母馬看著他。他解下一條捲在釘子上的繩索，打了個活結，套上黑馬脖子，牽牠進了馬廄。母馬們稍微動了動。他安撫牠們，跟牠們說新來的不會待太久，需要休息休息，請牠們好好接待牠。他把黑馬拴在離母馬幾公尺遠的地方。黑馬任他動作。巴喇杰關好廄門，在派出所的門上敲了敲。

警察因為被打擾了而惱火。蕾米亞抬眼望向巨漢，看見他進來似乎鬆了口氣，朝他露出微笑。巴喇杰努力想報以微笑，卻只擠出了個怪相。小女孩沒有被嚇到。屋裡熱得像鍛爐一樣。

「怎樣！想幹什麼？」

「歐布列維克有匹馬跑了。我剛剛把牠弄進了馬廄。我得去通知牠主人。」

「你不能直接把牠送回去？」

「我設法讓牠走了幾步，沒把握牠一路都會聽話。農場沒有很近，牠還很躁動。」

「那就去！還想要我說什麼？」

助手向警察致了意，但不敢再看蕾米亞。他回到馬廄，為其中一匹母馬上鞍。黑馬一動不動直立著，倚著牆，雙眼半閉。看起來像站著睡著了。另一匹母馬不再注意牠，自顧自嚼著乾草。

巴喇杰朝農場出發。

努利歐站了起來。透過窗戶，他看見助手漸漸走遠。在他背後，仍然坐著，蕾米亞。他感覺心臟猛烈撞擊胸腔，唇齒發乾。汗流浹背。他解開兩顆襯衫鈕扣。他在壁爐裡堆了超過一公尺高的木柴，不斷叮嚀小女孩別拘束了，把披肩解開，他們都這麼熟了，不用再扭扭捏捏了。

但她仍然謹慎，像一身無瑕羽毛、弱不禁風的雲雀，似乎並不覺得熱，披肩仍然繫得好好的，蓋在胸前。

警察把熾熱難當的爐火又更撥旺。他脫掉外套，捲起襯衫袖管。他緩緩撫摸起自己的胸口，摸上溼淋淋的喉頭。他就這樣用很小的代價讓自己產生愛撫她的錯覺。

「我用這件恐怖的事情煩你煩這麼多個月了！但不要因為這樣討厭我啊。我只是在做我的工作而已。我想知道是誰幹了這麼可惡的殺人案，把他找出來，讓他付出代價！蕾米亞，你是最寶貴的證人，對，寶貴。而且，你知道嗎，你對我來說不只一種寶貴，不只因為你是證人……」

警察回到窗前。助手已經消失在天際線。現在開始他真的是與小女孩單獨在一起了。他為此心神紊亂，頭暈目眩，他任自己癱倒進椅子裡，拿起一杯水一飲而盡。

小女孩用指頭纏著、捲著一縷羊毛。努利歐猝然把手搭上她的雙手，攫住不放。蕾米亞努力掙脫卻怎麼也掙脫不了。警察攫得更緊了。

「你為什麼怕我？我只想為你好！我在這裡是為了你啊。你不是小朋友了。你快要是女人了。女人有的你都有了，應該有人跟你說過了吧，可愛的蕾米亞！很快你就能找個丈夫了。他怎麼這麼幸運……對，你丈夫怎麼會這麼幸運，能夠把你摟進懷裡，頭靠著你的胸部，湊近你的嘴唇來……」

小女孩猛然從椅上起身，跑向門邊開了門。警察一瞬間忘了自己是誰，忘了自己的職責，分寸，善，惡，妻子，兒女，自己幾歲，小女孩幾歲，心中的恐懼。他忘得一乾二淨。他變成一頭沒有理智的禽獸，充斥骯髒的欲望，滅頂於只屬肉體的衝動中。神智遜位，性的暴君登基。另外，他對眼前發生的一切有錯位的感知，彷彿他正在幹出的齷齪事，自己是個旁觀者，而如此一分為二自己看自己，沒有激發他心裡一念清明、讓他因此恢復神智，反而讓他興奮得變本加厲：做了是享受，看著自己做同樣也是享受。

他扯下牢牢抓住門的蕾米亞，把她猛力推上桌子，毫不顧念她的淚水、她的呻吟。他把她緊緊按上木桌板，掐著她的喉嚨，幾乎要勒死她，空著的手撕開衣服，摸索著探找胸部、腹部、大腿，把大腿用他枯瘦的手指分開。

他語無倫次、字句破碎，話裡夾雜著嘶喘與吐息。他的嘴唇吃著她的嘴唇，他的舌頭撬開她的嘴唇，他的口水沾滿她的臉頰，他的舌頭舔舐她的臉頰。

兩行淚水流下小女孩的臉頰。起初他撲向她時她喊叫過，但叫喊很快就在她喉嚨裡枯竭，發不出任何尖叫，任何言語，任何求救。她痛苦不堪。靈魂受難，肉體受難。她看見她上方那張畸形的臉，暗茶色的臉，警察的臉，吹送發酸的氣息，用口水和瘋狂的字句淹沒她，狂熱與欲望扭曲了他的五官，讓他活像隻地精。

她閉上了眼睛。她感覺到他骯髒的雙手在她下腹胡亂摸索，還聽見他對她的耳朵吱聲嘶叫、呻吟、發出醜惡的低吼。他有一搭沒一搭對她說話，說著顛顛倒倒的汙言穢語，句子斷斷續續、支離破碎，而這一切都夾雜著粗重的喘氣與淫猥的嘆息，弄髒了每個詞語，讓它們失去一切意義。

她不再掙扎。黑夜籠罩了她的雙眼。與千年的苦難同樣沉重的暮色壓垮了她迄今未經人事、純潔無瑕的年輕身軀。她感覺著自己成了一個萎靡、悲哀、迷失、凋謝的東西。她衰老，以無可忍受的速度衰老，被拽進控制不了的墮落，直奔向死。她想撒手不管，永遠沉睡，像一塊石頭一樣掉進大眠夢裡，想消失，想與警察死命壓著她的這張堅硬木桌融為一體。想成為空無。終於成為空無。想不再感到肚子裡來來回回的燒灼劇痛。

但她頓感輕盈。

警察的身體沒有壓在她身上了。

空氣流動。一個話音。一聲爆響。

她張開眼睛。

她一時無法理解眼前發生的事。

門框中浮現了一個身影，是她在心中暱稱為好巨人的，警察助手的身影。他讓她想起昔日學校老師為他們讀的傳說的某些人物，故事說，這些人物外表可怕，心卻比最清澈的泉水還要清澈。

他牢牢抓住警察，伸直臂膀將他舉在眼前。警察狂亂揮舞手腳，像毛毛蟲被人拽下牠忙著啃食的花莖。

「放開我！我命令你放開我，白痴！」警察聲嘶力竭咆哮，配上小毛蟲般的身軀，極其滑稽。

巴喇杰已經走了兩公里路。忽然，他也不知為何，篤定自己必須回到派出所。某種力量驅使著他，不是意志之類的，甚至無法以理性解釋。他感覺自己像鐵屑一樣，無力抗拒磁鐵施加於他的吸引。

他原路折返。

對，他必須原路折返，而且愈快愈好。老母馬似乎也懂了，精神可嘉勉力小跑，雖說收效甚微。

他終於到了。

正要下馬，他就隔著窗戶聽見種種怪聲，搏鬥的聲響。他跳下坐騎，連馬都不拴，徑直衝向他發現開著的門。

他看見了那樣的情景。

然後現在，匪夷所思的事情正在發生：他伸出雙臂將隊長抓在眼前，其中一隻巨掌像鉗子一樣扼住隊長喉頭。努利歐怒火燒心、暴跳如雷，吼叫著命令與咒罵，想用腳踢助手，腿卻太短踢不到，褪到膝蓋的長褲也讓他做不出比較大的動作。

「冷靜啊，主人，發發慈悲！」巴喇杰鼓起勇氣喊道。但他的話對他上司沒起任何作用，反而讓努利歐憤怒得變本加厲，因為另一個白痴現身以來，努利歐的眼睛和神智都睜開了，意識到自己幹了什麼，那叫犯罪，數一數二卑鄙可憎的罪，思緒像用大水沖洗過，察覺自己正在助手面前半裸，助手正在凝視他怪誕的衣著，逐漸了解剛剛發生的是什麼。他想殺了他。他必須殺了他，否則天知道之後會發生什麼，對，他得要殺了他，他得要殺了巴喇杰，但他無法脫身。他對著空氣拳打腳踢，像個從屋頂墜落、徒勞無功想飛起來的人一樣拍打空氣，卻忽然發生了奇蹟，搆著了稍早他用來讓火燒得更烈的撥火棒。

那是一根粗糙的鐵棍，細細的，昔日應另有他用，頂端令人大惑不解地削得非常尖利，宛如矛頭。在助手巨掌力量下開始窒息的努利歐，對著面前胡亂出手。這猛力的一擊戳傷了巴喇杰的肩膀。儘管疼痛，巴喇杰沒有鬆手，繼續哀求上司冷靜下來。

但警察下定決心痛下殺手，什麼都聽不進去了。他以狗急跳牆的拚勁朝四面八方狠擊。巴喇杰竭盡全力閃躲，但瞬間，撥火棒刺進了他的胸膛，深不及心臟，卻已讓他劇烈灼痛，引起他這頭巨獸粗暴的反射動作：他使盡全力甩出努利歐，毫無顧惜，全然出自求生本能；努利歐被拋向空中，撞上屋底的牆，然後摔落地面，發出悶響，伴隨一聲微弱尖銳的慘叫，成了個生氣全失的小東西。

巴喇杰手撫傷處。血如泉湧。他臉孔扭曲。太陽穴打鼓。喉嚨發乾。喘不過氣。他了解自己必須盡快止血。他四下尋找一件衣物、織品、破布，但他什麼都還來不及抓到，蕾米亞就來到他身邊，脫下纏捲在她身上的披肩，裹成一個隨意的球，按在巴喇杰的傷口上，血隨即染紅了披肩，她卻了無懼色。接著，她拿兩條破布打了個結，做出一條包紮帶，用它緊緊纏繞巴喇杰的胸膛。

所有這些動作，她簡直就像之前做過一千次。巴喇杰暈頭轉向，上司軀體倒在幾步之遙的地上嚇壞了他，他凝望此情此景，想著這是不是夢，還覺得自己可能已經死了。宛如一個小媽媽，她扶著他坐下，拿起一盞茶杯，從茶炊倒了點茶，遞給了他。他小口啜飲。兩人看著彼此，四目相對，巴喇杰從小女孩的目光裡見到一縷溫柔而強烈的光，一縷無限感激的光，蕾米亞則從助手的眼神中看見孩子氣的驚愕、圓滿的感激、某種天真而脆弱的東西，還有深不見底的恐懼。

兩人就這樣度過一段漫長時分，不交談，一個詞也不敢說，單單用自己的在場就帶給對方一種超越光陰流逝的安慰。他們關注的只是自己，不是因為狹隘自私的衝動，而是像倖存者在與深淵千鈞一髮擦身而過後可能做的那樣，自己竟然還活著的恍惚讓他們置身一個神奇地與世隔絕、過濾了外界波濤的角落。

直到助手伸手把空杯放回桌上，現實才繼續崎嶇前進。他們倆此刻都重新意識到自己身在此地、此時、剛剛發生的事。

巴喇杰再次看向地上那小小一坨了無生氣的警察軀體，忍不住呻吟起來。努利歐臉朝下趴在地板上，蜷縮成團，沒有毛的白屁股裸露出來，雙手滑稽地掩著耳朵。

那根刺破了衣服布料、垂直指向天空的，是撥火棒。努利歐摔在撥火棒上，棒子貫穿了他的身體。此情此景毫不悲劇，也全無恐怖，因為警察這副模樣實在太讓人聯想起一隻瘦巴巴的雞，毛都沒拔就被人草草串上烤肉棍，痴心妄想當成一頓飯烤來吃。

他死得滑稽而粗殘。某個地方想必緊急召開了法庭來審查他犯的罪。速審速決，全體意見一致。隨後就執行死刑。效率出色。別具一格。

他這個一生未有半刻不沉醉於自己的聰明才智、自認鶴立雞群的人，剛剛以最愚蠢的方式死了。死得又急又猛，讓他連沉思生命的脆弱、默想連環的因果都沒可能，也無法化臨終為契機，琢磨出深刻的至理。

更慘的是，幾個月來心心念念的謎團，他什麼都沒解開就死了。首先就是佩尼業葛神父凶殺案，他曾想過，破了這個案子，他就終於能獲得上司認可。

他死了，因為他不懂得控制心緒的暴狂。

他死了，因為他兩隻大腿根部拍打著一坨肉塊與兩球腺體，對他的支配力遠遠超過他的理性。

他死了，他這個傲慢的秩序維護者、所謂的弱勢保護者，死得白痴、死得罪惡。

而他的死狀，遺體的姿態，乾癟的雙臂赤裸在外，兩隻手可悲地摀著耳朵，彷彿他不想聽到那判他死罪的恐怖宣判——這一切都激不起憐憫或驚愕之情，反而會讓任何目擊此情此景的人瘋狂大笑。

助手除外。他沒笑。他被自己行為的後果嚇得呆若木雞。他笑不出來，因為他如此迷茫，連自己的痛楚都拋諸腦後。

隊長死了，是他殺了隊長。

世界在他扭曲的大腳下崩潰了。

他的心如擂戰鼓。

他的肺吸不到氣。

他的腦海閃過無數影像：他看見自己前往首都自首。

「我的帥小子們」目送著他，嚎叫不休。

他一承認殺人，就被關進沒有窗戶的牢房。

他被扔在那裡自生自滅了好幾個禮拜。

然後審判來了，三名臉孔嚴肅、胸前掛滿勳章的軍人不到一小時就匆匆完事。

法庭外，絞架等待著他。

他毫不抗拒，步上絞架，雙眼低垂，不敢望向四周，把人世看上最後一次。

絞索套上了他的脖子，神父祝福他並為他施行臨終傅油聖事，此刻他又想起他那兩隻此後被迫自生自滅的大狗，淚水奪眶而出卻擦拭不了，他的雙手被反綁在背後了，他試著用雙肩擦乾兩頰，腳下的活板卻猛然打開，死亡在木頭與脊椎骨哀輓的嘎吱聲中，將他毫無防備吸了進去。

他抓住蕾米亞的雙手，她任他這麼做。

「我殺了他……」他囁嚅道，「我殺了我主人……」

這些話說了出口，他殺了努利歐這件事又變得更加沉重。無邊巨岩壓垮了他的雙肩。他感覺自己一秒一秒癱陷下去。無法抗拒。

「我殺了他……」他重複道。

那龐大的身軀，渾身因為抽泣，顫抖不已。

41

如果有人瞥見這對奇異的拍檔，心裡會怎麼想，蕾米亞與巴喇杰行走於暮色之中，小小女孩走在前頭，肩上披著從派出所拿的毯子，領著助手前行，而助手，這頭精疲力盡的巨大馱獸，隨著兩人的步履搖晃著頭，身體纏著龐大的繃帶因而更為粗厚，雙腿宛如櫸木桶，任憑女孩帶往何方，他不曉得，但他曉得她知道，對這他來說就夠了，小小女孩知道，小小女孩在短短幾年之前還依偎於童年的窩巢，現在呢，成了堅毅的母親，牽著受傷的巨人往前走，攫住他粗糙手掌的三根手指，她的另一手則緊握不放那顆她從派出所櫃子拿走的，殺了神父的石頭，地質年代的武器，她毫不遲疑就拿走，如今彷彿與她的掌心天造地設，為她量身打造，岩漿是為了她凝結的，所以為什麼她要拿走這石頭呢，當巴喇杰還在翻來覆去回想自己犯的罪，因為鑄下大錯而哀鳴，她一手抓起石頭，一手牽住巴喇杰，把他拉到派出所外，他們倆都沒理會警察死去的身軀，對，死了，沒有別的可能，被丟在原地，比死老鼠還可憐，而蕾米亞步履堅定動身前行，彷彿在用春天傍晚清涼了的空氣洗滌自己遭到玷汙的身體，毫不猶豫向著落日前行，前往只有她曉得的目的地，可憐的助手被悔恨摧殘蹂躪，不發疑問跟著她走，沉浸於她的舉動裡，對，如果有人看見這樣的他們，心裡會怎麼想？

蕾米亞帶領巴喇杰。西方著了火。夕陽擦亮了壯麗的餘暉。兩人走著走著，漸漸被輕柔籠罩世界的夜色包裹。他們愈縮愈小、愈縮愈細，化為兩道輪廓，用黑紙剪的翦影。

蕾米亞與巴喇杰來到了綿長的高原，冬天過後，土地裸露、粗糙、泛著枯黃，還沒長出新鮮的草綠皮膚。小小女孩依然在前領路，目標篤定，從不遲疑，避開了嘴巴微張卻通向絕對深不可測的寬闊深淵的縫隙與地洞、石灰岩巨大地盾的裂口、凹窪、泥炭沼澤、碎石地。這裡、那裡散落著陳年羊糞、牧羊人紮營生火的殘跡、坍塌的矮牆、重獲新生、咕嚕流淌的泉水，到處、到處都洋溢著土地的味道，土地逐漸掙脫漫長冰期的桎梏，脫掉了雪的長袍，終於舒展著，自在打著哈欠，膨脹著，呼吸著，吐出黝黑清涼的新鮮氣息。

天空中，第一顆星，還有那綿延的藍，漸漸稀釋成黑或白。西邊，太陽已然沉落。地平線吸收了它。什麼也不剩。些許微光。幾縷殘痕。就這樣了。各種的紅。叢叢火燄。各種的紫。而今已是各種灰。

黑夜的呼喚。

黑夜落下的第一筆。

蕾米亞停下腳步。巴喇杰也停了下來，低垂著頭，靈魂悲痛、悔恨，沉重到容不下其他任何意念。

他們身在何方？

小小女孩剛剛拉了拉他的手。他抬起頭。這是她的意思。她要他看。他服從。

那麼他看見了什麼？

起初什麼都沒看見。

愈來愈黑的黑暗。他闔上眼皮，重新張開，再度閉起。努力適應漸次死滅的暮色。蕾米亞待在他身邊。動也不動。她等他的心在，等他真的在這，在她身邊，眼睛睜亮，神識清明。她等。她看他。讓他了解：

「慢慢來，好巨人，我們在這，有你有我。我們不管時間，不管別人，不管他們的規則，不管他們的時間。只有你與我，還有我想告訴你的真相。慢慢來。」

巴喇杰打了哆嗦。胸口滾燙灼燒。他寧願睡覺，消失。他已然迷茫。裡裡外外遍體鱗傷。他想念「我的帥小子們」。他寧願依偎著牠們沉入夢鄉。但忽然他看見了。他看見蕾米亞了。他集中精神。認出了高原。認出了初春的暖意洗滌後高原散發的芬芳。他知道他們在哪了。對。他用靈魂與記憶指著地圖。他振作起來。用兩隻大手抹了抹醜臉。彷彿在噴泉上洗滌。

蕾米亞跪了下來。

他看著她的動作，發現地上有個墳墓的輪廓，隆起的土堆似乎剛好覆蓋著永眠其下的身軀，邊緣圍了一圈拳頭大小的石頭。這座墳墓位於遼闊的荒野中央，遠離著墓園。墓園是座沉睡之城，標明了人的社群，死者在其中彼此依偎取暖，也許還在生者渾然不覺之中，在祂們的永夜裡互相交談。

但這座墳墓呢，屬於那個被逐出社群的她。大家告訴她，其他亡者之間容不下她，她只能永永遠遠，既孤獨又遙遠，被排斥到無垠高原的深處，置身於嚴冬的風雪中、太短的夏季時牲口哀嘆稀疏青草的悲鳴裡。

蕾米亞用一隻手畫出墳墓的輪廓，在每塊石頭上逗留、溫柔撫摸。巴喇杰注視著她的動作。已入夜了，暖風吹送芬芳。天空中繁星漸密，銀閃閃的無窮。小小女孩繼續動作，手在石頭之間游移，助手望著她這樣做，腦海中種種思緒像行星瘋狂旋轉，試著組合出某種乍然明亮的和諧，因為巴喇杰感覺到，他就要恍然大悟了什麼，這種感覺浮現在這個愚拙又受了傷的人亂成一團的心中。

蕾米亞的手停了下來，輕輕落在石頭冠冕中的一個空洞，一個缺了石頭填滿的空洞，她動作緩慢、細膩溫柔，像她先前撫摸所有石頭那樣，撫摸這個空缺，巴喇杰凝望這個空洞，又更靠近了真相水落石出的陡峭深淵，而當蕾米亞發覺助手那雙樸拙的大眼睛以她從未見過的專注注視著她，她把殺了佩尼業葛的石頭拿給他看，這顆她從派出所架上拿走的，幾個月來縈繞著神父死亡之謎的殺戮之石，傳承了遠古暴力之石，她將它放回了等待著它的空洞，幾個月前同一隻手拿走了它、造就了這個空洞，如今王冠重新圓滿，長眠其下的死去女王也能安息，那位自殺的女王，求不得一個葬禮，佩尼業葛神父在她死後說不，她不准進他的教堂、進他的墓園，自殺的女人想都別想，你們自己去把她埋了，褻瀆上帝的女人，埋得離鎮上愈遠愈好，讓大家都不要看到，這個女罪人啊，上帝的國她們都沒有，願她被放逐在上帝的國以外直到永遠，他說這話時語氣尖刻宛如玻璃碎片，五官是鑿子鑿出的生硬，牙齒又長，面孔散發聖職的嚴厲，將這樣的拒絕啐上苦苦哀求的鰥夫的臉，兩個小孩依偎著悲慘的鰥夫，小男孩太小了還不懂，但小女孩夠大了，那天她答應自己，以母親的靈魂發誓要懲罰那個在他們淪落不幸之際落井下石懲罰他們的人，多年後她履行了自己的承諾，敲向神父頭顱的那一刻，她並不迷茫，亦無悔恨。

墳墓再度完整無缺。

石頭復歸其位，得以重新扮演起身為石頭的角色。石頭下面，緊實的泥土中，死於自殺的女人終於能夠像吸吮奶嘴一樣吸吮她深深的安寧。以及微笑。對蕾米亞微笑。這個她超越生死，心所摯愛的女兒。

夜色籠罩了巴喇杰與小小女孩。助手天真的頭腦懂了。無需多言。他懂了凶案的真相，也懂了蕾米亞邀他締結的盟約：

「我透露我的真相給你知道，只有你會知道；你的真相我知道，也只有我會知道。你殺了警察，我殺了神父。現在我們因為都施予了死亡而心心相印，我們給的死亡沒有不公不義，是放上天平的合理重量，到了秤量靈魂的那一天都會算在裡面，現在我們因為我們的祕密而彼此相繫。」

蕾米亞起身，深深望進巴喇杰的眼睛。他也不太清楚為什麼，忽然就想要哭泣，不是因為痛苦或悲傷，而是因為心中滿溢著一種新的情感，如此的情感他一無所知，不是愛，不是感激，不是友誼，不，完全不一樣，他不知道怎麼稱呼，連摸清它的輪廓都辦不到，某種安適，某種模糊的幸福，是的，大概如此，不過才剛萌芽，而當大顆大顆的淚珠湧現他的眼眶，小小女孩依偎上他，擁抱了他，夜晚此時來到他們身邊，同樣擁抱了他們，將兩人包在又黑又暖的布料裡，就在獲得了撫慰的墳墓旁，像陵寢一樣廣袤嚴酷的高原上，邊境匯聚著看不見的動盪，就在不遠的地方。

於是，一切終於回歸正常。

但能維持多久呢？

42

沒了努利歐，小鎮一切如常。

甚至可以說，他消失了，讓大多數鎮民鬆了口氣，其中首推那群小鎮要人。

很快地，不知誰編造的謠言四處流傳，說什麼清真寺火災後，很多人都觀察到警察跟他上司史侯指揮官之間劍拔弩張，他大概是承受不了這種緊張吧。

大家猜想他厭倦了自己的婚姻與那窩小鬼頭，落魄的職涯更讓他滿腹苦澀無法釋懷，於是寧願遠走高飛，不留痕跡與去向，就為了在他鄉展開新生活。很快地，他彷彿從來不曾存在。

他的肉體當然是消失了，但大家的談話抹除他抹除得還要更快。有個佛里烏利來的遊方販子買賣聖卡、刀具、各種小玩意與絲帶，他信誓旦旦表示兩週前在格拉茲的街頭遇上努利歐，努利歐穿著守望相助隊的制服。這番話，大家是連耳朵都懶得伸過去聽。嘆氣。聳肩。心裡想著，好啦，大概吧。然後呢，重要嗎。說到底，他開心就好。

人總是自認重要，實則微不足道，在大家已嫌壅塞的記憶中無足輕重。

連警察的妻子也不擔心警察愈來愈久不見蹤跡。大家看到她出門，上街，走進商店。之前妨礙她過正常生活的鎖鏈已經斬斷了。幾位遇到她的太太還說有瞥見她露出一抹笑容，臉蛋也重燃青春的光彩，感覺已經擺脫了讓她五官黯淡的長期倦怠。

夏天快到了，她一個遠房堂表兄弟，大概她有寫信跟他訴說自己的不幸吧，前來接她，她帶著孩子們還有綁在馬車上的寥寥幾件家具動身前往首都。出發前一天，她來派出所找巴喇杰，透露她的打算。

她短暫的拜訪讓助手窘迫極了。面對她，他手足無措，無言以對。

那天十分炎熱。

小鎮在寧靜的昏沉裡打盹。

天空中的燕子們飛了個疲憊，精確而徒勞。

巴喇杰為隊長的妻子倒了杯涼水，她接受了。他請她坐到桌前。她啜飲涼水，眼神漫遊四方，牆，掃淨灰燼、休眠期間的壁爐，茶炊，簿冊，層架，墨水瓶，羽毛筆，表單，掛在衣帽鉤上失去了主人的一件警察的舊背心，連擱在柴架上的撥火棒也不放過，她不知為何，目光久久佇留於撥火棒，一縷微笑綻放臉上，讓巴喇杰胸中湧起萬馬奔騰的驚慌。

「所以這裡就是我先生每天待這麼久的地方？」她說。助手弄不清楚她話中是否有諷刺或悲傷。

她又喝了點水，然後放下杯子，盯著與她相對而坐的巴喇杰，看著他擱在面前桌板的那雙手，那姿勢彷彿手是兩塊拙劣雕鑿的笨重木頭。他的心猛烈擂鼓。他寧可身在他處。

「你跟著他應該常常不好過吧。他只在乎自己。其他人都是空氣，這我可清楚了。」

警察的太太不拘禮數直呼巴喇杰為「你」，這沒讓他不高興。她的嗓子很美，宛轉抑揚，細膩優雅，與小鎮、小鎮的狹隘、小鎮的偏鄉氣息格格不入。

巴喇杰竭力維持外表的平靜。兩人一陣沉默。窗玻璃上，一隻虎頭蜂努力脫逃卻徒勞無功，不斷衝撞玻璃，狂怒嗡鳴。其中一匹母馬在近旁的馬廄嘶鳴，另一匹不久後也跟著叫了。

「不過反正，這些都不重要了，他都死了。」

她這話像是對自己說的。

聲音很低。

喃喃自語。

大熱天的，助手卻打了個寒顫。他心想自己是不是聽錯了。

「因為你跟我一樣心知肚明，他死了，不是嗎？」她提高嗓子繼續說，「你懂他。我跟你都清楚他絕對沒有離開，不會一聲不響、沒有動作就走。這不像他。一個連失敗了也無論如何都要壓倒別人的人不會逃跑。」

巴喇杰不知道怎麼回答。他不敢呼吸了，更沒有膽量對到警察妻子的目光。他忽然覺得好冷。

「我只希望他死前有受到比得上多年來他給我的折磨的痛苦。他把我當成豬狗不如的東西對待，對我噴吐滿滿是可悲雪茄菸味的口臭，一直一直羞辱我、玷汙我。」

她沉默，又繼續說，像只說給自己聽。

「以為是跟蜜結婚共度今生，卻落得舔醋一世人。」

接著她站了起來，助手也跟著起身。她朝門走去，打開了門。一陣灼熱的風湧進室內，虎頭蜂察覺天降良機，趁勢想跑，卻突發奇想飛上門框歇一歇。警察的太太瞥見了，右手手背毫不猶豫拍下去。虎頭蜂墜落地面。牠其中三條腿搔抓空氣，針漸漸伸出腹部，不知想螫什麼。牠如此斷斷續續動了幾秒，接著就不再動彈。

牠就這樣完了。

努利歐的太太轉向巴喇杰。

「生活不會停止。祝你幸福。我呢，又重新幸福了，這我可以堂堂正正跟你講。我沒想過能有這麼一天。之前我分分秒秒都走向死亡。等死。想死。我曾多少次向不知道誰哀求，快點了結我的命運！但我們都只有自己一個人。上帝就算存在，也早就拋棄我們了。祂誰都不垂聽啦。上帝是自私的傢伙裡最自私的。祂只在乎自己。我覺得人類讓祂失望了。我能懂祂。不過也許祂仍然傾聽了我的心？我還年輕。人也不差。我有欲望與胃口。地球很大。我覺得自己早就有資格坐上宴席。祂垂聽我了。我感恩祂。」

她猶豫著打算說些其他的什麼，目光深深打量了助手，對他微笑。

「我叫瑪赫塔。沒人在意過，連一次都沒人問過我。以前我就只是隊長的夫人，警察的太太，努利歐的妻子，你上司的老婆，他小孩的媽媽。現在，我決定重新做回瑪赫塔。瑪赫塔。記住我的名字。我先生把你看得很低，但我的感覺是你比他好。你這雙眼睛不會騙人。」

她點點頭然後走了，不忘用鞋跟狠狠踩爛虎頭蜂的屍體，虎頭蜂爆裂開來，成了一坨黏膩的黃。

助手花了整整一小時才在她來訪後平復心情。整整一小時間，他心中無比恐慌，回想那悲劇的一幕，激烈衝突、警察墜落、撥火棒貫穿胸膛，還有那僵直、冰冷、光屁股的屍體。這具屍體，慘劇後的隔天，他才終於有勇氣回到派出所面對。

因為絕對必須讓屍體消失！

他考慮了許多方法，一個換過一個，一下子認為這個最好，隨即又覺得不是這樣。他想過埋屍、焚屍、分屍、扔進地洞、沉入卜窩奇池塘，那池塘水這麼黑、池底這麼多爛泥巴，藏得進整支部隊、輜重與行囊。

但他不斷找到理由告訴自己，這些方法沒一個好的，遲早一定都會指出凶手是他。最後他覺得上上策是把屍體託付給森林與走獸飛禽。他知道狼、猞猁、狐狸和野豬一夜之間就能輕鬆吃光腐屍，只留下清潔溜溜的骨頭，就算哪天骨骸還是被發現了，也很難弄清身分、搞懂骨骸的主人是怎麼一命嗚呼的。結論大概會是死了個流浪漢或被同伴丟在那裡的遊方製煤人吧。

他等到入夜才動身。

他費了番力氣拔出撥火棒，把努利歐的屍體用帆布包起來，像綑羊腿一樣五花大綁，縛在最老那匹母馬的屁股上，面對助手邀牠在田野森林沐浴著的乳色月光裡來一場深夜冶遊，牠看來處變不驚。

巴喇杰徐徐前行，萬一被逮到才不會讓人起疑。他是要去巡邏啦。有人通報公有森林發生了盜獵。他事先準備好了答案。

但他一個人也沒遇到，在貓頭鷹的罵罵咧咧與他吵醒了的松鴉的嘰嘰喳喳之間，他深入梆・伏拉夫羅夫森林兩公里，抵達了最茂密的地帶，一片再生的針葉林，周圍環繞高聳的闊葉樹。

他將母馬繫上一棵山毛櫸的低矮枝椏，卸下牠馱的東西，扛上自己肩膀。

警察輕飄飄的。他簡直鬆了口氣。他邊走邊撥開荊棘、樹叢與幼松，幾分鐘後抵達他想好的位置：一潭泥淖，野豬群都會來這裡為鬃毛裹上泥漿對抗寄生蟲。一泓湧泉在地面湧出無數細小水流，讓好幾個地方溼答答的，連夏天最熱的時候也一樣。地上滿布大大小小的足跡，獨特極了的野豬味處處洋溢，聞了頭昏卻也心曠神怡，類似用手掌搓揉胡桃葉散發的香氣。

巴喇杰放下扛的東西，解開繩索，打開帆布。他上司的屍體在他眼中又更瘦弱了。皮膚似乎泛青。僵直蠟黃的雙手仍然摀著耳朵。身子扭曲變形。助手把屍身脫得一絲不掛，避開不看死者的臉，把警察的衣物裹成一團。回去再燒掉。

努利歐赤裸的身軀像條蜷縮的毛毛蟲。這樣一個畸形的小東西，已經不太是人了。更像是一隻品種不明的畜牲、太早排出子宮的早產胎兒。很難相信曾經有個大腦讓這東西活蹦亂跳，自大與種種衝動讓它像酒囊飯袋一樣膨脹，終於犯下無可彌補的罪。

巴喇杰思量著該不該做個祈禱，躊躇難斷，終究什麼也沒做。他背轉過去，原路歸返，幾乎是用跑的，與母馬會合，盡速離開了森林，發誓很長一段時間都不要再踏進來。

他信守誓言，再也沒回來過。

但巴喇杰沒看見也不曉得的，是野生動物對待警察屍身的那種與他的料想、他的期望迥然有別的，鄙夷。

沒有一隻禽獸拿它大快朵頤。連其中最面黃肌瘦的都沒有。

許多動物靠近過。有隻老狐狸頭一晚便來了，牠是真正的君王，儘管跌落寶座、心灰意冷，眸子仍閃爍著狡黠與智慧，毛皮輝煌、尾巴厚實蓬鬆，嗅到了新氣味，前來探察源頭。牠嗅起屍身，從從容容慢慢來，聞聞嘴唇、鼻孔、耳朵，接著來到肩膀、大腿、雙腳、屁股，但這場查驗看來倒讓牠不舒服了，牠一邊發出氣惱的尖叫一邊揚長而去，連試著咬咬看都沒有。同一夜，夜最深時，一隻母野豬帶著七隻活潑吱喳的幼崽來了，情景無比溫馨。母野豬憔悴不堪，乳房腫脹破皮，日日為牠這窩小野豬哺乳因而精疲力盡、饑腸轆轆，奔向努利歐的屍體，連聞一聞的時間都沒有，開始撕咬側腹肉，在小朋友懇求的目光中吞下了一大口。然而牠馬上就又啐出這口肉，憤怒低吼，然後用牠那顆豬頭揍了屍體好幾次，蹂躪努利歐，像是在拳打腳踢教訓一個要詐讓你買下貨物的趕集騙子。最後牠拂袖而去，罵罵咧咧，火冒三丈，乳豬小隊跟在後面。幾小時、幾天、幾星期之間，森林中所有肉食動物嚴格遵守尊卑有序的規矩，輪番來到努利歐的屍體邊，但誰都不願委屈自己拿它當飯吃。

熱天氣與幾滴雨枉自加速了肉的腐壞，讓肉在某些大快朵頤腐臭物體的低等物種眼中更加誘人，卻仍然沒有任何動物願意嚥下警察遺體哪怕最小的一塊。

只有毀滅萬物的時光收服了它，將它轉變為一堆軟爛的物質，把遺體本身的形狀模糊成了一坨長形的團塊，瘋狂膨脹，然後爆掉、崩潰、坍陷，化作液態，四處流淌成一灘油膩的東西。

這個時候，只有到了這個時候，螞蟻、甲蟲、糞金龜、藍灰蝶和蟑螂才捲起袖子幹活，態度和處理隨便一坨豬屎或驢糞沒啥兩樣，沒有比較尊重，揮汗奮鬥了兩星期後，努利歐隊長清潔溜溜，只剩一小堆白得頗有玄機的骨頭。

人之結局皆如此。當人永遠揮別生物界，生物界就為他上這一課，珍貴的教訓。

巴喇杰依舊把派出所打理得一塵不染、條理井然，也繼續在鎮上巡邏，大家什麼都沒問也沒說，不過鎮長、報告員與檔案管理員遇上他時向他打的招呼，就足以讓他明白這樣做是對的，大家為此感謝他。順此一提，他繼續領著那筆微薄的薪水，也從來沒人叫他交代上司失蹤的事。

每天早上，確定一切都各就各位後，他就會去拜訪蕾米亞。她日漸虛弱的父親如今很少出門了，鎮日臥在榻上，狂熱激躁，對空氣搧巴掌想打退攻擊他的蠍子、蜘蛛、蜈蚣和蛇。巴喇杰並不進門，就待在門口，像個心心念念本分職責的守衛，而小女孩會走出破屋，跟他打招呼，邀他進來，但他不敢，於是她會把他留在門邊，一陣子後又回來，手裡捧著一盞茶或一杯水，兩個人坐上助手為她製作的長椅。

笨重的巨漢喝著。

小女孩望著他喝。

他們倆幾乎無語。

他們倆毋須說話。
他們懷抱他們的祕密。
他們懷抱他們的傷痛。
他與她彼此微笑。
要傾訴千言萬語，一笑足矣。

43

我們知道，萬物都會消亡。

人、事物、城鎮、帝國。

未來總在暮色中。

人，無論卑鄙可憎或崇高偉岸，無可免於一死。

警察已死。每位這樣或那樣參與過本故事的人也一樣會死。

小鎮會消亡。

會被歷史的其中一陣逆風帶走。歷史所煽起的、所遭遇的全是陣陣逆風，歷史是沒頭沒腦、缺乏理路的旋風，唯一的邏輯與規則是蹂躪事物平衡，以風暴取而代之。

帝國會消亡。

它還會再拖一些時間，但終將覆滅，被虛矯的偉大與人為的凝聚弄得油盡燈枯，被自己曩昔的光輝蒙蔽，邊界則成了軟綿綿的一條東西，漏了、裂了，讓多年來聚集一旁的數十萬人長驅直入，讓帝國像腳跟下的核桃殼一樣爆裂。這場大災會催生許多國家，大的，小的，王國，公國，侯國，共和國，這些國家之中，人們將高舉上帝或先知的名號互相殺戮，舊恨未消又添新仇，新仇舊恨為將來的惡鋪好了取之不盡、用之不竭的沃土。

對，帝國會消亡，雖說它本身仍懵然不覺。

它也會走入暮色之中。

巴喇杰老了。

如今他像是橡樹或栗樹這樣的高貴樹種，那漂亮、健壯、年邁的主枝。

「我的帥小子們」不在了，活完了牠們美好短暫的狗生，死於牠們美好的狗之死，以無上的莊重葬在家屋近旁。每個新的一年，墳頭都會長出樸素美麗的草與吹送風之氣息的許多花，牠們就在花叢中繼續著漫長而充滿幻夢的小歇。

但如今，巴喇杰身邊有著另外一對「我的帥小子們」，他愛牠倆不輸他愛前一代，牠們緩解了前一代的狗兒死後他心中經久不散的悲傷。此刻，一個冬日的黃昏，備受疼愛珍惜的「我的帥小子們」二世伴著巴喇杰回到了小破屋。這個冬天雪霧交加、單調沉悶。又是一季永無止盡的冬天。

一人二狗在蕾米亞家度過了白天，小女孩長大了，她父親在酒、癲狂與悲傷中油盡燈枯，離開了世界，之後巴喇杰對她來說就是爸爸了。她已成為妻子，有個愛她的木匠丈夫，兩個小孩，最小的才五個月，是個胖嘟嘟的小男生，小寶寶有著大胃口，渴望著好喝的奶與愛撫，老大則跟媽媽像同一塊模子雕出的，是個黑眼睛的鮮嫩洋娃娃，三歲了，眼神凝望世界，充滿挑戰，像準備盡情擁抱生活。

巴喇杰喜歡探望他們。

他帶給他們他的寧靜與力量。如今他有了一把老爺的鬍鬚，銀絲與炭灰交織，小女孩總是笑著拉他鬍鬚，他甘之如飴。他抱她坐上膝頭，模仿馬、龍、熊、山羊，也不忘學黃鼠狼、貓頭鷹、雲雀鳴叫。他安靜喝湯，表達謝意，擁抱道別，夜幕降臨前與狗兒回到自己的家。

每天幾乎都這樣度過，對他、對蕾米亞、對喜歡與巴喇杰談論花草樹木、雲朵鳥群、風土人情的她丈夫來說，都是幸福。對小朋友也是幸福呢，他們跟狗兒們玩，撫摸牠們柔軟圓潤的肚皮，然後在巴喇杰非常暖和的體溫、他散發的火與菸草氣味中沉入夢鄉。

現在呢，巴喇杰，克拉納巴喇杰，在「我的帥小子們」二世的簇擁中，行走於霧與雪的傍晚裡。助手已經不是任何人的助手了，早已把警察、警察的生命與死亡掃進靈魂深處的斗室，緊鎖房門然後隨手扔了鑰匙。他邊走邊想，他的一生在拳打腳踢、淚水、貧苦、咆哮之中有個這麼慘的開始，原本注定的人生卻漸漸敞開，像是一朵麗春花的花冠，然後又變得像同一朵花的花瓣那樣甜美，這朵花啊，生長在什麼都沒有的、骯髒又貧瘠的地方，乾涸的裂縫裡。思緒至此，克拉納巴喇杰微笑了起來，感激著這個世界，卻忽然有個奇怪的感覺，好像呼吸不過來了，心臟也扭絞著。

他停下腳步，詫異不已，想著這沒什麼，會好轉過來的，大概是走得太快、自己又太幸福了，在幸福裡沉醉成這副德性真是個傻瓜呆。他張大嘴巴，努力飲下空氣、吸取空氣，空氣卻拒絕進入他體內，心臟又一次劇烈收縮，像擰乾溼布那樣，巴喇杰倒下了，他自己都無法相信，在狗兒們驚愕的眼神中，他起初是跪在地上。

就這樣過了漫長的分分秒秒，他努力想攫住空氣卻徒勞無功，在這片荒涼雪白的夜裡，他不再感到寒冷刺骨，因為他突然意識到沒有救了，他來到了生命的最後一刻；剛剛才心明眼亮自己有多幸福卻馬上要死了，實在愚蠢。他所有的思緒隨後轉向狗兒，狗兒即將淪為孤兒，大個子恐慌起來，想著沒有了他，牠們會怎麼樣，這樣的念頭很快就把他的思緒導向蕾米亞，他的聖女，他的聖畫，備受敬愛的她，她呢，會變成什麼樣，對，蕾米亞，親愛的小小蕾米亞，但他曉得有人愛著她，她是兩個愛她的漂亮孩子的母親，那就沒問題啦，自己可以撒手隨他去了。巴喇杰的心臟最終在他體內那輝煌著血與金的不可見的末日裡爆炸。

他側著癱倒，雙手撫胸。他的臉臥在奶油也似的雪中，雪成了他莊嚴的裹屍布。狗兒們朝著虛無的天空舉起溼潤的鼻嘴，發出一聲悠長的嚎叫。不是淒慘的哀鳴，而是對這位在牠們心中就是一切的主人獻上的嘶啞致敬。

因為牠們清楚。

因為狗兒們總是清楚。

因為狗兒們昔日是人，最好、最少見的人，聖人，上帝因此賜予他們更卓越的性質：他們成為了狗。

牠們望著彼此。

牠們最後一次依偎著巴喇杰躺下。

牠們最後一次為他帶來牠們美好、深邃、圓滿、如今已然無用的溫暖。

牠們闔上眼瞼，而他的眼睛依舊睜著，不看什麼也不看誰，睜向吞噬了他的黑夜。

好啦，終於一了百了。

再無可言之事。

自霧裡來，烏有念想

夢中泳客，我將歸返

遺忘將是我的水

手划腳踢無意識
一切都會過去
什麼都不留下。

詩轉瞬消散，一如孕育了詩的巴喇杰的靈魂。

終

暮色
Crépuscule

作者　菲立普・克婁代　Philippe Claudel
譯者　林佑軒

副社長　陳瀅如
總編輯　戴偉傑
責任編輯　涂東寧
行銷企劃　陳雅雯、趙鴻祐
封面繪圖　Norman Normal
封面設計　井十二設計研究室
內頁排版　宸遠彩藝
印刷　呈靖彩藝有限公司

出版　木馬文化事業股份有限公司
發行　遠足文化事業股份有限公司（讀書共和國出版集團）
地址　231 新北市新店區民權路 108-4 號 8 樓
電話　(02)2218-1417
傳真　(02)2218-0727
客服信箱　service@bookrep.com.tw
客服專線　0800-221-029
郵撥帳號　19588272 木馬文化事業股份有限公司
法律顧問　華洋法律事務所　蘇文生律師

初版一刷　2025 年 8 月
ISBN　9786263148574
定價　460 元

國家圖書館出版品預行編目

暮色 / 菲立普 . 克婁代 (Philippe Claudel) 作 ; 林佑軒譯 . -- 初版 .
-- 新北市 : 木馬文化事業股份有限公司出版 : 遠足文化事業股份
有限公司發行 , 2025.08
384 面 ; 14.8×21 公分
譯自 : Crépuscule
ISBN 978-626-314-857-4(平裝)

876.57　　114009707